카페 홈즈의 마지막 사랑

카페 홈즈의 마지막 사랑

김탁환 신원섭 정명섭 정해연 조영주 차무진

손안의책

목차

카페 포와로

차무진

*

카페 내부는 커피 향보다 등유 냄새가 더 진하게 났다.

에프킬라 냄새, 아니 구두약 냄새 같기도 하다. 은실 언니는 석 달 전 천장 배선공사를 한 후 그런 냄새가 난다고 했다.

지금 은실 언니는 손가방에서 꺼낸 도장을 호호 불고는 티슈로 각인된 면을 세심하게 닦는 중이다. 얼굴에 들뜬 기운이 만연하다.

“가게 팔면 뭐하게?”

나는 커피를 홀짝거리며 언니에게 물었다.

“몰라, 소설이나 써 볼까.”

“미친, 소설 쓰기가 머신으로 쭉 짜면 줄줄 나오는 에스프레소인 줄 아냐?”

내가 버럭, 하자 언니는 입을 비쭉거렸다.

“그냥 해본 소리야. 다음 달에 잔지바르에 갈 거야.”

“잔지바르? 아프리카? 거긴 왜?”

"가면 조각법을 배울 거야."

"가면 조각법?"

"길쭉한 얼굴을 조각한 아프리카 장식품 있잖아. 벽에 걸어놓는 거. 그거 조각하며 살 거야. 그리고 이년아, 언니한테 미쳤다가 뭐냐."

잔지바르. 가면 장식. 음. 그렇구나.

나는 고개를 끄덕였다.

"그런데 언니, 다시 게임 만들고 싶다 그러지 않았나?"

"그건 그냥 해본 말이고."

저 언니는 이렇게 좁은 공간에 갇혀 있을 사람이 아니다.

그래도 잔지바르라니.

지난주까지만 해도 가게가 팔리면 게임 회사를 차리고 싶다고 노래를 부르더니.

나는 잔지바르에 간다는 언니의 말을 믿지 않는다. 말이 나왔으니 하는 말인데 그녀는 참 충동적으로 사는 사람이다. 저 언니가 뭘 하고 싶다고 말하는 리스트는 하루에도 수십 번 바뀐다. 일을 벌이는 데 있어 촘촘하게 계획을 짜거나 면밀한 분석 따위를 하는 법이 결코 없다.

"찍는다. 한번 찍으면 컨트롤 Z*는 없어."

은실 언니가 도장에 인주를 묻혀 딱 들어 보였다.

우리 사이에는 다섯 장짜리 계약서 2부가 놓여 있다.

---

* 컴퓨터 운영체제에서 실행을 되돌리는 단축키.

내가 고개를 끄덕였다.

"그럼!"

쾅, 계약서에 도장이 찍혔다.

쾅, 쾅.

페이지마다 도장이 신나게 찍힌다.

그 언니, 참 세게도 찍는다. 그녀가 이베이에서 샀다는 캐나다산 메이플 나무로 만든 테이블마저 불안하게 쿵쿵거린다.

은실 언니는 본인 이름이 쓰인 계약서에 도장을 다 찍은 후 이번엔 내 이름이 쓰인 계약서에 도장을 찍기 시작했다.

은실 언니와 나는 4년 전 요가학원에서 만난 사이였다. 연희동 산 중턱에 있던 그 공립 요가학원은 유독 회원비가 싸서 동네 주부들이 많았다. 한 반에 수강 인원이 많은 것이 흠이었지만 강사가 인도식 명상호흡법을 잘 알았고 통증 전문에도 일가견이 있어 인기가 좋았다.

우리 반은 특히 단합이 잘 되었는데 미혼은 은실 언니와 나 둘뿐이었다. 나이는 여덟 살 차이가 났지만 둘 다 드립 커피를 좋아했고 은행 적금 상품에 관심을 두는 취미도 비슷해서 금세 친자매처럼 지냈다.

당시 나는 다니던 은행을 그만두고 예술인복지재단의 문학 기금 천만 원을 노리며 장편소설을 쓰고 있었다. 문창과를 졸업하지도 않았고 학창 시절 좀 쓴다고 알려진 학생도 아니었다. 그냥 소설 읽기가 좋았고 소설 쓰는 작가가 되고 싶었다. 글을 써본 경험?

없다. 그런 게 꼭 있어야 하나? 하고 싶으면 하는 거지. 세상에 정답은 없다. 인생은 간단하며 실패는 일상이다. 세상은 언제나 한 걸음 나가는 자에게 관대한 법이다.

글은 주로 밤에 썼고 오전에는 신촌 백화점에 입점한 형부네 커피점에서 일을 도왔다.

한 주가 지루해질 때쯤 되면 금요일이 왔고 요가학원에서 은실 언니를 만날 수 있었다. 다른 사람들은 내가 소설을 쓰는 중이라고 한탄 비슷한 자책을 하면 인중을 뒤집으며 놀란 척, 대단한 척 —뒤에서는 인생 한심하게 살고 있다고 빈정댐을 잘 안다—을 했지만 은실 언니는 그러지 않았다.

"그런 일은 말이야. 포기만 하지 않으면 무조건 성공해. 왜냐? 적성이 안 맞으면 반년을 못 견디거든."

아직도 나는 이 언니가 그 말을 하며 단번에 맥주를 들이켜던 모습을 잊을 수 없다. 한 마디로 시원했고 멋졌고 친해지고 싶었다.

"작가가 되려면 책을 꾸준히 읽어야 해. 습작은 기본이고. 명심해. 쓰고 읽는 게 아니야. 읽고 써야 해!"

당시 은실 언니는 다니던 모바일 게임 회사를 그만두고 개인 작업공간이 필요해서 작업실을 알아보는 중이라고 했다.

회사 다닐 때는 캐드인지 맥스인가 하는 컴퓨터 프로그램으로 게임 속 배경이나 던전 같은 것을 만드는 일을 했다는데 그게 정확하게 무슨 일인지 나는 모른다. 그저 직업이 게임 만드는 개발자구나 라고만 생각했다. 회사 규모가 작아서 디자이너인 언니가 게임 프로그래밍도 한다고 했다. 언니가 회사를 그만둔 것을 보면 급여가 마뜩잖았고 프리랜서로 일해도 제법 돈이 벌린다고 생각한 모양이었다.

결국, 은실 언니는 망원동에 개인 작업실을 꾸렸다. 언니는 화사한 작업실 사진을 메신저로 보내왔다. 책장에 책만 가득 꽂혀 있는 흰 벽의 직사각형 공간이었다.

작업실을 마련했다는 소식을 듣고 당장 찾아가진 못했다. 10개월쯤 지나 화분을 들고 보내준 주소로 가보니 작업용 책상은 커튼 친 구석으로 밀려 있고 대부분 공간에는 사각 테이블이 놓여 있었다.

언니는 미스터리 카페를 운영하고 있었다.

"뭐야? 개인 작업실을 낸다더니, 커피숍?"

"커피숍 노노. 미스터리 카페."

"미스터리 카페가 뭔데?"

"나 추리소설 마니아잖아!"

"그, 그건 알고 있지만."

말대로 언니는 추리소설 마니아다.

일전에 언니가 사는 서대문 오피스텔에 가본 적이 있는데 그 작은 거실에 6, 7천 권의 추리소설이 꽂혀 있어 몹시 놀란 적이 있었다.

언니는 그 책들을 장식 삼아 커피 장사를 하려는 것이다.

집에 있던 책을 한두 권씩 가져오다 보니 어느새 작업실 공간

가득 책이 들어찼고 그 참에 본격적으로 책장을 짜고 책을 옮기기 시작했다고 한다. 그리고 친해진 동네 공부방 선생에게 책 볼 사람은 편하게 와서 보라고 알렸더니 하나둘 동네 대학생들이 찾아오더라는 것.

"아니, 그래서 커피숍, 아니 미스터리 카페를 하기로 했단 말이야?"

"사람 일, 바뀌는 건 시간문제더라, 얘."

참으로 계획 없고 충동적으로 사는 언니다.

보니 장사도 얼추 되는 모양새다.

실제로 그날도 더벅머리 남자 서너 명이 노트북을 펴놓고 앉아 있었다.

그들은 언니가 벽에 붙여 놓은 대로 3시간마다 한 번씩 음료를 시켰다. 외국에서는 한 자리에서 3시간 이상 머무르면 추가금을 낸다. 여기도 그 시스템을 따르고 있었다.

"이렇게 종일 가게에 묶여 있다니 언니답지 않은데? 언니는 석 달마다 외국으로 나가 놀아야 하잖아."

"이젠 못 그러지. 그런데 지수야. 이거 꽤 짭짤하다. 커피 팔면 한 달 월세는 나온다. 신기해!"

은실 언니는 본격적으로 '카페 홈즈'라는 간판을 달고 커피 장사를 했다.

형부 일을 도와 커피를 내릴 줄 아는 나에게 은실 언니는 주말에만 와서 도와달라고 부탁했지만 나는 단호히 거절했다. 당시 사이

클 선수와 정신없고 황홀한 연애 중이었기에 그 비좁은 카페에 처박히고 싶은 생각은 눈곱만큼도 없었다.

그렇게 만들어진 미스터리 카페가 바로 이곳, 지금 우리가 마주 앉아 있는 이 전자 모기향 냄새가 가득 들어찬 18평의 '카페 홈즈' 이다.

이곳은 성산대교 북단 아래, 한강공원 망원지구 초입에 있는 단층 짜리 콘크리트 건물이었다. 한강 둔치로 들어가는 지하 보도 로터리에 있는 모퉁이 건물로, 치킨집과 반을 나눠 쓰고 있다. 한 건물이었지만 왼쪽으로 꺾으면 치킨집, 오른쪽으로 꺾으면 카페 홈즈가 된다.

아무튼, 카페가 만들어진 지 4년이 지난 지금, 은실 언니는 카페 홈즈 명의를 넘기려 하고 있다.

누구에게? 나에게.

나는 창문 너머로 보이는 강둑을 바라보았다. 둑 위로 보이는 파란 하늘에는 구름 한 점 없다. 이 자리에 앉아 창을 보고 있자면 세상은 건물도 나무도 사람도 없는 온통 푸른 것만 있을 것 같다.

"자, 다 찍었다!"

은실 언니가 계약서를 내밀었다.

나는 언니가 내민 계약서를 한 장 한 장 넘겼다. 도장이 잘 찍혀 있는지, 페이지 오류는 없는지 꼼꼼히 살폈다.

언니가 도장을 티슈로 닦으며 말했다.

"가게를 인수하겠다고 해서 너무 놀랐어."

"언니가 인수하라며?"

"정말 그럴 줄 몰랐지."

"내가 잘해볼게."

"시세보다 싸지 않다. 알지? 나중에 비싸게 가게 넘겨받았다느니, 속았다느니 뭐 그런 소리 말아라."

나는 끄덕였다.

언니가 다시 다짐받았다.

"계약 취소하면 위약금 있다."

"아, 알겠다고. 몇 번이나 말해."

허벅지 굵은 것 외에 아무짝에도 쓸모없었던 사이클 놈과 헤어진 나는 그간 모아둔 돈과 은행 다닐 때 친했던 상무님을 꼬드겨 한도까지 대출받은 돈으로 이 카페의 권리금을 마련했다.

계약서는 완벽했다.

망원동 450-1201번지 카페 홈즈 명의 변경 및 영업 신고 지위 승계 서류. 드디어 카페 홈즈의 운영권을 받아냈다. 시세보다 두 배나 비싸게. 그것도 현금 박치기로.

"고맙다, 지수야. 너 때문에 한시름 놨다."

"책들은 그대로 두는 거, 맞지?"

이번엔 내가 다짐받듯 물었다.

"응."

"가지고 간다고 하면 안 된다. 이 계약서에 문구로 적혀 있어. 책들은 카페에 놔두고 가기로."

은실 언니는 도장 면을 닦은 티슈를 던지며 책 따윈 관심 없다는 표정을 지었다.

"이 많은 책을 컨테이너에 두면 보관료가 더 나와. 네가 써. 인테리어로 두면 좋지. 대신, 접시랑 커피 머신은 가져가야 해. 엄마 드리기로 했거든."

"그건 맘대로 해."

카페 홈즈 내부에는 만 오천 권의 추리소설과 스릴러 소설이 장식되어 있다. 그래서 망원동에서 아니 서울—어쩌면 전국—에서 추리 문학 카페로 유명해진 곳이기도 하다.

"너도 미스터리 소설 컨셉으로 간다고?"

"응."

"내가 4년간 카페 홈즈를 하면서 절실히 느낀 건데 북카페는 장사가 안돼. 미스터리 카페는 더더욱 손님이 안 와. 그냥 치즈케이크랑 마카롱 같은 거 만들어서 팔아. 너 손재주 좋잖아. 이 동네 은근히 애 엄마들이 많다. 애들 학교 보내고 수다 떨러 많이 올 거야. 언니 말 들어."

"내가 알아서 할게."

"그런데 카페 이름이 뭐라고?"

"카페 포와로."

"허 참."

은실 언니는 가당치 않다는 듯 웃었다.

**

내가 이 가게를 인수한 진짜 이유를 은실 언니는 모른다.

나는 1개월 전까지 카페 홈즈에서 일하고 있었다. 자전거 대리점 보증금이 필요하다며 내 돈을 빌려 갔던 사이클 놈이 잠적한 이후 우울한 나날을 보내던 나는 넘치는 시간을 주체하지 못해 매일 언니를 보러 왔었다. 그렇게 카페 홈즈에 나와 빈둥거리며 책도 읽고 글도 쓰고 은실 언니와 수다도 떨고 밥도 함께 먹었다.

어느 날 은실 언니가 말했다.

"나, 며칠 가게에 못 나오니까 지수 네가 하루 매출 정산 좀 해. 돈 필요하면 포스기에서 꺼내 쓰고."

"엥, 가게를 나한테 맡기는 거야?"

"며칠 바쁠 것 같아서 그래."

"펑펑 써버린다. 매일 피자 시켜 먹을 거라고."

"영수증만 잘 챙겨놔."

내가 은실 언니 가게를 봐주는 이유는 하나였다. 손님이 없고 소설 쓸 공간으로 적당했다는 것.

이참에 소설을 쓰자고 결심했다. 도서관이나 카페를 전전하면 노트북 전원선 연결할 자리를 찾는 게 스트레스였다. 하나 카페 홈즈에 가면 언니만 사용하는 주인용 책상이 있었다. 이전부터 내 노트북은 이곳에 놓아두고 있었다.

봄이 되자 언니는 어디론가 바쁘게 싸돌아다니는 일이 잦았다.

나는 텅 빈 가게에 주인처럼 앉아 글을 썼다. 손님이 오면 커피를 내리고 저녁이 되면 매상을 정산했다. 물론 노동비는 받지 않았다. 배고프면 포스기에서 돈을 빼내 김밥 따위를 시켜 먹고 명세를 꼼꼼하게 남겼다. 언니는 필요하면 돈을 꺼내 쓰라고 했지만 그러지 않았다.

3개월이 흘렀다.

그날도 은실 언니는 나가고 없었다. 나는 공모전에 낼 소설을 쓰고 있었다.

손님은 한 명도 오지 않았다.

혼자 있자니 손님이 없는 것이 걱정스러웠다.

'카페 밖 시야는 지저분한 건물이 없어서 참 괜찮은데. 강으로 넘어가는 둑이 길게 늘어져 있고 그 위로 하늘이 넓게 보여서 멍 때리기도 좋은데. 왜 손님이 없을까나.'

아마도 사람들이 잘 다니지 않는—여름 한때만 둔치에 자리를 펴놓고 맥주나 라면을 먹는 사람들로 인산인해를 이룬다—자리 때문이다.

그런 생각을 하다가 '무슨 걱정이야, 내 가게도 아닌데 뭐'라는 생각에 이르렀다. 사실 말이지, 내가 가게에 손님이 없는 것을 걱정할 처지가 아니다. 신춘문예와 각종 공모전에 헛물을 켠 지도 어언 7년이 흘렀다. 나는 글쓰기에 한계를 느끼고 있었고 작가가 되겠다는 결심이 옳은 선택인지 심각하게 의심하는 중이었다.

젊은 시절 함께 유학했던 친구들은 전부 박사 학위를 땄고 각자 학교에서 한 자리씩 차지하고 있다. 만나던, 아니 차버린 남자들도 가정을 꾸렸다. 하물며 인생 동지라고 생각했던, 계획 없이 충동적으로 사는 은실 언니마저도 어딘가를 바쁘게 왔다 갔다 하고 있다.

가게로 밀려왔던 노을빛이 사라지고 땅거미가 내려앉자 나는 괜히 울적해졌다. 냉장고에서 에스트레야담 한 병을 꺼내와 자리에 앉았다. 커피 외엔 처음으로 가게 물건을 건드리는 참이었다.

숨도 틔우지 않은 채 차가운 맥주 한 병을 그대로 목 안으로 밀어 넣고 눈을 꾹 감았다. 캬, 고양이 소리를 냈다. 시원한 액체가 들어가자 머리가 띵했다. 또 슬퍼졌다. 세상에서 오직 나만 한 자리에 박힌 나무 같았다. 그것도 열매도 이파리도 틔우지 못하는 나무.

서른여덟이 되자 나는 날개를 점검했고 내 날개가 생각보다 추진력이 없다는 것을 느끼고 있었다.

기분도 우울한데 저 냉장고에 있는 술 끝장내버려?

딸랑.

그때 종소리가 울렸다.

문 쪽을 보니 스님이 서 있었다. 나이키 운동화에 금장 롤렉스 시계를 찬 떠돌이 승려.

난 또 누구라고.

얼큰하게 취한 나는 고개를 삐딱하게 저으며 몇 분쯤 냉소적으로 바라보다가 다시 내 모니터를 주시했다.

저 스님은 이 동네에서 유명한 사람이다.

가게마다 돌아다니며 수금하는 야매(?) 중이다.

그는 무턱대고 카페 안에 들어와서 목탁을 치며 돈을 요구한다. 그가 모습을 드러내면 은실 언니는 후다닥 달려가 오천 원이나 만 원을 주먹 안에 쥐여 주고 그를 문밖으로 밀어낸다. 손님에게 방해되지 않도록 하려는 것이다. 어떨 땐 냉장고에 넣어둔 먹다 남은 피자나 케이크 조각을 싸주기도 했다.

나는 그렇게 하지 않지.

무시다. 개 무시.

그가 경을 외기 시작했다.

"마하반야……."

"가세요. 손님 없어 죽겠구먼."

내가 심드렁하게 말했다.

"……바라밀다……심경……."

내 말에 눈을 뜬 그는 손님 한 명 없는 내부를 보더니 되려 뻥진 얼굴이 되었다.

그가 이쪽으로 다가왔다.

오십 대는 넘어 보였고 육십 대는 아니다.

말로 세상 돌아가는 이치를 굴릴 줄 아는, 한 마디로 사기 잘 칠 얼굴이다.

"사장님 어디 갔어요?"

나는 연하게 취한 얼굴로 노트북 자판의 화살표 버튼을 또각또

각, 누르며 내가 쓴 글을 내리고 있었다.

그가 고개를 삐쭉 내밀어 노트북 화면을 본다.

노트북을 탁 덮었다.

"이 아저씨가! 뭘 보는 거예요?"

그는 내가 읽다 만, 편 채로 덮어 놓은 엘러리 퀸의 〈노파가 있었다〉 표지를 흘끔 보았다. 집어 들고 페이지를 드르륵, 넘긴다.

"아씨, 남의 책을."

낚아챘다.

바둑알처럼 박힌 눈이 내 목과 가슴 언저리를 훑었다. 나는 짧은 스누피 티를 입고 있었는데 어깨는 민소매였다. 내 팔뚝과 내 겨드랑이 쪽에 꽂힌 승려의 검은 눈에서 번지르르한 욕망이 흐르고 있었다.

"지금 어딜 보는 거예요?"

그가 내 겨드랑이에서 내 얼굴로 시선을 옮겼다.

"딱, 작가상(像)이로군."

뭐래.

"과거 생에 복을 지었기에 지금 생에 나를 만난 것이외다. 아난 분별경."

나는 죽일 듯 그를 노려보았다.

그가 투덕투덕한 볼을 실룩댄다.

"아가씨, 작가가 될 상이야."

"가세요. 사장님 오시면 큰일 나요."

“그런데 연이 끊겨 있구먼. 팔자의 인성 자리에 펜이 아니라 꽃이 들어앉아 있네. 인성이란 편인(偏印)과 인수(印綬)를 말하는데…….”

그러다가 갑자기.

“흐메야. 갑자기 머리가 지끈지끈 아프네. 많이 아파. 아가씨 머릿속에 걱정이 수미산을 덮었어.”

이 새끼가.

“썩은 진흙에서도 연꽃이 피어날 수 있듯, 삿된 업을 지은 중생도 불법의 씨앗을 틔울 수 있지. 정법경.”

“안 나가요?”

“불법뿐일까. 작법도 마찬가지. 아가씬…….”

내가 벌떡 일어났다.

바닥 닦는 대걸레를 화장실에 두었나, 냉장고 뒤에 두었나. 나는 후려칠 것을 찾으며 두리번거렸다.

그는 롤렉스 찬 두툼한 손으로 이마를 긁어대며 가게 안에 꽂혀 있는 책들을 둘러보았다.

“오천 권은 넘겠군. 이렇게까지는 필요 없어. 딱 삼천 권만 읽으면 돼.”

“나가요. 나는 언니랑 달라서 물 뿌리고 소금도 뿌려요.”

“안타깝네. 이 가게에 있는 책 삼천 권만 읽으면 작법의 눈을 뜨게 되는데. 쩝, 딱 르귄의 상인데 말이야.”

그가 아쉽다는 듯 중얼거리며 돌아선다.

뿌그르르.

가스레인지에 올려둔 주전자에서 소리가 났다. 나는 가스레인지를 끌 생각도 않은 채 멍하게 서 있었다.

“잠깐만요.”

그가 문손잡이를 잡은 채 멈췄다. 입술을 실기죽거리며 돌아본다.

“무슨 상이라고요?”

“뭐가?”

“아, 방금 나한테 무슨 상이라면서요? 르귄?”

“아, 어슐러 르귄? 맞아. 아가씬 그 사람과 관상이 같아. 그리고 아가씬 르귄을 뛰어넘는 작법의 신이 될 수 있어.”

이 아저씨가 르귄을 알아?

그는 몸을 돌리더니 걸어왔다.

그는 칠면조처럼 어깨를 넓혔다.

“다 인연이 있는 거요, 인연이. 삼천 권이면 인연이 풀려.”

그는 미국의 대 판타지 소설가 어슐러 르귄이 10월생인 것도, 그녀의 작품 〈어둠의 왼손〉이 네뷸러상과 휴고상을 동시에 수상한 것도, 〈어스시의 마법사〉 시리즈가 톨킨의 〈반지의 제왕〉과 C. S. 루이스의 〈나니아 연대기〉와 함께 세계 3대 판타지 소설이라는 것도 알고 있었다.

나는 당장 시원한 얼음에 사과 티백과 꿀을 섞어 내놓았다. 일명 얼음 사과 차. 일전에 내가 형부 가게에서 개발한 메뉴로, 홈즈에

오는 손님들에게도 반응이 좋은 음료다. 은실 언니는 이 얼음 사과차를 카페 홈즈의 시그니처 메뉴로 만들자고 했지만 나는 '손님도 없는 카페에 웬 시그니처?'라고 핀잔을 주었다.

"드세요. 시원하게, 쭉."

대사께서는 한동안 꼴딱꼴딱 음료만 들이켰다. 그가 캬, 하고 잔을 내리며 입을 닦았다.

내가 다급하게 물었다.

"그게 무슨 말씀이세요? 삼천 권이란 게?"

"작법에 대가가 된다 이 말이여. 저기 저, 책 삼천 권만 읽으면."

그는 갑자기 전라도 사투리를 썼다. 막 무언가에 빙의된 것 같기도 하다.

아무튼, 공양미 삼백 석도 아니고, 책 삼천 권?

나는 가게에 장식된 책들을 가리켰다.

"저기 꽂힌 책들을 읽으라고요?"

그는 대답하지 않고 카페 홈즈 내부를 둘러보았다. 흘기는 눈초리가 마치 귀신 들린 폐가를 보러 온 무당처럼 변한다.

그는 눈을 감더니 손가락을 꼽았다.

그리고는 눈을 부릅떴다.

"내년에 등단할끼다."

으하, 이번엔 경상도 사투리로 바뀐다.

휘파람 부는 소리도 낸다.

"장편 한 권이 나올 끼고 단편도 세 개나 나온다. 피휴— 동시다

발로 벌어질 끼다. 장편소설은 프랑스와 대만, 중국에서 번역하자고 카겠네. 물 들어올 때 노 젓겠네. 피휴— 그카고…… 그카고. 보자. 피휴— 피휴— 더 보여야 될 낀데. 흐미야, 갑자기 시선이 흐려지네."

그에게서 심오한 기운을 느낀 나는 내 몸에서 분출하는 경외감에 사로잡혀 나도 모르게 얼른 지갑에서 만 원을 꺼내 바닥에 내밀었다.

대사께서는 눈을 비비기만 할 뿐, 말씀을 내놓지 않으셨다.

나는 만 원짜리 한 장을 더 꺼내 내밀었다.

최대한 공손히.

그제야 그는 "보인다, 보인다, 방금……봤다" 하더니, 품에서 난데없이 스마트폰을 꺼냈다.

갤럭시 노트 최신형.

"처녀, 와이파이가 우째 된다요?"

그가 카페 와이파이 비밀번호를 물었고 나는 계산대 앞에 써놓은 번호를 가리켰다.

노안인 그는 눈을 찌푸리며 한 자 한 자 숫자를 보았고 형광펜 굵기만 한 손가락으로 자신의 핸드폰에 꾹꾹 숫자를 눌렀다.

연결 실패.

"아닌데?"

"제가 해볼게요."

나는 그의 전화기를 받아서 와이파이를 연결해 주었다. 그는 나한테서 전화기를 돌려받자마자 테이블이 들썩거릴 정도의 소리로 할(喝)을 쳤다.

“쿠아악, 뭐하나? 꺼내라고!”

화들짝 놀란 나는 그를 멍하게 보았다.

“뭘 꺼내요?”

“내가 왜 와이파이를 연결했겠나!”

그는 내 스마트폰을 꺼내라고 소리치고 있었다. 나에게 자신과 메신저 톡을 연결하라고 했고 나는 얼떨결에 그렇게 했다. 연결되자 내 스마트폰 메신저로 어떤 URL이 전송되었다. 눌러보니 어느새 그의 스마트폰에서 내 스마트폰으로 수상한 애플리케이션이 이동 설치되고 있었다.

내 스마트폰 화면이 빠른 속도로 번쩍거리며 검어졌다가 오류 스크린이 떴다가 하며 요란을 떨었다. 나 또한 뜨거운 것을 만지기라도 하는 듯 스마트폰을 쥔 손이 부르르 떨렸다.

“으악! 이게 뭐예요? 내 폰에 뭐가 깔리는 거예요?”

승려는 입에 든 얼음을 오도독, 오도독, 깨 먹으며 윙크했다.

“기다리시오, 관세음보살.”

내 스마트폰 바탕화면에 처음 보는 앱이 설치되었다.

앱 이름이…….

“공양 책 삼천 권?”

“그렇취!”

승려는 몹시 만족한 얼굴로 고개를 끄덕였다.

묘한 이름의 애플리케이션이었다.

"그 앱 대로만 하면 아가씨는 작가로 성공할 거요. 아까 중국과 대만이라고 했지? 특히 대만에서 큰돈을 벌겠네. 내년부터 1년에 십억씩 통장에 들어와."

말투가 다시 서울말로 바뀌었다.

"대만요?"

"응, 대만."

오도독, 오도독.

"난 대만에 가본 적도 없는데."

"……보자."

그는 다시 손가락을 꼽으며 점괘를 뽑는 듯 행동했다.

"대만 맞아. 우리 부처님 할아버지가 대만이 추리소설이 강하다고 하네."

부처님 할아버지?

그를 노려보았다.

부처님 할아버지라는 말에 신뢰가 싹 무너졌나.

"단, 조건이 하나 있는데……."

"뭔데요, 조건이?"

그는 조건을 말하는 대신, 어리석은 이는 범부와 성인으로 나뉜다니, 허물이 있어도 스스로 잘못을 알아 악을 고쳐야 한다느니, 법화경이니 사십이장경(四十二章經)*이니 등의 이해하지 못하는 소

---

* 중국에 전래된 최초의 경전. 출가 후의 학문의 도리와 일상생활에 관한 교훈

리를 지껄여댔다.

눈치 빠른 나는 지갑에서 만 원 한 장을 꺼내 내밀었다.

실긋, 내려다보는 눈이 마음에 들지 않는다고 말하고 있다.

만 원을 더 꺼냈다. 총 사만 원이 그 앞에 놓여 있었다.

비로소 그가 넙데데한 얼굴을 내밀더니 비밀을 말하는 양 속삭였다.

"가게에 꽂혀 있는 저 책들을 읽고 이 앱을 사용하시오."

"네?"

"단, 이 가게 안에서만 읽어야 해. 명심해!"

"가, 가게 안?"

"에헴. 난 할 말 다 했소. 그럼 성불(成佛) 아니 성작(成作)하시고, 나무관세음보살."

그가 올려둔 돈을 쓸듯 품에 넣고 문으로 걸어갔다.

"왜 하필 가게 안에서죠?"

그가 뒤돌았다.

그는 몇 분 전의 그 표정, 무언가 저주스러운 것이라도 본 듯한 눈으로 가게 내부를 다시 훑더니 말했다.

"고인 기운이지, 이 공간의 힘!"

딸랑, 그는 사라졌다.

나는 스마트폰에 설치된 앱을 실행시켜 보았다.

무슨 피트니스 애플리케이션 같았다.

을 적은 책이다.

거대한 막대그래프가 하나 있었고 날짜마다 읽은 책을 입력하도록 만들어 있었다.

메인에 보이는 거대한 막대그래프를 클릭하니 화면 안 페이지로 넘어갔고 거기에는 또 여러 개의 작은 막대그래프가 보였다.

그래프마다 [서정 묘사], [대사 처리], [캐릭터 설정], [주제 설정], [단어 선별], [고증], [개연성], [플롯 구성] 같은 타이틀들이 붙어 있었다. 뉴스에서 간혹 보는 대선 후보 선호도 조사표 같았다.

도움말을 보니 작은 막대그래프들이 백 퍼센트까지 차면 이전 화면, 즉 메인 화면에 보이는 거대 막대그래프가 다 차는 구조였다.

이 그래프가 다 차면 내가 작법의 신이 된다고?

가입 기념으로 기본 포인트 12퍼센트의 게이지를 준다며 받을지를 물었다.

OK를 누르자 사용법 매뉴얼이 시작되었다.

스마트폰에 이어폰을 연결해서 귀에 꽂으라고 했다. 시키는 대로 했다. 비발디의 사계 중 봄의 테마가 흐르기 시작했다.

창이 떴다.

오늘 날짜 아래에는 읽은 책의 제목과 한 줄 감상평을 올리라는 안내가 나왔다.

나는 읽고 있던 책, 엘러리 퀸의 〈노파가 있었다〉를 써넣었다. 밤새 읽고 이제 몇 장 남지 않은 상태였다. 입력하고 엔터를 누르자 [설정 및 참신] 그래프가 7퍼센트 올랐다. 다시 밖으로 나오니 큰 그래프 게이지도 늘어나 있었다.

'오, 뭔가 작동하는데?'

그러다가 순간 앱이 다운되어 버렸다.

그제야 나는 그 땡중에게 피 같은 내 돈 사만 원을 강탈당한 것을 깨달았다.

***

은실 언니로부터 가게를 인수하고 카페 홈즈의 주인이 된 나는 입구에 붙여 놓은 청동 패널로 만든 카페 홈즈 간판을 떼어내고 새 간판을 달았다.

카페 포와로.

아크릴판에 시트지를 붙인 제일 싼 간판이었다. 중국집 간판 같았지만 신경 쓰지 않았다. 나는 외형에 신경 쓰지 않는 효율주의자이다. 커피점을 운영하는 형부가 가게 분위기와 맞지 않는다며 사놓고 풀지도 않았던 식기들도 모조리 가지고 왔다. 남대문 시장에서 커피 머신도 중고로 들여놓았다.

은실 언니가 꾸며놓은 내부 장식 중에서 셜록 홈즈와 관련된 것들, 이를테면 코난 도일 액자나 홈즈 인형, 파이프 담배 모형들만 치웠다.

대신 벽 한 면에 출력소에서 인쇄한 에르퀼 푸와로 전신사진과

애거사 크리스티 얼굴 사진 족자를 걸어 놓았다.

이걸로 땡.

이제 카페 홈즈가 카페 포와로가 된 것이다.

왜 포와로라고 이름을 지었냐고? 이유는 없다. 그저 홈즈가 아니라면 포와로였을 뿐이다.

'포와로'라는 철자에 관해 살짝 고민하긴 했다. 어렸을 때 즐겨 보던 해적판 크리스티 소설책에 표기된 이름은 포와로였다. 지금 공식 표기법은 '푸와로'이다. 카페 푸와로? 카페 포와로? 나는 어릴 적 내 마음을 흔들어 놓았던 이름을 그대로 사용하기로 했다.

아무튼, 이제 이곳은 중요해졌다.

한도까지 대출받고 없는 돈을 달달 긁어모아 마련한 사업장이다. 내가 책 삼천 권을 읽을 동안에 이 카페는 내 생활비와 은행 대출 이자를 벌어주어야 했다.

나는 계산대 옆 은실 언니 자리, 아니 이제 내 자리가 된 주인용 책상에 앉았다. 일을 봐줄 때도 앉았던 자리이기에 기분이 묘하진 않았다. 스탠드 조명등 아래에 은실 언니가 두고 간 마네키네코* 가 반갑다며 손을 흔들고 있다. '이제 내 주인은 당신이군요, 배지수 씨.' 마네키네코가 그렇게 말하는 것 같았다.

"시작해 볼까."

스마트폰을 켰다.

[공양 책 삼천 권] 애플리케이션의 막대 게이지는 지금 42퍼센트

---

* 일본 고양이 인형.

까지 올라간 상태다. 나는 이 애플리케이션이 엄청난 마법을 부린다는 것을 깨닫는 데 얼마 걸리지 않았다.

그날, 땡중이 돌아가고 사만 원을 강탈당했다는 것에 허탈해진 나는, 뒤통수 맞듯 설치된 그 앱을 스마트폰에서 제거하려 했다. 그러나 삭제되지 않았다. 그 앱은 막무가내였다. 그저 위치만 옮길 수 있었을 뿐 바탕화면에 단단하게 남아 있었다. 디바이스로 들어가 아무리 살펴도 삭제 버튼이 보이지 않았다.

스마트폰을 포맷할까 생각했지만 힘들게 설치한 은행 앱과 공인인증서, 피트니스 앱에 보관한 여러 데이터가 아까워 차마 지울 수 없었다.

개새끼네.

땡중을 욕하던 나는 문득 어떤 생각이 들었다.

가만있어 봐. 읽은 책의 제목을 입력하자마자 수치가 7퍼센트대로 늘어난 건 뭐지?

좀 미묘했다.

입력하는 순간 다운된 것도 아니다. 분명 7퍼센트라는 수치는 무언가에 반응해서 나온 수치였다. 스마트폰이 내가 읽은 책을 인지했고 내부 시스템에 따라 무언가를 연산한 게 틀림없다.

생각해보니 나는 엘러리 퀸의 소설책을 끝까지 읽지 않았음을 깨달았다.

엘러리 퀸이 용의자들을 모아놓고 노파가 왜 죽었는지, 범행에 사용된 총의 개수가 왜 다른지를 설명하는 부분을 읽던 중에 그

승려를 만났던 것.

책의 마지막 장, 마침표까지 읽어야 하는 건가?

미심스러웠지만, 〈노파가 죽었다〉를 마지막 페이지까지 읽고 다시 앱에 제목을 기입했다.

그러자 막대그래프 수치가 7퍼센트에서 7.4퍼센트로 올랐다.

0.4퍼센트가 오른 것이다.

앱이 다운되지도 않는다.

'오호.'

그리고 얼마 후 나는 놀라운 일을 경험했다.

그날 밤 나는 원고지 30매 분량의 소설을 썼다.

머리가 트이고 맑아지며 몹시 거뜬하게 문장을 게워냈다. 쓴 것을 읽어보니 실로 엄청난 내용이었다. 그리고 몇 개월 동안 해결하지 못한 밀실 트릭도 완벽하게 구성했다. 내 컴퓨터 화면에는 놀랍도록 화려하고 간결하며 효과적인 문장들이 보석처럼 나열되어 있었다.

'아. 아. 이 앱. 진짜가 봐.'

0.4퍼센트의 게이지가 오른 만큼의 작력이 글로 치환된 것이다.

이건 진짜였다.

두께와 내용에 따라 수치는 제각각이었지만 분명히 내가 끝까지 읽은 책의 제목을 입력하면 어김없이 수치가 올라갔다. 그런 후 글을 쓰면 일사천리로 진행할 수 있었다.

어떠한 이야기든 구성과 플롯, 대사를 사용하는 감각, 추상적인 개념과 사물의 초월성 부여하기, 캐릭터의 감정을 세우는 에피소드를 장만하는 데 전혀 어려움을 느끼지 않았다. 앱은 즉각적이고 계량적이었으며 산술적이었다. 작법 전반에 걸쳐 필요한 테크닉이 정량적으로 활현한다고나 할까, 사유적, 기술적으로 글 쓰는 능력이 향상하고 있음을 체감할 수 있었다.

책을 읽고 게이지를 늘인다.

늘어난 게이지 수치만큼 내 글쓰기 실력이 늘어난다!

—단, 이 가게 안에서만 독서하시오.

이 말도 틀림없이 들어맞는 것이었다.

카페 포와로가 아닌 다른 장소, 예를 들어 집이나 도서관에서 책을 읽고 앱에 써넣으면 막대그래프 게이지는 절대로 반응하지 않는다.

카페 포와로 내부에서 있던 책일지라도 중간에 가게 밖으로 들고 나가 한 페이지라도 읽고 앱을 이용해도 역시 게이지가 오르지 않았다.

오직 가게에 꽂힌 책을 처음부터 끝까지 가게 안에서만 읽었을 때, 그리고 가게 안에서 앱을 작동했을 때라야만 막대 게이지가 올라갔다.

공간의 힘!

나는 이 카페 홈즈, 아니 이제 카페 포와로가 된 이 공간에 어떤 신묘한 힘이 고여 있음을 깨달았다. 아무래도 은실 언니가 4년 전 작업실을 쓰겠다고 이사 온 후 어떤 미스터리한 힘이 장식된 책들에 영향을 끼친 것 같다.

'책들에 녹아 있는 힘을 내 머리로 트랜스포터 하는 거야. 이 애플리케이션은 그 힘이 나한테 정확하게 적용되었는지 확인하는 도구이고. 신기하네.'

구글플레이나 앱스토어에 찾아보아도 이 애플리케이션은 존재하지 않았다. 이 앱을 설치할 때 연결된 대사님의 메신저 톡 계정에 말을 걸어도 답이 없었다.

그렇다면 이 앱을 나만 알고 있다는 거야?

이게 꿈이야, 생시야.

이 앱만 있으면, 아니 이 앱의 게이지만 채우면 자연스럽게 그 힘이 나에게 옮아오고 나는 높은 작력(作力)의 소유자가 될 수 있다.

단순히 문장을 구성하고 집재하는 능력만으로는 부족하다. 작가로서 현실을 바라보는 냉철한 시선을 보유해야 한다. 그것은 오랜 기간을 들여 한 독서량, 철학적 사고능력, 인문학적 시선이 모여 숙성되어야 나오는 것이다. 이 공간에서의 독서는 그것까지 가능케 했다. 애플리케이션이 그런 능력들 하나하나를 세심하게 다루고 있었다.

은실 언니는 여전히 가게를 비웠고 나는 언니의 카페 홈즈를 봐주며 카페에 장식된 책을 읽어댔다. 그리고 애플리케이션의 그래프 게이지를 42퍼센트까지 올렸다. 그러나 은실 언니는 나의 [공양 책 삼천 권] 프로젝트가 순순하게 진행되게 내버려 두지 않았다.

분주하게 밖으로 떠돌던 은실 언니가 어느 날부터 나가지 않았다. 멍하게 코를 파고 앉아 있거나 세상이 재미없다는 듯 한숨을 푹푹 쉬기도 했다.

'또 뭔가 하다가 흥미를 잃고 지겨워졌구먼.'

언니는 책에 파묻힌 나를 게슴츠레하게 보는가 싶더니 사이클 놈 이야기를 꺼내며 내 속을 뒤집어 놓았다. 내가 그 자식에게 큰돈을 사기당한 일을 꼬치꼬치 캐물었고 내가 모아둔 돈이 얼마나 더 있는지도 물었다. 언니는 나를 참견하기 시작했다. 결혼하지 않을 거라면 남자 대신 집은 꼭 사놓아야 한다, 암 보험은 들어놓았느냐, 대출을 알아봐 줄까.

나는 몹시 짜증이 났다.

"언니, 요즘 왜 가게에만 있어?"

"내 가게에 내가 있는데 뭘? 아이고, 더워서 나가는 것도 힘들다, 야."

그 말에 깨달았다.

이 공간이 내 것이 아님을.

게이지를 올리기 위해서는 특단의 조치가 필요했다.

나는 지금 카페 홈즈를 인수해 나만의 공간으로 만들었다. 카페 명을 포와로로 바꾸고 말이다.

가게를 폐쇄하고 공간에 틀어박혀 오롯이 책만 읽으면 좋으련만 빌어먹을 월세와 은행 대출 이자, 생활비를 벌려면 어쩔 수 없었다. 삼천 권이나 되는 책을 꼼꼼하게 읽고 게이지를 올리려면 최소

1년은 걸린다. 그간은 커피를 팔아야 했다.

은실 언니는 늘 장사가 안된다고 투덜거렸지만, 그녀가 4년 동안 운영한 카페 홈즈는 꽤 알려진 미스터리 카페였다. 하루 동안 적당한 수의 손님이 찾아왔고 한 달 장사하면 나 하나 먹고살 돈은 나왔다.

지금 나는 원고지 300매가량을 쓰고 있다.

1500매 장편 초고가 나오면 그대로 하나의 작품이 될 터였다.

이 공간에 고인 미스터리한 글쓰기 힘을 탑재한 나는 수정과 퇴고 없이 단번에 작품을 만들 수 있었다. 그야말로 지눌의 돈오점수(頓悟漸修)* 가 아니라 성철의 돈오돈수(頓悟頓修)**의 경지다.

이 원고가 완성되면 나는 원고를 미국의 글로벌 출판사인 펭귄북스 본사에 보낼 생각이다. 내 소설은 곧바로 초판 10만 부를 찍어 북미 대륙을 평정하고 당해 최고의 소설로 주목받을 것이다. 그 작품은 그해에 전미도서상(National Book Award)과 전미도서비평가협회상(NBCC-awards)을, 그 이듬해 퓰리처상을 받고 3년 안에 노벨문학상을 탈 것이다.

왜 국내가 아닌 외국에서 먼저 출판하느냐고?

바로 애플리케이션 7단계부터 드러나는 숨겨진 능력을 알고부터다.

매뉴얼을 보면 메인의 막대그래프가 70퍼센트까지 채워지면 세

---

* 깨닫고 점진적으로 수행한다.
** 단박에 깨달아서 더는 수행할 경지가 없다.

부 막대그래프의 항목에서 영문으로 소설을 쓸 수 있는 능력치 막대그래프가 새로 생성된다고 한다. 이 요소는 아마도 영어 쪽이 아닌 제3지대의 소설가들을 위한 배려인 것 같았다.

실로 사자가 날개를 얻는 격이다.

우리나라의 문학 작품이 왜 해외 유수의 문학상을 받지 못했나? 유능한 번역가가 동참하지 않아서가 아닌가. 고작 6천만 명이 사용하는 언어인 한글로 작품을 만든다는 것은 작품 수용에 있어서 이만저만 손해 보는 장사가 아니다.

우리글의 글자와 문장 사이에 내포된 미의식과 질척한 얼을 세계에 전달하기 위해서는 우리 문화를 잘 아는 영문학자가 필요하다.

게다가 빌어먹을 문단 카르텔도 끔찍하다. 그놈의 등단, 등단. 나는 벌써 7년째 공모전과 문예지에 등단을 준비하고 있다. 매번 응모하지만 떨어졌다. 내 소설의 주제는 고양이가 북극에서 새로운 나무 종을 개량하는 이야기다. 그들은 내 이야기가 사회의 고질적인 병폐와 인간의 내면적 성찰이 없다고 했다.

심사위원들은 끔찍하기 짝이 없는 자들이다.

세상이 어떤 세상인데 아직도 70년대 유행했던 자아 성찰 담론, 그 이전 세대의 이념, 세계와 자아의 괴리 따위의 고질적이고 형이상학적인 주제를 여전히 들먹이고 있다. 아니면 죽은 엄마 이야기나 암에 걸린 아내 이야기다. 현실이 이토록 괴로운데 소설 속에 주인공의 눈물까지 아파하고픈 사람은 없다.

등단이라는 제도는 불가의 인가(印可)와 같다. 도력 높은 스님이 제자에게 득법(得法)을 인정하는 시스템. '어느 스님 제자냐?' '너 어느 절 출신이냐.' '내가 너를 도통했다고 인정했으니 넌 이제부터 부처다.' 이게 선종의 인가 시스템 아닌가.

누구나 스마트폰으로 키보드로 글을 쓰고 퍼뜨리는 시대가 되었는데 '우리가 주는 상을 받았으니 지금부터 너는 소설가다'라고 인정하는 전 근대적인 장치가 아직도 먹히는 사회가 나는 도무지 이해되지 않는다.

그 사이 세상은 바뀌었다. 유럽이고 미국이고 아시아고 할 것 없이 성 소수자, SF, 판타지, 게임소설, 팩션 등의 장르적 문학이 주류로 치고 올라왔다.

'이제 그따위가 무슨 걱정이겠어. 호호.'

나는 번역에 관한 고민을 덜 수 있다. 내가 직접 영문으로 된 별과 같은 작품을 뽑아낼 테다. 나는 미국 현대문학을 대표하는 작가가 되어야만 한다.

생각만 해도 흥분되었다.

내가 영어로 된 소설을 쓰다니.

그간 내 작품을 반려했던 출판사들이 하나하나 떠올랐다. 빈정대던 친구들 표정도 떠올랐다. 그들이 쏜 멸시의 화살들이 아직도 내 등에 고스란히 꽂혀 있다. '소질이 없는 거 아니야? 7년 동안 떨어졌으면 다른 일을 하는 게 좋아. 그 두꺼운 원고를 읽어달라고 보내지 마라.'

복수할 테야.

오늘따라 손님이 없었다.

오후 6시가 되면 카페 문을 걸어 잠그고 애플리케이션 게이지를 마음껏 올릴 생각이었다.

나는 저녁 11시까지 카페 포와로에서 책을 읽었다.

집으로 돌아와 샤워로 몸을 덥히고 내 주인님 샤미—나와 함께 사는 고양이 이름이다—에게 밥을 준 후 충분히 숙면한다. 다음 날 일찍 카페로 출근해서 전날 읽은 책의 내용을 정리해서 스마트폰에 차곡차곡 입력한다.

그렇게 작력 그래프를 올렸다.

책의 내용과 나의 흡수력에 따라 그래프는 5퍼센트에서 7퍼센트씩 오르고 있었다. 평균 5퍼센트였다. 그만큼 내 글쓰기 실력도 늘었다.

증명? 물론 가능했다.

틈틈이 쓴 내 원고는 보석처럼 빛나고 있었다. 너무 빛이 나서 실명할 지경이다. 지금은 나만 아는 상황이지만 출판되면 세계인이 알게 될 것이다.

그러다가 나는 원고 작업을 중단했다.

이 이유도 진행하면서 깨우친 것인데 그날그날 올린 게이지만큼의 글을 쓴다는 것은 꽤 고역이었다. 올라간 수치만큼은 소스라칠 정도의 주옥같은 글이 나왔지만, 그 이상은 몹시 답답한 글이 나온다. 이건 뭐, 앞 페이지는 헤밍웨이가 쓰고 뒤 페이지는 초등학생이 써 놓은 글 같았다. 원래 내 실력—그러고 보면 나도 어지간히 실력이 없긴 했나 보다. 나를 떨어뜨린 공모전 심사위원들을 욕할 게 못 되었던 거였다—일 것이다.

글은 탄력을 받을 때 쭉쭉 밀고 써 내려가야 하는 법인데 확보한 수치만큼만 쓰다 보면 문장이 뚝 끊기기 일쑤였다.

'우선 책만 읽는 거야. 게이지를 백 퍼센트로 올린 후 원고를 작업하는 게 좋겠어. 완벽하게 르귄이 된 후 단번에 탈고하는 거야.'

그래야만 했다. 나는 이 앱으로 실력을 완충한 후 일필휘지로 작품을 만들어내는 것이다.

지금 나는 도리스 레싱의 〈생존자의 회고록〉을 읽고 있다.

****

9월 중순이었다.

월력(月曆) 상으로 여름은 갔지만 거리의 나무들은 아직도 열기에 쩔쩔 익고 있었다. 늙은 여름이고 더운 가을이었다.

거리만 그런 게 아니었다. 카페 포와로 천장에 설치한 에어컨도 팽팽 전기를 먹으며 돌아갔다.

게이지가 58퍼센트까지 오른 것에 만족해하며 다음 읽을 책을 고르고 있을 때, 딸랑, 문이 열리며 한 남자가 들어왔다.

나는 그만 입을 틀어막았다.

뿔테안경에 짙은 수염, 물 빠진 청색 빈티지 코트를 세련되게 걸친 그는 소설가 금탁완이었다.

금탁완.

그가 누군가.

막걸리 장인 이야기를 풀어 쓴 〈나는 동동〉, 명태잡이 어선을 모는 늙은 선장의 삶을 그린 〈잡아서 돌아오겠다〉 외 40편의 장, 단편을 쓴 한국 제일의 소설가가 아닌가. 그는 나의 우상이었다.

그의 작품 중 드라마와 영화가 된 것만도 수십 편이다. 은실 언니에게 인계받은, 저 서가의 책 중에서 금탁완의 책도 열여덟 권이나 있었다.

나는 연신 '어머, 어머'라고 나오는 내 입에 주먹을 쑤셔 넣고 벅차오르는 흥분을 막았다.

'카페를 하다 보니 이런 행운도 얻는구나. 집이 목동 쪽이라던데, 분명 신작 소설을 쓰기 위해 한가한 카페를 찾다가 포와로에 오신 모양이야.'

그는 어깨에 걸고 있는 슬링 백을 구석 자리에 내려놓고 카페 내부를 쭉 둘러보았다. 손님 없는 공간이 그럭저럭 마음에 드는 표정이었다.

소설책과 메뉴판을 들고 그 앞에 섰다.

"팬이에요. 여기 사인 좀."

"성함이?"

"지수, 배지수입니다. 호홍."

그는 능숙하게 사인한 다음 책을 돌려주었다. 나는 그의 얼굴 쪽으로 다가가 브이를 그리며 스마트폰 사진까지 찍은 후 음료는 무엇으로 드릴까요, 라고 물었다.

그는 슬링 백에서 노트북을 꺼내며 이 카페는 어떤 음료가 유명한지 물었다. 나는 코스타리카 드립 커피를 추천했다. 그는 난처한 표정을 짓더니 커피는 마시지 않는다고 했다.

그래, 기억난다. 잡지에서 본 인터뷰를. 작가님은 커피와 담배를 끊고 마라톤을 하신다고 하셨지. 채식주의자가 되었다고도 했고.

"그럼 사과 차를 드세요. 제가 시원하게 만들어 드릴게요."

그가 끄덕였다. 어머나. 저 멋진 웃음.

나는 계산대에 앉아 넋 나간 사람처럼 그의 등을 물끄러미 보았다. 얼음이 딸각거리는 사과 차를 옆에 두고 그는 세 시간 정도 노트북만 노려보며 앉아 있었다.

소설가의 등. 소설가의 어깨. 소설가의 옷.

그래, 소설가라면 저런 풍미가 있어야지. 심술이 뚝뚝 흐르는 꼰대의 모습이 아니잖아. 세련되고 패션너블한 외모에서 나오는 인자한 매력. 멋지다! 노벨문학상을 타면 나도 저렇게 느긋한 웃음을 지어야겠어. 아니야. 안경부터 뿔테로 바꿔야지. 헤어스타일도 바꾸자. 당장 미용실에 가야겠어. 파마도 풀고 길이도 짧게 잘라야지.

그렇게 생각하며 존경하는 소설가님의 등을 황홀하게 바라보았다.

어느새 가을 노을이 넓은 창을 통해 비껴 들어왔다. 가게 안에는 그와 나의 그림자만 검게 변했고 온통 샛노란 빛이 가득했다.

내가 볶은 콩을 유리병에 담고 있을 때 금탁완 작가님이 계산대 앞으로 왔다.

"어머, 벌써 가시게요?"

그는 처음 카페에 들어올 때와는 사뭇 다른, 몹시 상기된 얼굴을 하고 있었다.

나는 덜컥, 겁이 났다. 뭔가 불편하셨나?

분명 어리둥절한 표정이었고 어깨를 호들갑스럽게 떨고 있다. 예의 특유의 느긋하고 안온한 모습도 온데간데없다.

그가 물었다.

"이 카페, 언제부터 생긴 거죠?"

"봄부터요."

"음."

그는 고개를 갸웃거렸다.

"왜요? 뭔가 불편하신 일이라도."

그가 말했다.

"글이 상당히 잘 써지는데요."

"어머."

"이상하다. 이 기분, 뭐지? 내내 그 생각을 했어요. 뭔가 머리가 말끔해지면서 찌꺼기가 사라지고 애매한 것들이 분명한 것들로 바뀌어요. 마치 하늘의 은하수에 낀 안개가 별들에게 잡아먹힌 후 명멸한 그 자리에 영롱한 기운만이 남은 것 같은."

그는 아주 흥분해서 상기된 코를 벌름거렸다. 무언가를 흡수하듯 여러 번 들숨을 쉬었다.

난 또 뭐라고.

저 말은 칭찬인 거 맞지?

"그러셨어요?"

"예전에도 카페였죠? 그땐 이름이 달랐던 것 같은데."

"네. 카페 홈즈가 카페 포와로로 새로이 단장했어요. 주인은 당연히 예쁜 저로 바뀌었고요."

그는 내 애교를 무시했다.

그는 수염을 만지며 이런 신묘한 느낌은 실로 오랜만이야, 라고 혼자 중얼거렸다.

"하하. 아무튼, 작가님이 글이 잘 써진다고 하시니 기쁘네요. 그 말씀에 기대어 더 잘 운영하겠습니다. 헤헤."

그는 신용카드를 내밀며 지금 신작 장편소설을 퇴고 중이며 조용히 작업할 장소를 찾다 우연히 들어왔는데 이곳에서 막힌 부분을 명쾌하게 뚫었다고 말했다.

"글 잘 썼습니다. 이런 경험은 내 장편 인생에 실로 오랜만이었습니다."

"작가님을 도울 수 있어 도리어 제가 영광이에요."

나는 소설가 지망생이라는 말이 목까지 솟구쳤지만 억지로 참았다.

작가님! 내년에 제가 세계적인 작가가 되면 다시 만나요. 그때는 우리가 이런 카페 말고 근사한 문학관 같은 곳이었으면 좋겠어요. 토요일 늦은 밤에 방송되는 '문화가 산책'을 함께 촬영하는 건 어떨까요? 멋진 정원을 거닐면서 문학을 이야기하고 인간을 이야기하고 서로가 천착하는 그 무언가들을 이야기하는 거죠. 무사히 녹화를 마치고 함께 담배를 피워요. 아 참, 작가님은 담배를 안 피우시니 나만 피울게요. 당신을 앞에 세워놓고 동료 작가로서 당당하게 연기를 내뿜겠어요. 그리고 이 순간의 일을, 카페 포와로에 관한 이야기를 나누어요. 한국 최초로 노벨문학상을 탄 소설가 배지수는 일전에 당신에게 얼음 사과 차를 만들어준 그 예쁜 카페주인이었다고 말할래요.

그런 상상을 하며 멍하게 침을 흘리고 있는 나에게 그가 신용카드를 돌려달라고 말했다.

나는 화들짝 놀라 그의 신용카드와 영수증을 돌려주었다.

"그럼 자주 오세요, 선생님."

"노! 퇴고만. 퇴고할 땐 반드시 올게요. 나는 소설을 쓸 때마다 장소를 미리 정해두거든요. 그래서 매번 다른 곳에서 소설이 탄생하죠. 저번 작품인 〈나는 동동〉은 포천의 빈 주조에서 다섯 달 동안 틀어박혀 썼고 그 이전 〈잡아서 돌아오겠다〉는 아이슬란드 레이캬비크 항에서 청어 비린내를 맡으며 썼지요."

역시 대작가님은 다르구나.

그는 어느새 느긋해져 있었다.

"하지만 퇴고는 달라요. 이제부터 퇴고는 여기, 반드시 카페 포와로에서!"

우와! 감사한 말씀.

금탁완 작가는 나와 하이파이브를 하고 돌아갔다.

모처럼 흥분했다.

나도 꼭 저렇게 될 거야. 암.

숨겨두듯 내려놓은 스마트폰을 잡고 애플리케이션을 열었다.

문득 모아둔 작력 게이지가 보고 싶어졌다. 차곡차곡 저축해둔 그것들이 부풀고 부풀다가 언젠가는 펑, 하고 터지며 내 정수리 위에서 눈처럼 펄펄 흘러내리는 것을 상상했다. 차곡차곡 모아야지. 힘들 때마다 모아둔 게이지를 보며 일신우일신(日新又日新) 해야지.

어?

그런데 이상했다.

58퍼센트가 되어 있어야 할 막대그래프가 44퍼센트로 뚝 떨어져 있었다.

"뭐지? 14퍼센트나 떨어졌잖아?"

세부로 들어가 보니 [퇴고/고쳐쓰기] 그래프 수치가 현저히 떨어져 있었다. 이것 때문에 총 그래프의 수치가 낮아진 것이었다.

이해할 수 없었다.

스마트폰을 재부팅했다.

재부팅을 해도 [공양 책 삼천 권] 애플리케이션은 여전히 14퍼센트가 떨어진 44퍼센트의 수치를 보여주고 있었다.

그 순간 금탁완 작가가 한 말이 떠올랐다.

"여기서 작업하니 퇴고가 너무 잘 되네요. 이런 경험은 내 장편 인생에 실로 오랜만이었습니다."

설마.

금탁완 작가가 내가 모은 작력 게이지를 빼앗아갔다?

*****

작력 게이지를 도난당한 게 분명했다.

왜냐면 다음 날 찾아온 이가 그것을 증명해주었다. 다음 날 온 사람은 바로 영화감독 목준호였다.

그는 5년 전 장편영화 〈날 보기 싫으면 진달래〉를 내놓았지만 보기 좋게 망한 후 심기일전 재기를 노리고 있었다.

그는 전날 온 금탁완 작가와는 달리 몹시 초조해 보였다. 차가운 사과 차를 시켜놓고 태블릿을 펼쳤다. 시나리오 콘티 같았다.

그는 앉은 지 십 분 만에 어떤 대단한 아이디어를 떠올린 듯 태블릿 펜을 잡은 손을 정신없이 놀렸다. 사과 차를 마실 여유도 없어 보였다. 푸석한 곱슬머리에서 비듬이 흩날렸고 안경이 떨어질 것 같았으며 통실통실한 양쪽 볼이 장구처럼 흔들렸다.

그는 4시간 만에 일어나 말없이 나갔다. 나와는 한 마디도 나누지 않았다. 아니, 내가 한 마디도 걸지 않았다.

목준호 감독이 나간 직후 애플리케이션을 확인했다.

오, 마이 갓!

내가 보유한 총 작력 게이지는 고작 9퍼센트.

44퍼센트에서 단숨에 9퍼센트로 떨어지다니!!

무려 35퍼센트를 잃은 것이다.

나는 정신이 혼미해졌다. 넉 달 동안 피를 토하며 책을 읽고 모은 게이지 대부분을 잃어버렸다.

정말 그들의 짓일까.

간섭하는 변수가 다른 곳에 있지 않을까? 스마트폰을 자석에 갖다 대면 오작동이 난다고 하잖아. 이것도 그런 건 아닐까? 하지만 가게에는 자석이 없는데.

금탁완 작가가 다녀간 후 나는 가게 문을 닫고 사라진 14퍼센트에 대해 골몰히 연구했다. 스마트폰 애플리케이션 설정을 이것저것 바꾸며 꼬박 밤을 새웠다. 그리고 목준호 감독이 올 때까지 한 번도 가게 밖에 나간 적이 없었다. 고로 다른 변수는 없다고 봐야 했다.

58퍼센트였던 게이지가 금탁완 작가가 다녀간 후 44퍼센트, 목준호 감독이 다녀간 후 9퍼센트가 되었다.

세 번째 날에는 일반인 손님 여덟 명이 왔다 갔고 앱의 게이지는 아무런 변동이 없었다. 금탁완 작가와 목준호 감독이 게이지에 영향을 미친 것이 분명했다.

앱을 설치할 때 보너스로 받은 12퍼센트로 시작해서 카페를 차리고 58퍼센트대까지 올리는데 꼬박 반년이 걸렸다. 그렇게 모은 걸 이틀 만에 홀라당 날려 먹고 이제 9퍼센트라니.

초조해졌다.

떨어진 게이지를 올려야 했다.

그날 이후 나는 잠도 자지 않고 카페에 앉아 책을 읽기 시작했다.

이틀 만에 10퍼센트를 회복했다. 한 달 만에 간신히 30퍼센트대를 회복했다. 그사이 몸무게가 14킬로그램이나 빠졌다. 내 몰골은 동굴에서 박쥐를 잡아먹고 사는 마녀의 그것과 다름없었다.

그때부터 나는 찾아오는 손님들을 노려보게 되었다. 불안정하고 퀭한 눈으로 이 인간이 작가인지 아닌지를 살피면서 내 스마트폰 게이지가 무사한지를 확인했다.

가을로 접어들자 카페 포와로는 약속이나 한 듯 소설가들이 들이닥쳤다.

조영지, 정병섭, 구원섭, 정달연 등 소설가들이 찾아왔고 그들은 노트북을 펼쳐놓고 몇 시간씩 소설을 쓰다 가곤 했다.

'저 인간들, 금탁완 작가에게 정보를 얻은 게 분명해.'

그랬다. 그들은 금탁완 작가와 함께 소설집을 낸 멤버들이었다. 북토크 모임에서 그런 말들을 나누었겠지. "그 카페에 가면 희한하게 작업이 잘 되는 것 같아. 사람도 없고 조용해."

아닌 게 아니라 그들이 다녀간 후 여지없이 내 작력 게이지는 1퍼센트, 1,6퍼센트 또는 2퍼센트씩 떨어졌다.

'으아아! 저들이 나의 작법 게이지를 빼앗아가고 있어.'

나는 낮 동안 그들이 앗아간 게이지를 회복하기 위해 카페에 틀어박혀 밤새 책을 읽었다. 아침에 되면 겨우 1퍼센트에서 5퍼센트 정도가 채워졌다. 그렇게 간신히 원상 복구해 놓으면 점심쯤 그들이 또 온다.

그들은 내 속도 모른 체 "이곳에만 오면 왠지 작업이 잘 되어요." "여기는 작가들의 천국인가 봐요. 글이 엄청나게 잘 써진다니까요." "매일 여기서 글 쓸래요. 물론 3시간마다 커피는 다시 시킬게요." 따위의 오즈의 맙소사 같은 소릴 해댔다.

문단에서 아재 개그의 달인으로 소문난 정병섭 작가는 아예 작정하고 내 속을 뒤집어 놓았다.

"사장님, 카페 포와로에 오면 아이디어 포화로 머리가 너무 아픕니다. 하하."

아이디어 포화?

무궁무진하게 아이디어가 샘솟는단 말이지? 그게 너희들 머리에서 나온 건 줄 알아? 그저 송아지 젖 빨 듯 내 게이지를 빼앗기 때문이야. 이 작력 도둑들아!

그들, 조영지, 정병섭, 구원섭, 정달연 등은 한 달 또는 두 달 후 작력 게이지를 훔쳐 간 효과를 톡톡히 봤다.

조영지 작가는 카페 포와로에서 쓴 원고로 우리나라에서 가장 큰 출판사와 계약했다. 이 핑계, 저 핑계를 대며 그녀의 작품을 반려하던 곳이었다. 또 그녀는 시놉시스만으로 작품 다섯 편을 계약했다. 이런 일은 흔치 않다. 그 출판사는 일본의 소설가 무라카미 하루키가 자신의 시놉시스를 사주면 10년 동안 한국어판을 고정으로 주겠다고 제안했지만 버젓이 거절한 곳이다. 그런데 다섯 편을 샀다니. 그것도 세 장짜리 시놉시스만으로.

정달연 작가는 이곳에서 작업한 원고가 콘텐츠 진흥원에서 주최하는 거금의 공모전에 당선되었다. 무려 1억 5천만 원의 상금을 주는 영예의 대상이었다.

좀 얄미운 작가가 정병섭이었는데 그는 장편소설 편집고를 카페 포와로에서 작업했다. 그는 10고째라고 했다. 즉 아홉 번 되돌림 당한 원고를 여기서 완성한 것이다. 그 책은 출간 즉시 10쇄, 5만 부를 찍었고 넷플리스 미국 지사가 판권을 사 갔다.

내가 얄밉다고 한 이유는 정병섭은 목준호 감독 이후 가장 많은 게이지를 가져간 작가였기 때문이다. 그는 나의 작력 게이지를 18퍼센트나 가져가 버렸다. 18퍼센트라면 내가 열흘 정도 밤잠 안 자고 모아야 하는 수치였다.

구원섭 작가 케이스는 특이했다. 그는 카페 포와로에서 쓴 단편소설을 스토킹하던 여자에게 보여준 후 결혼에 골인했다.

그는 소개팅에서 만난 그 여자에게 첫눈에 반했다고 한다. 그러나 여자로부터 더는 인연이 아니라는 통보를 받았다. 그녀를 포기하고 싶지 않은 '소설 쓰는 공학자' 구원섭은 공대생 특유의 집념(?)을 발휘했다. 3년 동안 그녀를 스토킹한 것. 그 사이 경찰서에도 몇 번 잡혀갔다.

구원섭은 그녀에게 남자 친구가 생겼다는 소문을 듣자 카페 포와로에서 처연한 심정을 가다듬으며 원고지 120매짜리 단편소설을 썼다. 그는 그녀에게 원고를 보냈다. 동봉한 편지에 "당신에게 바치는 단편입니다. 이것으로 내 마음을 전하고 다시는 연락하지 않겠습니다"라고 썼다고 한다. 그런데 놀랍게도 그녀가 그 작품에 홀딱 빠졌다는 것.

이 공간의 힘 때문이었다.

이건 조금은 다른 형태의 성공이라는 점에서 분석해볼 가치가 있었다.

작력 게이지는 작품의 힘을 작가가 원하는 상황으로 영향을 미치는 듯했다. 이게 맞는다면 남한 대통령이 카페 포와로에 와서 북한 국방위원장에게 '닥치고 남북통일합시다!'라고 편지를 쓰면 즉시 통일이 된다는 뜻이다. 내 게이지를 빼앗아서 말이다.

나는 작가들에게 작력 게이지를 빼앗기고 보충하는 일을 반복하며 몇 달을 보냈다. 그렇게 시간을 보내니 망연자실함도 잊고 미친 년처럼 실실 웃어가며 사태를 분석하는 경지에 이르렀다. 내 작력 게이지를 빼앗은 자들의 성과가 어느 정도 예측된다는 것.

예를 들어 어느 작가가 다녀간 후 내 스마트폰의 작력 게이지가 2퍼센트 정도 빠졌다면 그 작품은 3쇄 정도 찍는다. 게이지가 5퍼센트가 빠졌다면 그 작품은 영화나 드라마 판권이 팔린다. 15퍼센트 이상이면 매스컴에 대서특필 감이다.

역시 가장 많이 가져간 사람은 목준호 감독이었다.

******

화이트보드와 걸이대를 사서 가게 앞에 세워놓았다.

다른 가게라면 화이트보드에 '오늘의 메뉴'나 '브레이크 타임'을 써 놓았겠지만 나는 '작가 사절'을 썼다. 가게 유리문에도 노골적으로 '글 쓰는 것들 사절'이라는 팻말을 붙였다.

빌어먹을 작가들의 출입을 금해야만 했다.

화이트보드를 보지 못한 조영지가 들어와 자리에 앉자 나는 그녀 메신저 톡에 '작가 사절'이라고 써놓은 화이트보드 사진을 첨부해서 보냈다.

조영지는 내 쪽으로 돌아보았다.

"어랏, 사장님! 이게 뭐예요?"

"작가님은 우리 가게 출입금지 대상입니다."

"어랏, 왜요?"

조영지는 안경 너머로 커다란 눈을 빤히 뜨고 나를 쳐다보았다.

그렇게 물으니 갑자기 말문이 턱 하고 막혔다.

"그, 그게."

나는 고장 난 시계처럼 더듬댔다.

"카페 때려치우고 사과 차 만드는 공방으로 바꿀 거예요. 그, 그러니까 차에 관한 것 외에는 여기서 아무것도 하시면 안 됩니다."

말이 될까.

"어랏, 그거랑 제가 글 쓰는 거랑 무슨 상관이죠?"

"이리저리 레시피를 연구 중인데 작가들이 자꾸 뭔가를 적어가요. 레시피 보호 차원에서 그렇습니다."

"저는 사과 차 싫어하는데요. 저는 디카페인 커피."

나는 뚜벅뚜벅 걸어갔다. 탁, 그녀의 노트북을 내 손으로 닫았다.

"어랏?"

"어쨌든 여기서 글 쓰실 수 없어요."

나는 조영지의 어깨에 살포시 손을 올렸다. 일어나라는 무언의 신호를 보낸 것이다. 그러자 조영지는 의자를 끌어안았다.

어쭈, 요것이.

내가 영지의 허리를 잡자 그녀는 기다시피 달아나 커다란 고무나무 화분을 잡고 버텼다.

조영지의 가방을 문밖 거리에 던져버리고 한쪽 겨드랑이에 노트북을 다른 쪽 겨드랑이에 그녀의 팔을 끼우고 밖으로 나왔다.

그러다가 저쪽에서 걸어오는 정병섭과 맞닥뜨렸다.

정병섭은 엉켜 있는 조영지와 나를 보더니 특유의 작은 눈을 길게 늘였다.

"아름다운 두 분, 서로 끌어안고 뭐 하세요?"

"포와로 사장님이 미쳤나 봐요. 저기서 글 쓰지 말라고 나를 끌어내요."

조영지가 씩씩대자 정병섭은 고개를 갸웃거렸다.

"미친 게 아니고 파친 건 아닐까요? 아니면 솔친 거라도? 미파솔."

이 인간의 아재 개그도 더는 지긋지긋했다.

나는 니킥으로 그의 불퉁한 배를 푹 찔렀다. 카페 문을 쾅 하고 닫았다.

조영지와 정병섭과 달리 구원섭은 샤미—말했지만 샤미는 내 고양이다—의 화장실 모래를 머리에 덮어쓰고서야 돌아갔다.

정달연은 스스로 나갈지를 고민하는 눈치였다. 내가 팔짱을 끼고 발을 까닥거리고 있자 결국 에코백을 움켜쥐고 일어나더니 파들거리며 가게 밖으로 나갔다.

"작가님."

"네?"

"그냥 작업실 하나 만드세요. 상금 받은 거 있잖아. 일억 오천이면 저쪽, 홍대입구역 쪽에 좋은 복층 오피스텔도 얻을 수 있어요. 돈도 많은 사람이 왜 이렇게 좁아터진 카페에 와서 메뚜기를 하고 있어요?"

"그, 그게. 춘천이랑 속초에 땅을 사는 바람에."

"우라질!"

그들은 한동안 오지 않았다.

그들 페이스북에는 카페 포와로에 관한 온갖 욕이 올라와 있었다. 다신 안 가. 여사장 성격이 지랄 맞아. 얼음 사과 차에 손톱이 나왔어. 등등.

"흥! 실컷 욕하라지."

개의치 않았다.

포와로의 명성 같은 건 중요하지 않았다. 피 같은 내 작력 게이지를 지켜야만 했다.

열흘쯤 조용한 나날이 지나갔고 나는 카페에 들어앉아 미친 듯이 책을 읽고 게이지를 올렸다.

슬슬 내 몸에 글 쓰는 능력이 다시 꿈틀꿈틀 요동치기 시작했다.

그즈음 나는 중요한 문제가 생겼음을 알았다.

손님이 뚝 끊긴 것이다.

장사가 잘되는 편은 아니었지만 그렇다고 파리가 날리는 지경도 아니었는데 이제 정말로 파리가 날리기 시작했다. 이유는 찾는 것은 어렵지 않았다. 소설가들이 오지 않으니 소설가들을 보러 오던 사람들이 발길을 뚝 끊은 것.

그러고 보니 카페 포와로의 손님들 99퍼센트는 소설가들을 보러 오거나 그들의 작업을 흘깃하러 온 사람들이었다. 그들은 원래부터 유명인들이었고 카페 포와로에서 작품을 낸 후 더욱 유명해졌다. 그런 그들이 페이스북에 카페에 관한 원성을 내뱉자 일반 손님들이 적극적으로 반응한 것이다.

월말이 되자 수입은 반으로 줄어들었고 월세를 내고 내 통장에 남은 건 고작 몇십만 원뿐이었다. 봄에 천장에 냉난방 시스템 에어컨을 달겠다고 욕심을 부린 것도 재정에 타격을 입혔다.

'그간 그 인간들 때문에 카페 포와로가 연명했던 거야?'

인정하긴 싫었지만 사실이었다.

어쩔 수 없이 '작가 사절' 보드 판을 치우고 단골 소설가들에게 일일이 전화했다.

대부분은 너그러이 내 사과를 받아주었다.

정달연은 너무 오고 싶었다고 울 듯 말했고 구원섭은 사과 차 만드는 레시피의 화학식을 일러스트 프로그램으로 그려 보내주었다. '포와로의 얼음 사과 차가 너무 그리웠어요'라는 멘트와 함께.

정병섭은 통화에서 이렇게 말했다.

"아니, 사과를 주면서 사과를 하셔야죠. 제가 포와로에 가면 당연히 사과가 준비되어 있겠죠? 저는 아오리 사과보다 부사가 좋습니다. 글을 쓰니까요. 부사가 없으면 형용사도 좋고."

문제는 조영지였다.

나에게 끌려나가다시피 쫓겨난 그녀는 꽤 상처를 받은 듯했다.

찾아오는 손님들은 조영지의 팬이 가장 많았다. 많은 남성 혹은 커플이 보이시하고 매력적인 그녀를 보기 위해 포와로에 왔다가 허탈하게 돌아갔다. 수모를 당한 작가들이 블로그나 SNS에 카페 포와로에 관한 이런저런 나쁜 말을 썼지만, 조영지 작가는 그러지 않았다. 그래서 그녀를 보려고 찾아온 팬들의 헛걸음이 많았을지도. 그렇게 치면 작가 중 가장 고마운 사람이었다. 퉁명스럽고 툴툴거리는 말투가 꼭 화난 것처럼 보이지만 의외로 속이 여리고 깊다. 그것이 매력이라면 매력이다.

예상대로 그녀는 내 전화를 받지 않았다. 메신저 톡도 차단되어 있었다.

은실 언니가 남기고 간 장부에서 주소를 찾아냈다. 나는 우편으로 그녀에게 10만 원어치의 떡볶이 쿠폰을 보냈다. 떡볶이라면 사족을 못 쓴다는 글을 그녀 블로그에서 본 적이 있었다.

다음 날 조영지가 찾아왔다. 내가 미안한 표정으로 웃음을 보였다.

"아잉! 작가님 너무너무 보고 싶었어요. 내가 그날은 미쳤나 봐. 장사가 너무 안돼서."

"어랏, 무슨 일 있었어요? 나는 전혀 기억이 나지 않는데."

그녀는 그렇게 말하고 노트북을 폈다.

이런 가증스러운.

그렇게 작가들이 다시 오자 손님들도 다시 왔다. 나는 밤마다 빼앗긴 작력 게이지를 보충하기 바빴다.

적은 현직 소설가들만 있는 게 아니었다.

"마르셀 한?"

본명이 김남우인 그는 자신을 그런 이름으로 불러 달라고 했다.
"아르바이트하고 싶어요."
이십 대 초반. 말랐지만 등세모근이 길게 뻗어있고 팔뚝에는 깊게 팬 근육 골이 분명했다. 게다가 심하게 잘생긴 사내였다.
캐나다에서 고등학교를 졸업한 뒤 서울로 왔고 바리스타가 되기 위해 SCAE* 바리스타 자격증을 땄다고 한다.
구인 공고를 내지 않았는데 어떻게 알고 왔냐고 묻자 그는 이 카페가 유명 작가들이 작업하는 핫 플레이스로 소문이 자자하다고 말했다.
"나도 캐나다에 있었는데. 어디에서 공부했어요?"
내가 묻자 그는 그저 토론토라고만 말하고 얼버무렸다.
"토론토 어디?"
"오크빌에 있는 학교예요."
필시 부잣집 아들이었다. 캐나다 오크빌에는 부잣집 아이들이 다니는 명문 사립학교가 즐비하다.
"가게 밖에 세워놓은 페라리, 그쪽 차예요?"
"네."
마르셀 한, 아니 김남우 씨는 강남의 가장 비싼 아파트인 타워 플레이스에 혼자 살고 있다고 했다.
"돈도 많으면서 왜 이런 일을 하려는 거죠?"
"좋아하는 일이니까요."

* 유럽 스페셜티 커피 협회(Specialty Coffee Associassion of Europe).

그는 말할 때마다 자신의 입을 자꾸 가렸다. 간혹 투 블록 스타일의 머리를 쓸고는 두 손을 붙인 무릎 위에 다소곳이 내려놓았다. 자신이 얼마나 단정한 사람인지 보이려는 것 같았다.

"어라, 잠깐만 날 좀 봐요."

눈 화장을 하고 있었다.

나는 그의 손을 물끄러미 바라보았다. 내 손보다 더 하얗다. 흰 손 중지에 낀 작은 사파이어 반지, 목 위로 단단한 턱, 붉은 립밤을 칠한 벌어진 입술. 천사가 입을 듯한 헐렁한 셔츠 속에는 단단한 몸이 숨어 있을 터였다.

물었다.

"축구 좋아해요?"

"……."

"축구 싫어해요?"

"……보는 것만요."

알 것 같았다.

그는 게이였다.

게이들은 축구를 싫어한다는 속설이지만 그건 믿을 수 없는 말이다. 하지만 이번에는 들어맞았다. 뭐, 게이라고 단정 지을 만한 특징이 그에게 있는 건 아니었다. 옷차림이 귀티가 흐르고 세련되었을 뿐 이태원이나 연남동에 가면 저런 사내는 널렸다. 그냥 촉이었다. 에스트로젠이 콕콕 나오는, 나 같이 고집 센 여자는 척 보면 바로 느껴지는 촉이 있다.

그도 내 표정을 읽은 모양인지 자신의 스마트폰을 만지작거리며 죽어가는 목소리로 물었다.

"오래 못 앉아 있는데. 여기서 일할 수 있어요? 없어요?"

"없어요."

나는 단번에 거절하고 자리에서 일어났다.

그가 짙은 눈썹을 씰룩이며 억울한 듯 노려보았다.

"왜요?"

"그냥요."

"그냥이라뇨. 내가 성 소수자라서, 게이라서 그런 건가요?"

나는 어이가 없다는 듯 웃었다.

그가 말했다.

"이 카페에 손님으로 몇 번 왔었어요. 누나—그는 단번에 나보고 누나라고 불렀다—는 그런 차별 같은 거 없을 거로 생각했어요. 그런데 제가 잘못 생각했네요. 퍽큐!"

그는 손가락을 내밀며 유창한 발음으로 욕을 했다.

내가 말했다.

"나는 게이 좋아해요. 말도 잘 통하고. 내 친구 중에는 게이 친구들도 많아요. 나도 양성애자니까."

마르셀은 퍽큐를 날리던 손을 슬그머니 오므렸다.

그가 게이인 건 전혀 문제가 되지 않는다.

나에겐 그가 웹 소설을 쓴다는 것이 문제였을 뿐이다.

"웹 소설 쓰고 있죠?"

"어, 어떻게 아셨어요?"

어떻게 알긴.

〈우정 한 스푼, 사랑 두 스푼〉이라는 제목의 잘생긴 남자 둘이 껴안고 있는 웹 소설 표지가 네 스마트폰 배경화면으로 설정되어서 알았지. 아마도 그 작품을 연재하는 중일 거야. 안 그래?

"무슨 소설을 쓰죠?"

"BL요."

그럴 줄 알았다. 꺼져, 이 잘생긴 자식아.

순문학, 장르문학 소설가들을 감당하기도 지긋지긋한데 웹 소설 시장에까지 내 작력 게이지를 훔쳐 가게 할 수 없었다. 아니다. 나는 문학에는 장르의 구분이 없다고 믿고 있지. 다시 말할게. 내 가게에 와서 소설 쓰는 것들은 전부 꺼져버려!

****

나는 '일주일간 휴가' 팻말을 붙였다. 가게 내부가 보이지 않도록 커튼을 쳤다. 일주일이 한계치다. 생활고에 시달리지 않으려면 그 후에는 다시 가게 문을 열어야 했다.

천금 같은 일주일 동안 소설가들에게 빼앗긴 작력 게이지를 충전할 참이었다.

소설책은 읽기 싫었다. 신물이 났다.

머리도 아팠거니와 미사여구 좋은 문장을 만날 때마다 '이러면 뭐 해, 그놈들이 전부 빼앗아 갈 텐데'라는 생각이 들었다. 스트레스가 이만저만이 아니었다.

꽂혀 있는, 은실 언니의 책 중에는 〈픽사의 번쩍이는 아이디어 스토리〉라는 제목의 책이 있었다. 디즈니 픽사의 스토리텔러들이 아이디어 스케치를 어떻게 하는지 적어놓은 책이었다. 저거라도 읽어야 했다. 뭐라도 읽어야 게이지가 차니까.

6장의 제목이 '역발상을 하라'였다. 〈몬스터 주식회사〉를 작업할 때 스토리 담당자들이 아이디어를 어떻게 뽑아내었는가에 관한 에피소드가 실려 있었다.

〈몬스터 주식회사〉는 내가 제일 좋아하는 애니메이션이기도 했다. 애니메이터들이 구사하는 액션 키도 좋았지만, 뭐니 뭐니 해도 최고는 스토리이다. 캐나다에 있을 때 아르바이트로 보모 일을 얼마간 했었는데 서양 아이들은 정말로 벽에 부착된 여닫이 옷장을 요괴가 나온다며 두려워했다. 픽사의 스토리텔러들은 그것을 이용했다. 요괴는 벽장에서 밤마다 나오는데 그 이유가 바로 그들 세상의 에너지원을 얻기 위함인데, 아이의 공포심과 비명들이 그 에너지원이라는 것. 이 얼마나 탁월한 발상인가.

책에는 '비명 에너지를 웃음 에너지로 바꾸자'는 아이디어가 나왔을 때 픽사의 구성원 모두가 탁자를 치며 만세를 불렀다고 쓰여 있었다.

역발상을 하라.

그 구절을 읽는 순간 나도 탁자를 치며 만세를 불렀다.

왜 진즉 그 생각을 하지 않았을까.

작가들을 막지 않아도 된다. 내가 그들의 글쓰기를 방해하면 된다!

몸이 카페에 있어도 정신이 다른 곳에 가 있으면 글을 쓰지 못한다. 작가들을 집중하지 못하게 하는 거야.

나는 쾌재를 불렀다.

'한 글자도 못쓰게 해주지. 아니 노트북을 열지도 못하게 해줄게. 글은 너희들 집에서나 쓰라고!'

당장 가게 문을 열었다.

구원섭 작가가 애인이랑 왔다.

둘은 결혼식 날짜를 잡았다고 했다. 그의 피앙세는 구원섭이 3년 동안 졸졸 따라다닐 만큼 엄청난 미모였다. 둘은 카페 포와로의 명물 얼음 사과 차를 시켰다.

둘은 친해 보이지 않았다. 아니, 아직 서먹서먹해 보인다고나 할까. 서로에게 존댓말을 썼고 말이 겹치거나 대화가 끊겼을 때는 몹시 불안해했다. 그럴 때마다 구원섭은 아무 말이나 내뱉었고, 그럴수록 분위기는 더 어색해졌다. 사람이 아닌 작품을 보고 반한 것이기에 그럴 것이다.

구원섭은 할 말이 떨어지자 가방에서 노트북을 꺼냈다. 얼마 전에 샀다는 사과 마크가 붙은 최신형 노트북. 그는 그녀에게 노트북 사양에 관해 말하기 시작했다. 쿼드 코어 몇 세대가 장착된 것이라는 둥, 램이 몇 개라는 둥, 스피커가 어떻다는 둥, 이번에는 키보드 패널이 가위 식으로 바뀌었다는 등의 말을 늘어놓았다.

으아아, 구원섭 씨! 차라리 정병섭 씨처럼 아재 개그를 구사해요.

그마저도 썰렁해지자 그는 자판을 두들기며 글을 쓰기 시작했다.

허헉! 이 상황에서 소설까지 써?

그녀는 가방에서 무선이어폰과 여행 에세이 책을 꺼냈다. 남자 친구가 글 쓰는 동안 편하게 시간을 보내겠다는 착한 마음이다. 역시 구원섭보다 센스 있다.

나는 사과 차를 그들 앞에 내놓다가 노트북 자판에 냉큼 차를 쏟아버렸다.

“어멋! 어떡해요, 제가 빈혈이 있어서.”

구원섭은 얼굴이 붉으락푸르락해졌지만 차마 화내지 못했다.

나는 부랴부랴 행주를 가져와 노트북을 닦다가 테이블에 장식용으로 둔, 애거사 크리스티 사진이 붙은 잉크병을 일부러 건드렸다. 구원섭은 재빠르게 잉크병을 잡고 손을 쳐들었다. 그것마저 엎지르면 나를 죽여버리겠다는 눈.

“작가님, 화나셨어요?”

“아, 아뇨…… 괜찮아요.”

그는 서둘러 노트북을 챙겨 넣고 여자 친구 손을 이끌고 나갔다.

조영지가 올 때마다 나는 망원동에서 가장 유명하다는 프로포폴 떡볶이를 시켰다. 광주와 군산에서도 퀵서비스로 배달시켜 먹는다는 망원동 마약 떡볶이. 떡볶이에 흰 가루가 뿌려져 있는데 누구는 그게 치즈 가루라고 했고 누구는 프로포폴 가루라고도 했다. 큼큼하고 짭조름한, 살짝 기분 나쁜 맛이었지만 그것이 혀에 녹으면 금세 다시 맛보고 싶을 만큼 중독성이 강했다.

나는 떡볶이 포장을 풀지 않고 계산대 위에 그대로 놓아두었다. 그런 다음 느긋하게 설거지를 했다. 커피 머신 보일러에 찬 스팀과 물을 빼내고 내부를 구석구석 청소했다. 그리고 주문한 콩을 날짜마다 병에 담고 한 알 한 알 천천히 분류했다.

떡볶이 중독자인 조영지는 흘끔흘끔 이쪽을 바라보았다. 그녀의 표정은 몹시 초조해 보였고, 급기야 제주도 다금바리를 라면에 넣어 끓이는 자를 보는 듯 나를 노려보기 시작했다.

절대로 포장을 열어서는 안 된다.

저 떡볶이가 형편없이 불어 터질 때까지 두어야 했다. 그래서 조영지의 아드레날린을 최고치로 올려야 했다.

조영지는 초조하게 볼펜을 돌리며 펼쳐놓은 책을 넘기지도, 노트북 자판을 두들기지도 않았다. 장이 꼬이는지 가방을 뒤적여 약을 찾아 삼키기도 했다. 심지어 딸꾹질까지.

옳지! 스트레스가 쌓이면 장이 꼬이고 딸꾹질이 나지.

설거지를 다 한 나는 그제야 소리쳤다.

"아, 맞다. 떡볶이를 시켜놓고, 내 정신 좀 봐. 작가님! 이리 와서 떡볶이 좀 드세……."

조영지는 말이 끝나기도 전에 벌떡 일어나 다가오더니 정신없이 떡볶이 포장을 풀기 시작했다.

"망원동 프로포폴 떡볶이는 이렇게 오랫동안 놔두면 퍼진단 말이에요. 치즈 위에 뿌려놓은 시금치즙과 카레 가루가 얼마나 잘 굳는데, 씨!"

그녀는 불어 터진 떡볶이 상태에 아연실색하며 그날 글쓰기를 포기했다.

정달연은 카페 홈즈 시절부터 드나들던 작가였다. 은실 언니 말에 따르면 카페에서는 글은 쓰지 않고 주로 출판사 관계자를 만나 출간 계약을 하거나 공모전 수상소감을 인터뷰했다고 한다. 그러니까 그녀는 홈즈 시절까진 이곳에서 글을 쓰지 않았다.

그런 그녀가 노트북을 들고 찾아온다는 것은 분명 포와로의 영험을 느꼈다는 것이다.

'흠. 저 여자가 가장 위험해. 소심한 척 나서지 않을 뿐, 모든 걸 알고 있거든.'

사실 카페 홈즈가 카페 포와로로 바뀐 후 이 공간이 심상치 않다는 것을 느끼고 있는 건 정달연인 듯했다.

그녀는 미어캣처럼 소심하고 들고양이처럼 민감했다. 조영지나 구원섭 등은 굳은 내 표정을 의식하지 않고 성큼성큼 가게로 들어왔지만 정달연은 그렇지 않았다. 그녀는 문을 열 때부터 살포시 내 눈치를 보았다. 카페 홈즈 시절과 달리 이 공간의 알 수 없는 영험한 기운을 저 새로운 주인이 알고 있는지 확인하려는 눈빛이었다.

정달연이 자리에 앉자 나는 타로를 들고 마주 앉았다.

그녀는 공모전 전문털이(?) 작가다. 매년 서너 개의 공모전에서 성과를 거둔다. 필력이 뛰어나기에 상을 받는 것이지만 한편으로는 가진 필력만큼의 상복을 고스란히 누린다는 뜻이기도 하다. 필력이 좋아도 상복 없는 작가가 수두룩한 이 바닥이다. 그녀는 실력도 운도 고루 갖춘 작가임은 분명하다. 산림청 공무원인 그녀는 월급은 모조리 저금하고 공모전 상금만으로 1년을 생활한다고 했다.

나는 캐나다에서 유학하고 돌아온 후 할 일이 없어 홍대에서 유명하다는 타로 학원에 다녔다. 예능 프로그램에도 나왔던 타로 선생님은 실력이 좋았다—내 엉덩이를 만지려다 들켜서 학원이 망하기 직전까지 갔었지만.

정달연은 미래에 관해 두려움이 많은 성격이었다. 그래서 고양이처럼 치밀하고 주변 사람에게 친절하다. 어떤 제안이라도 선뜻 동의한다. 하나 그럴수록 내적으로는 자신에 대한 반감이 클 것이다. 아마 우울증도 있을 것이다. 메이저 카드로는 여사제 카드, 마이너 카드로는 아홉 개의 막대기 카드가 그녀를 상징했다.

나는 다짜고짜 그녀의 노트북을 옆으로 밀어버리고 스웨이드 원단을 깔았다. 그녀는 샤샤샥, 타로 덱을 뒤섞는 나를 보며 금방이라도 울 듯했다.

"작가님, 다음 달에 콘텐츠 진흥원에서 하는 스토리공모대전 중간발표가 나죠? 결과가 어떻게 되는지 볼까요?"

"네?"

나는 "뭘 그리 놀라세요. 자, 우리 정 작가님 작품이 본심에 들어갈 수 있으려나 한번 볼까나." 하면서 바닥에 타로를 깔았다.

"자, 잠깐만요."

정달연은 가슴을 움켜쥐더니 얼음 사과 차를 꿀꺽꿀꺽 마셔댔다.

"죄송해요. 이런 거 안 해요. 종교도 있고요."

"종교랑 무슨 상관이에요. 미끼를 던졌으면 고기가 물지 안 물지 봐야죠."

오동나무로 깎은 작은 관우상(像)을 그녀에게 내밀었다.

"받아요. 이건 기운을 상승시켜주는 작용을 해요. 손안에 꼭 쥐고 있으시고요. 바닥의 카드 중 네 장만 고르세요."

그녀는 여전히 망설이고 있었다.

"우리 카페가 글쓰기 작업이 잘되는 기운이 있는 거, 작가님은 느끼시죠?"

그 말에 정달연이 눈을 부릅떴다.

나는 계속 밀어붙였다.

"작가님은 분명하다고 믿으시죠? 매일 이곳에 와서 작품을 쓰고 싶으시죠? 그런데 다른 작가들은 그것을 몰랐으면 하시죠?"

"……그건 그렇지만."

"모르셨어요? 이 카페 자리, 카페 홈즈 시절에 타로점을 보고 계약한 자리예요. 전 주인인 은실 언니에게 내가 이 자리를 계약하라고 말해줬죠. 4번 메이저 카드, 데메테르 여신의 카드가 나왔거든요. 그건 생산력과 풍요의 카드예요."

물론 거짓말이다.

어느새 정달연은 관우상을 꼭 쥔 채 푹 빠지고 있었다.

그날 정달연은 지원한 열두 개의 공모전 중 다섯 곳에서 크고 작은 상을 받을 것이며, 8월에 동남쪽에 사는 잘생긴 남자를 만나며, 원주로 발령받는 일은 내년으로 밀릴 것이라는 결과를 알아갔다. 또 내년에는 세 나라 이상 해외여행을 갈 건지, 어머니가 내놓은 집은 겨울이 오기 전에 팔리는 건지도 묻고 돌아갔다.

정병섭 작가가 들어와 자리를 잡자 나는 화장실로 갔다. 청바지와 면 티셔츠를 벗었다. 개킨 수건을 두는 선반 안에서 일찌감치 넣어둔 옷을 꺼냈다.

가슴이 푹 패인 짧은 민소매 프릴 원피스.

그 천은 소재가 하늘하늘 얇아서 햇볕을 등지고 서서 미광이라도 받을라치면 속옷과 몸이 확연히 비쳤다. 나는 요가학원에서도 예쁘다고 칭찬받는, 속칭 항아리 몸매다.

해변 룩으로 갈아입은 나는 귀밑에 상큼한 시트러스 향수를 뿌렸다. 입술에 다크로즈색 립스틱을 발랐다. 운동화를 벗고 해변용 샌들을 신고 세면대 화분에 꽂아둔 백합꽃 하나를 뽑아 귀에 꽂은 다음 걸어 나와 다소곳이 정병섭 앞에 앉았다.

그에게 윙크했다. 정병섭은 눈을 부릅떴다.

흥! 늘 보는, 티 쪼가리만 입었던 카페 여사장이 요로코롬 아름다웠나 심히 놀라는 중이지? 젠더 불평등 철폐 운동본부 회원이자 여성 해방 협회에 매달 회비를 내는 내가 너 하나 구워삶으려고 이런 짓까지 하고 있다, 이눔아!

내가 콧소리를 냈다.

"작가니임."

"네?"

그가 식은땀을 흘리기 시작했다.

"우리 개그 대결 해용."

"개, 개그 대결요? 그, 그게 무슨?"

"어서 해요. 작가니임 먼저."

"……어, 어떤 걸 하라는 건지. 방법을 알려주셔야."

"아무거나앙."

정병섭은 우물거리는 입을 멈추더니 꿀꺽, 침을 삼켰다.

"그, 그럼 사장님 혈액형이 무슨 형인지 말씀 좀……."

그는 게임 하나를 생각해 낸 모양이었다.

"저용? 저 B형요."

"아닐 겁니다."

"왜용? 나 정말 B형인뎅."

"사, 사장님 혈액형이 어떤 형이냐면 말입니다. 바로 인형입니다."

우라질.

그를 망원시장 한가운데로 끌고 가 공개 처형하고 싶었다.

"너무 아름다우셔서 인형."

내가 이해하지 못한 걸까 봐 확인 사살까지 해 준다.

나는 끓어오르는 화를 억지로 가라앉혔다.

"역시 작가님은 개그 천재셔요."

"이제 사장님 차례입니다."

나는 고혹적인 눈으로 그를 보기만 했다.

"뭐 하세요? 사장님이 개그 하실 차례인데요."

"아잉. 내가 개그를 어떻게 알아요. 그냥 작가님이 또 해줘요."

"또 제가 하라고요?"

"작가님이 하나 더 해주세용. 응? 어서?"

그는 무언가를 또 골몰히 생각했다. 그리고 입을 열었다.

"오늘 아침, 하늘에서 저에게 전화가 왔습니다."

아, 아.

전화를 받아보니 천사가 한 명 사라졌나고?

이 형용할 수 없는 분노를 가라앉히려면 서둘러 그의 말을 끊고 다음 단계로 들어가야만 했다.

"어멋."

나는 일부러 립스틱을 바닥에 떨어뜨렸다. 의자에서 일어나 정병섭 옆으로 가서 쪼그리고 앉아 테이블 아래 떨어진 립스틱을 찾기 시작했다.

테이블 위는 조용했다. 뻔했다. 분명 그는 내 가슴골을 훔쳐보고 있을 것이다. 이런 성적인 작전이 마음에 들지 않지만 이것저것 가릴 처지가 아니었다. 나는 테이블 아래에서 주운 립스틱을 다시 굴리고 줍기를 반복하며 한참 동안 몸을 낮추고 있었다.

얼마 지나지 않아 그가 가방을 꾸렸다.

"어머, 벌써 가시게요?"

내가 고개를 들며 물었다.

그의 얼굴이 굳어 있었다. 그는 우리나라에서 몇 안 되는 역사 추리 작가이다. 분석적이고 치밀한 것이 그의 장점이었다.

그는 내 행동에 대해 찬찬히 복기한 것 같았고 내가 자신을 방해하고 있다는 것을 알아차렸다.

"사장님. 왜 이러시는 거죠?"

"뭐가요? 작가니임."

"제가 글 쓰는 걸 방해하고 계시잖아요."

"그럴 리가요."

"필시 저의가 있습니다. 저번에 조영지 작가에게도 이러셨잖아요. 자꾸 이러시면 가만히 있지 않습니다."

그제야 나도 본색을 드러냈다.

"흥, 가만있지 않으면요?"

정병섭은 대답 대신 빙긋 한번 웃더니 짐을 챙겨 나갔다.

그가 돌아간 후 카페 안에 설치된 방범용 시시티브이를 확인해 보니 내가 립스틱을 주우려고 상체를 숙이는 동안 정병섭은 자판에 두 손을 올리고 열심히 자판을 치고 있었다.

참아야 한다.

그의 노트북 화면에는 '참아야 한다'라는 글자가 연속해서 타이핑되고 있었다.

마치 영화 〈샤이닝〉의 잭 니콜슨의 타자기에 끼워진 페이퍼를 보는 것 같았다.

****

'저런 소설가도 있었나?'

차무룡은 바버숍 주인 같이 생긴 남자였다.

검게 선탠한 피부에 좁고 높은 코, 정확하게 가르마를 터서 포마드로 딱 붙인 페이드 컷 헤어스타일은 몹시 퇴폐적인 분위기를 풍겼다. 뾰족하게 삐져나온 턱에는 짧고 빽빽한 수염이 단정하게 정리되어 있다.

'마른 팔뚝 위로 깔린 듯 박힌 갈색 털이라니.'

심히 느끼하다. 내가 아주 싫어하는 타입이다.

검색해보니 열 권의 책을 쓴 이력이 있었다. 순문학 소설 다섯 권, 장르문학 소설이 네 권, 나머지 한 권은 요리책이었다.

포털사이트에 실린 사진은 지금과 다른 모습이었다. 인중 위로 실처럼 가느다란 콧수염을 기르고 있었다. 마치 살바도르 달리 같은 수염이었다. 예전에는 그렇게 수염을 기르고 다녔나 보다.

'뭐야, 이 악마적인 생김새는.'

차무룡은 들어올 때부터 표정이 굳어 있었다. '뭐냐, 이런 카페였어?'라는 표정이었다. 아마도 정병섭에게 소문을 듣고 찾아온 것이리라. 정병섭과 차무룡이 친하다고 한 조영지의 말이 떠올랐다.

차무룡은 얼음 사과 차를 음미했다. 그러다가 눈을 한번 찡그리더니 네모난 이마에 손을 대고 한동안 고통스러워했다—이 악마 자식은 차가운 것을 잘 못 먹는 것 같았다.

웃긴 놈이네, 이거.

그는 깍지를 꼈다. 수염 난 턱을 깍지 낀 손등에 올렸다. 그리고 눈을 감고 기도 비슷한 걸 하더니 이내 눈을 뜨고 어깨를 넓게 폈다. 그러고는 다다다다, 정신없이 자판을 두들겨댔다.

아! 아!

내 피 같은 게이지가 레이저 빔처럼 저 자식에게로 빨려 들어가고 있었다. 나는 주먹을 물고 오열했다.

'한 시간 안에 쫓아내 주지.'

화장실로 달려가 해변 룩을 입고 나왔다. 게슴츠레 눈을 찌푸리며 입술을 오므렸다.

"작가니임. 우리 아재 개그 대결할래요?"

그는 다짜고짜 입을 열었다.

"노루가 다니는 길은?"

갑작스레 훅 치고 들어오는 질문. 나는 당황했다.

"노…… 르…웨이?"

"땡."

"그, 그럼요?"

"노루가 다니는 길은 자연환경보존법 제28조 제2항에 의거 설치된 생태 통로입니다. 사장님도 환경 보존에 앞장 서주세요. 그럼 이만."

그는 다시 노트북을 바라보았다.

강하다. 저 멘트 역시 인터넷에 떠도는 아재 개그였지만 정병섭보다 훨씬 입체적이다.

정신을 차리고 콧소리를 더 뿜어댔다.

"작가니임."

"가십시오. 집필 중입니다."

립스틱을 떨어뜨렸다.

립스틱은 테이블 아래의 바닥을 또르르 구르더니 차무룡이 신고 있는 로퍼 앞에서 멈춘다.

엉덩이를 쳐들고 그것을 주우려 테이블 아래로 숙였다. 그러자 차무룡의 로퍼가 내 립스틱을 저쪽으로 매몰차게 차버렸다.

개자식.

그는 내 유혹에 넘어가지 않았다. 허리와 목을 바짝 세우고 오직 자판만 쳐댔다.

그는 일주일째 찾아오고 있었다.

나는 그를 끌어낼 방도를 찾지 못하고 있었다. 내가 마귀할멈의 눈으로 그의 가방을 문밖으로 던지려 하자 그는 나를 빤히 쳐다보았다.

"손님을 강제로 내보낸 것에 대한 행정처분은 3개월 영업정지입니다. 사장님도 알고 계시죠? 자, 보자! 서울 시청 행정과 번호가……."

머리가 쿵쿵거렸고 어지러움이 밀려왔다.

그는 한 번도 일어나지 않고 글만 썼다. 사과 차 한 잔을 시켜놓고 무려 7시간 동안 앉아 있었다.

그날 나는 내 스마트폰을 가방에 던져 넣고 지퍼를 잠가 버렸다. 실시간으로 줄어드는 작력 게이지를 확인할 엄두가 나지 않았기 때문이다.

정병섭에게 전화를 걸었다.

"작가님이시죠?"

—뭐가요?

"작가님이 차무룡을 보냈죠?"

—어허, 또 왜 이러실까.

"내가 정 작가님을 쫓아내니까 복수하려고 이러시는 거잖아요."

—차 작가 별명이 '악마 만세'입니다. 절대로 안 물러갈 겁니다. 아 참. 그리고 그 인간, 게이니까 사장님이 가슴을 아무리 흔들어도 끄떡없을 겁니다. 크핫하하.

작법 게이지가 53퍼센트까지 떨어졌다. 차무룡은 목준호 감독 이후 내 게이지를 가장 많이 가져간 작가가 되었다.

저 악마 새끼를 어떻게 하면 쫓아낼 수 있을까.

그때 내 머릿속에서 무언가가 떠올랐다.

이튿날.

차무룡은 마르셀 한을 바라보고 연신 윙크를 해댔다.

마르셀은 자신을 바라보는 차무룡에게 눈길도 한번 주지 않고 컵을 야무지게 씻고 있다. 바리스타 자격증이 있어서인지 프로페셔널한 손놀림이었다.

차무룡이 벌떡 일어났다.

계산대로 다가오는 그의 눈은 초점이 잡혀 있지 않았다. 그의 시선은 마르셀의 눈썹, 마르셀의 목, 마르셀의 어깨, 마르셀의 손등, 마르셀의 이곳저곳을 탐닉하느라 정신이 없었다.

차무룡은 계산대 위에 놓아둔 얼음물 주전자를 잡고 컵에 물을 따르더니 벌컥벌컥 들이켜기 시작했다. 마시면서도 홍당무처럼 새빨간 그의 눈은 마르셀의 몸 어딘가에 꽂혀 있었다. 턱 아래로 물이 줄줄 흐른다.

마르셀이 속삭였다.

"누나, 저 사람이에요?"

"왜? 이상해?"

"그런 건 아니고."

"네 스타일 아니야?"

"내 스타일은 아니지만, 나쁘지는 않아. 그런데 너무 노골적이야."

나는 마르셀의 허리를 쿡, 찔렀다.

"데리고 나가서 놀아줘. 알바비는 8시간으로 쳐서 계산해줄게."

"정말요? 그럼 나 여기서 일하는 건가요?"

"대신 저 인간 올 때만."

그사이 나는 무섭게 책을 읽어나갔고 내 애플리케이션의 막대그래프는 80퍼센트까지 채워져 있었다.

드디어 영문 작력 코스에 진입할 시점이 되었다.

나는 앱을 켜둔 채 노트북을 열고 시범 삼아 영어로 된 짧은 시를 지어 보았다. 구절을 떠올리지도 않았는데 손이 무언가를 막 쓰기 시작했다.

아아, 내 능력이 어느새 이 경지까지 도달했구나.

신이 난다, 신이 나!

그때였다.

스마트폰 화면이 멈추더니 블랙아웃이 된 것이다.

"으악!"

뭐지?

이건 처음 이 앱을 사용했을 때, 엘러리 퀸의 소설 제목을 입력했을 때와 같은 상황이었다.

나는 눈이 돌 지경이 되었다.

간신히 80퍼센트를 모았는데 시스템이 다운되다니. 허겁지겁 떨리는 마음을 진정하고 스마트폰을 다시 부팅했다. 화면은 계속 블루스크린인 상태로 깜빡였다. 도스 창으로 복잡한 프로그램 언어가 줄줄 내려왔고 알 수 없는 글자가 맨 아래에서 계속 깜빡였다. 내가 알아볼 수 있는 글자는 '인터넷 프로토콜' 어쩌고저쩌고하는 문장뿐이었다.

주변에 자기장이 많아서 그런가?

책상 위에 있는 노트북과 오디오 전원을 모두 제거하고 와이파이까지 껐다. 그리고 기도하는 마음으로 스마트폰을 재부팅했다.

그러자 스마트폰 화면이 정상적으로 부팅되었다. 다행이다. 바탕화면에 깔아놓은 수많은 아이콘이 보인다. [공양 책 삼천 권] 애플리케이션도 오류 없이 실행되었다. 다만 내 게이지는 73퍼센트, 즉, 7퍼센트가 줄어들어 있었다. 블랙아웃되는 충격에 에너지가 살짝 닳은 모양이다.

안도했다. 그래도 73퍼센트가 남아 있나는 게 어딘가?

영작 코스는 고급 단계여서 시스템이 좀 불안정한가? 어쨌든 다행스러운 일이었고 다시 영어로 된 작품을 쓴다는 희망을 품었다.

내일부터 본격적인 영문 작업이 가능하다는 거지.

아아. 코맥 매카시, 필립 로스, 이언 매큐언을 능가하는 소설을 써버릴 테야. 그것도 외국인이 인정하는 위대한 영문 소설! 퓰리처상과 전미도서상은 바로바로 내 거야.

달력을 보니 2월이었다. 겨울도 다 가고 있었다.

3월까지 게이지를 백 퍼센트 채운 후 장편소설 초고 작업에 들어가고 가을이 끝나기 전에 탈고하면 될 거야. 1800매의 대 장편. 요즘 그 정도 분량을 뽑아내는 작가는 미국에도 흔치 않아. 세상은 진짜가 나타났다고 떠들썩할 테지.

나는 오랜만에 일찍 카페 문을 닫았다. 집으로 돌아가 욕조에 물을 받았고 아껴놓은 샤블리 와인을 땄다.

욕조에 몸을 담그고 아이패드를 거치대에 장착했다. 클래식 음악을 들을 참이었다. 유명 작가가 되면 음악에 관한 에세이 하나쯤은 써야겠지? 무라카미 하루키는 재즈 전문이니까 난 클래식으로 할까나. 밀란 쿤데라도 클래식에 일가견이 있었다고 했지? 스포트라이트를 받기 전에 미리 조금씩 준비해야 한다니까.

아이패드를 열자 뉴스 레터 창이 떴다.

포털마다 어떤 뉴스 하나로 난리였다.

〈목준호 감독, 송충이로 아카데미 감독상 수상〉

엥?

기사를 읽었다.

아카데미는 사상 처음으로 외국인인 목준호 감독이 만든 영화 송충이에 작품상, 감독상, 미술상, 국제 영화상을 주었다는 것. 오늘 오전에 있었던 일이란다.

뉴스 영상을 재생했다.

목준호 감독이 오스카상을 흔들며 소감을 말하고 있었다. 안경 쓴 통역자가 옆에서 열심히 그의 소감을 영어로 전달한다.

"……참으로 아름다운 밤입니다. 아카데미가 저에게, 아니 송충이와 같은 외국 영화에 관심을 가지고 상을 주신 것에 데에 감사드립니다. 새삼 아카데미의 위대함을 다시금 느낍니다. 아카데미는 살아 있습니다. 그리고 마지막으로 제가 이 무대에서 고마움을 표하고픈……."

나는 멈춤 버튼을 눌렀다.

등에서 묘하고 싸한 기운이 내려왔다.

따라놓은 와인을 단숨에 들이켜고 숨을 가다듬었다.

재생 버튼을 눌렀다.

소감은 계속된다.

"……이렇게 좋은 내용이 나올 수 있었던 것은 바로 망원동에 있는 카페 포와로 때문입니다. 그 카페의 주인은 이 사실을 모르시겠지만, 송충이 시나리오는 그곳에서 다시 태어났다고 해도 무방합니다. 감사합니다. 그리고 한 마디만 더. 대한민국의 작가님들, 감독님들, 그리고 문학을 하시려는 분들, 창작의 고통에 지치시죠? 힘드시죠?"

오, 마이 갓.

목 감독, 당신 무슨 말을 하려는 거야?

하지 마. 하지 마. 제발 하지 마.

"망원동 카페 포와로에 가서 시원한 얼음 사과 차를 드셔보세요.

작업이 잘 될 겁니다. 부디 대한민국에서 송충이보다 더 좋은 작품이 많이 생기길 바랍니다. 응원합니다.”

****

다음 날 카페 포와로에는 노트북을 들고 온 사람들이 들끓었다. 내 게이지는 하루 만에 0퍼센트가 되었다.

****

돌이켜 생각해보면 다른 방법이 있었을지도 모른다.

내가 왜 굳이 카페 문을 열고 사람들을 들이면서 힘들게 그 짓을 했던가, 카페 문을 걸어 잠그고 몇 개월 동안 틀어박혀 책만 읽었다면 원했던 게이지를 올릴 수 있지 않았을까? 게이지가 그렇게 중요했다면 월세, 생활비 따위를 벌 생각은 하지 말고 오직 목표를 향해 나아갔어야 했다.

아니다.

시간을 되돌려 그때로 돌아간다 해도 별수 없었을 것이다. 대출

이자와 생활비, 매달마다 나가는 월세를 감당할 방도가 없다.

나는 카페를 폐쇄했다.

목준호의 말을 듣고 구름처럼 밀려오는 사람들은 곧 발길을 끊었다. 목준호의 말과 달리 작업 능률이 오르지 않는다는 것을 느꼈기 때문이다. 내 게이지가 제로이니 당연했다.

깊은 내상을 입고 갈대 속에 웅크린 치타처럼 나는 며칠 동안 어두운 카페 안에 웅크리고 있었다. 유리문에 손을 대고 안을 살피던 손님마저 뜸해졌을 때 나는 벌떡 일어났다.

으아아아악.

한강 물이 역류할 만큼 한바탕 비명을 내지른 후 카페 포와로의 삼면, 장식책장에 꽂힌 책들을 닥치는 대로 바닥에 내팽개쳤다.

팔아 버릴 거야. 아니 모두 태워버리는 게 좋겠다. 이 책들은 저주에 걸렸으니까. 책을 싹 없애고 이 허망한 앱과도 작별해야 했다. 이것들 때문에 나의 시간과 돈이 송두리째 사라졌다.

승자의 주머니 안에는 꿈이 있고 패자의 주머니 안에는 욕심이 있다고 했던가. 나는 내 주머니 안에 있던 꿈을 욕심과 맞바꿨다. 그것들은 채워지지 않은 항아리처럼 내 영혼을 좀먹게 했다.

나는 긁어내듯 책을 던져댔다.

은실 언니가 오래전부터 하나씩 사 모은 귀한 책들이었고 지금은 절판된 아까운 책들도 많았다. 1980년대 해문 출판사에서 해적판으로 나온 〈세계 명탐정 44인〉도 있었고, 클로버 문고판 〈기암성〉, 피에르 라피트 출판사가 1907년에 발간한 〈괴도 신사 뤼팽〉,

마쓰모토 세이초 기타큐슈 기념관 개관 기념용 카탈로그 책자도 있었다. 하지만 그것들, 카페에 존재하는 책이란 책은 전부 저주에 걸린 흉물이다.

그때 익숙하고 이상한 냄새가 코안으로 훅 들어왔다.

전부터 좀 이상했다. 가게에서 나는 이 냄새는 대체 뭘까? 강하진 않지만 움직일 때마다, 서가를 지날 때마다 무시할 수 없을 만큼 자극하는 냄새였다. 에프킬라 냄새 같기도 하고 등유 냄새 같기도 하다. 그 냄새는 특히 책에 강하게 배 있었다.

천장을 올려다보았다.

은실 언니는 천장 배선공사 이후부터 저런 냄새가 난다고 했다.

접이식 사다리를 세우고 천장을 살폈다. 스마트폰 조명을 켜서 내가 에어컨을 설치할 때 뚫어 놓았던, 파이프 관을 연결하려고 설치한 사각 스테인리스 철판을 열었다. 그러자 공간에서 엄청난 수의 알갱이가 우르르 쏟아졌다.

풍뎅이 모양의 돌멩이였다. 수백 개. 크기도 제각기 다르다. 대부분 흰색과 회색이다.

냄새는 거기서 났다.

1년 전 은실 언니에게 가게를 인수했을 때 나던 강도는 아니지만 틀림없는 같은 냄새다.

뭘까. 이 이상한 돌들은.

부적이다.

부적이란 악을 막는 물건, 악이란 이 공간에 고인 그 마력(魔力)을 뜻했다.

은실 언니 짓이다.

은실 언니는 이 공간에 사악한 기운이 깃들어 있다는 것을 알았다. 그래서 서둘러 내게 가게를 판 것이다.

갑자기 궁금해졌다.

언니는 이 많은 책을 왜 모았던 것일까? 언니는 그저 독서광이었을까? 언니는 왜 나처럼 소설가가 되려고 생각하지 않았을까. 나보다 더 많은 책을 읽었고 나보다 소설을 더 좋아하는데. 나는 언니가 왜 소설을 쓰지 않는지 물어본 적이 없다.

그 승려가 올 때마다 언니가 지폐를 꺼내 쥐여 주던 일이 떠올랐다. 그게 외부인을 쫓아내려던 행동이 아니었다면?

틀림없다. 언니도 승려에게 그 앱을 얻었을 것이다.

언니도 게이지를 알고 있었고, 작가가 되기 위해 [공양 책 삼천 권]을 시도하려다 무슨 이유로 실패한 것이다. 그리고 이 저주스러운 카페를 폐쇄하려던 차에 내가 눈에 들어온 것이다.

나는 먹이였다.

나는 은실 언니의 마수에 걸려든 게 틀림없었다.

은실 언니에게 전화했다.

먼 신호가 가고 언니가 받았다. 1년 만이었다.

"언니 짓이지? 아니 그 전에, 지금 어디야?"

—알아서 뭐 하게?

"잔지바르에 안 갔지?"

—알았니? 그래. 나, 구로에 있어.

"거기서 뭐 해?"

—회사 차렸어. 구로 디지털 단지에.

"내 돈으로?"

—네 돈은 무슨. 가게 판 돈이지.

"그게 내 돈이지 뭐야?"

—네가 샀잖아.

"됐고, 나한테 사기 친 이유가 뭐야?"

—야, 사기라니. 우리 합법적으로 계약서 썼다.

"좋아, 다시 물을게. 나한테 가게를 넘기려 한 이유가 뭐야?"

—이유? 별거 아니야. 갑자기 게임이 무지 만들고 싶었거든. 좋은 아이디어도 떠올랐고. 그래서 돈 좀 구해보려고 했는데 도무지 방법이 없더라고. 기억 안 나? 나 너한테 가게 맡겨놓고 계속 나가 있었잖아. 그거 대출 알아보러 다닌 거야. 그런데 신용 조건이 나빠 안되더라고. 가게를 내놔도 안 나가고.

"그래서 타깃으로 삼은 거야? 나를?"

—넌 사이클 놈에게 집도 사주고도 돈이 많이 있었잖아. 은행에 아는 사람도 있고. 너한테 팔아도 되겠다 싶었지. 지수 넌 카페 일이 처음도 아니고, 매사에 야무지고 똑똑하니까 맡으면 잘하겠다고 생각했어. 가게 하면서 글 쓰고 그러면 얼마나 좋으니.

"그건 내가 능동적으로 결정할 문제였어. 난 가게를 사고 싶은 생각이 없었어. 그 앱을 알기 전까지.”

—앱? 아, 그거. 호호호.

“웃지 마. 나 심각해.”

—너 좋으라고 그랬지. 내가 테스트로 개발한 거야. 책을 읽고 제목과 내용을 쓰면 게이지가 오르게 만든 거야. 내가 프로그래밍 하는 거 알지?

“시팔.”

—앱으로 속인 건 미안해. 하지만 지수야. 내가 정말로 그 일은 너 생각해서 그런 거야. 네가 책을 좀 읽으면 등단할 줄 알았지. 고양이가 북극에 가는 이야기를 7년째 쓰고 있었잖아. 넌 다른 작품들을 면밀하게 읽어볼 필요가 있었다고. 맨날 심사위원들이 어떻니, 문단이 어떻니, 남 탓만 하고. 그래서…….

“닥쳐. 넌 나한테 사기 쳤어. 난 그 앱 때문에 카페 홈즈를 산 거야.”

—나도 그 앱 때문에 가게가 팔린 거라고 생각해. 가게도 팔고 너 등단도 시켜주고. 얼마나 좋니. 호호호.

“땡중도 한패야?”

—내가 고용한 거야. 앱을 네 스마트폰에 설치하게 하고 가게에 관심을 두게 하는 역할이었어.

“가게를 넘기려고 그런 짓을 꾸몄다니. 와, 진짜 어이없다. 화도 나지만 평생 계획 같은 거 세울 줄 모르던 언니가 그런 치밀한 계획을 세웠다는 게 더 놀랍다.”

—나 엄청 꼼꼼한 사람이야. 그 스님을 고용하려고 얼마나 공을 들였는데. 올 때마다 만 원씩 오천 원씩 쥐여 주고 음식도 주고 그랬지. 신뢰를 쌓아야 필요할 때 도와주거든.

"내가 그 새끼 때문에 추리소설 삼천 권을 읽었다고! 잠깐만. 아니야, 아니야. 그 앱은 분명 효과가 있었어. 읽은 책을 입력하고 게이지가 올라갈수록 노트북으로 글 쓰는 느낌이 달랐어. 영문으로 시까지 지었단 말이야."

—야! 너 캐나다에 유학 가서 박사 과정을 밟은 애 맞니? 영작시 정도는 지을 능력 있는 거 아니니? 게다가 밤낮으로 죽자 살자 책을 읽는데 그만한 실력이 안 나오면 어쩌누. 이 언니가 말했지. 책 꾸준히 읽고 꾸준히 쓰면 작가가 될 수 있다고. 그래, 장편소설은 썼니?

"아니."

—못 썼다고? 설마?

"그 빌어먹을 게이지를 다 채운 후에 쓰려고 했단 말이야."

—욕심을 부렸구먼. 읽으면서 조금씩 꾸준히 썼더라면 지금쯤 멋진 작품 하나가 나왔을 텐데.

"난 못 믿겠어. 어떻게 된 거야? 진짜를 말해."

—뭐가?

"작가들이 다녀갔을 때 내 스마트폰 앱의 게이지가 줄어들었어. 그래서 밤새 책을 읽고 게이지를 다시 채웠어."

—읽은 책 제목을 기입하면 게이지가 오른다니까. 단 카페 안에

서만. 앱의 기능은 그게 다야.

“내 말은 그 뜻이 아니야. 작가들이 왔을 때만 게이지가 떨어졌어. 일반 손님이 왔을 때는 게이지가 그대로였다고. 작가들이 내가 모은 게이지를 훔쳐 간 게 분명해. 그건 언니가 만든 애플리케이션 기능으로 할 수 있는 일이 아니야. 가게에 미스터리한 힘이 있지 않은 한…….”

—아, 그거 때문인가보다.

“그거 때문이라니?”

—후후, 가게 와이파이 때문이야.

“와이파이?”

—일반 손님과 작가는 하나 구분되는 게 있지. 그게 뭘까?

“쳐 묻지 말고 바로 말해!”

—작가는 어디서든 글을 쓰는 사람들이야. 혼자가 되면 늘 노트북을 켜지.

“아.”

—가게 와이파이를 살짝 손봤지. [공양 책 삼천 권] 앱을 깐 지수네 스마트폰에서 나오는 무선 프랙털 신호를 카페 와이파이 신호에 얽혔어. 그래서 그 공간에서 사용하는 노트북 네트워크 어댑터에서 뿌리는 신호만 받아 가도록 검사하는 거야. 이 프랙탈 신호란 스마트폰은 제외하고 오직 노트북에만 반응하게 되어 있어. 노트북 랜카드에서 흡수하는 와이파이 인터넷 반응 값을 네 앱이 알아차리게 한 거지.

"시팔, 무슨 소린지 하나도 모르겠다고."

—그러니까 가게 안에서 와이파이를 쓰는 노트북이 가게 인터넷을 쓰는 만큼 네 앱의 게이지가 줄어들게 프로그래밍한 거라고.

"작가만 노트북을 쓰고 일반 손님은 안 쓰니까?"

—그렇지. 누구든 카페에서 노트북으로 인터넷 와이파이를 접속하면 네 전화기 앱 게이지가 반응해. 노트북이 인터넷 용량을 많이 끌어가면 끌어갈수록 네 앱의 작력 게이지도 많이 떨어지는 거야. 카페 홈즈 손님들은 다른 카페와 달리 리포터 작업하거나 사무 보러 오는 사람들이 아니야. 대부분 작가이거나 작가를 보러 오는 팬들이었지. 뭐 가끔은 리포터 쓰려고 노트북을 켠 학생들이 다녀갔을 거야. 그땐 게이지가 줄어들었을 텐데 네가 눈치채지 못했을 뿐이지.

"맙소사."

—단, 지수 네 노트북을 켜고 있으면 안 돼. 네 앱이 네 노트북 정보를 받아 가면 다운돼버려. 홈즈에 항상 있던 네 노트북으로 코딩했거든.

"맙소사"

—내가 그 [공양 책 삼천 권] 앱을 네 아이디를 주체로 프로그램을 짰으니까 같은 아이디를 쓰는 네 노트북이 인터넷 전파를 뿌리면 게이지를 닳게 하지 못하고 다운시켜. 전문용어로 시스템 코드 충돌이지.

"그래서 내 스마트폰이 두 번씩이나 블랙아웃 된 거야?"

—노트북 켜놓고 게이지 입력한 적 있었니?

"처음이랑 영시 지을 때. 재부팅하면 7퍼센트씩이나 떨어지던데?"

—7퍼센트? 글쎄, 그건 모르겠는데. 재부팅하면서 슬레드 데이터를 갉아먹은 모양이지. 그나저나 목준호 감독이 게이지를 가장 많이 떨어뜨렸다고? 그럼 그 사람, 네 카페에서 동영상 다운로드 엄청나게 받았나 보다. 호호호. 설마 야한 거 본건 아니겠지? 호호호.

"목준호고 금탁완이고 정달연이고 정병섭이고, 그들의 성공이 카페 내부의 힘 때문이 아니었다니."

—그 사람들의 실력 때문이지 무슨 카페의 힘이냐. 지수야, 정신 차려. 남들이 성공하는 건 다 그 이유가 있는 법이야. 그들은 너보다 더 많은 책을 읽었고, 더 많이 고민했고, 더 많은 분량의 글을 쓴 거야. 고양이가 북극에 가는 이야기를 아무도 알아주지 않는다고 불평만 하는 사람들이 아니라고.

"언니 너, 내가 지구 끝까지 찾아서 죽여버릴 거야."

—미스터리 카페 같은 거 하지 말랬지. 지금이라도 차분히 마음 다잡고 치즈케이크랑 마카롱 같은 거 만들어 팔아. 너 손재주 좋잖아.

"내 돈 돌려줘."

—돈이 어디 있어. 아 참, 지수야. 우리 지금 개발 거의 다 끝나가. 있잖아, 내가 아주 근사한 게임을 하나 만들었는데 말이야.

그것도 막대그래프를 사용해서…….

"닥치고 내 돈 가져오라고."

—속았다고 생각하지 마. 너는 그간 너의 행동이 옳았는지를 생각해. 세상을 속이려 한 것은 없었는지, 남의 것을 탐낸 것은 없는지, 가야 할 길을 무시하진 않았는지 생각해봐. 책을 삼천 권이나 읽으면 뭐 해. 지혜가 없으면 글을 쓸 수 없어.

"좋아, 이번 일은 내가 잘못한 거야. 내 욕심 탓을 할게. 난 지나간 일은 후회하지 않아. 다만 마카롱 따위를 만들며 살고 싶지는 않아."

—얘, 말하는 거 좀 봐. 마카롱 만드는 건 어디 쉬운 일인 줄 아니? 그럼 어떻게 살 건데?

"나답게 살고 싶어."

—그럼 글을 써. 넌 틀림없이 좋은 작품을 쓸 거야.

"그럴만한 여력이 없어. 수중에 한 푼도 없다고."

—방법을 찾아.

"방법이라니? 이제 대한민국에서 나한테 대출해 줄 곳은 없어. 난 아직도 언니가 가져간 돈을 은행에 갚고 있다고. 그리고 며칠 후면 파산이고."

—너도 가게를 팔면 되잖아.

"강변 구석에 처박힌 이런 낡은 가게를 누가 사?"

—그 스님, 연기 잘하더라. 멍청한 작가 하나 꼬시면 다시 전화해. 내가 그 스님 전화번호랑 [공양 책 삼천 권] 앱 설치 파일을

줄게.

"하나만 더 물어보자."

—응.

"천장에 그 부적들은 뭐야?"

—부적이라니?

"냄새나는 그거! 시팔, 그것 때문에 머리가 지긋지긋해 죽겠다고."

—호호호. 그거 나프탈렌이야.

"나프탈렌 아니야. 풍뎅이 모양 돌이던데?"

—다이소에 가면 풍뎅이 모양 나프탈렌 팔아, 등신아.

"그걸 왜 천장에 둔 거야. 수백 개를?"

—이년아. 책이 수천 권이 한 곳에 모여 있는데 나프탈렌 없이 어찌 장마철을 나누. 너 바보 아니야?

전화를 끊은 나는 냉장고에서 맥주를 모조리 꺼내 마셨다.

얼마쯤 지난 후 모든 것이 정리되었다.

나는 예술가의 삶을 너무 쉽게 생각하고 있었다. 작가들의 성과와 노력을 폄훼했고 우습게 보았다. 그들이 자신의 이름을 건 작품을 내고 사랑해주는 팬이 존재하는 것에는 이유가 있었다.

은실 언니와의 통화에서 모든 것을 깨달았고 나는 판단했다.

나는 작가가 될 가능성이 없었다. 나는 가게를 운영할 능력도 없다.

나는 스마트폰에 저장된 이름들을 쭉쭉 내렸다. 그리고 한 사람에게 전화를 걸었다.

신호가 사라지고 저쪽에서 전화를 받았다.

"뭐해? 글 잘 써지니? ……크크. 그래. 열심히 쓰면 언젠가는 빛을 볼 거야. 아, 마르셀. 내가 전화한 건 다름이 아니라, 부탁하나 하려고. ……아니야. 차무룡은 이제 가게에 안 와. 차무룡 때문이 아니고……나 며칠 가게에 못 나오니까 마르셀이 와서 가게 좀 봐줄래? 돈 필요하면 꺼내 쓰고."

독서클럽 살인사건

정해연

*

서울 망원동에는 추리소설 마니아라면 한 번쯤 가보고 싶은 이름의 카페가 있다. 바로 〈카페 홈즈〉. 이름이 나타내듯 이곳은 홈스 관련 소설은 물론 국내외 미스터리와 스릴러 작품들을 비치하여 추리소설 북카페의 콘셉트로 운영하고 있다. '홈스'가 맞는 표기이지만, 카페의 사장은 어릴 때부터 팬인 이들을 위해 '홈즈'라고 이름 지었다고 한다. '홈스'는 뭔가 맛이 살지 않는다, 라나.

해환은 카페 홈즈에서 아르바이트를 하고 있다. 일단은 작가가 되는 것이 목표지만 지금은 카페 홈즈에 와서 작업하는 진짜 작가들을 훔쳐보는 것으로 만족하고 있다. 언제고 저 자리에 앉아 소설을 쓰는 것이 자신이 될 거라고 생각하면서 말이다.

해환은 출근을 하자마자 카페로 올라오는 계단 입구의 문 앞에 공지문을 적어 붙였다.

[매월 마지막 주 금요일은 '금요일의 추리클럽'이 열리는 관계로

저녁 6시까지만 영업을 하오니 많은 양해 부탁드립니다.]

'금요일의 추리클럽'은 인터넷 동호회 〈추리를 사랑하는 사람들〉의 오프라인 모임이다. 매월 마지막 주 카페 홈즈를 대관해 '금요일의 추리클럽'을 연다. 말 그대로 누군가 미스터리한 이야기를 발표하면 나머지의 인원이 추리를 하는 것이다.

추리클럽이 열리는 날에는 미리 단축 영업에 대해 공지를 해야 하고, 테이블을 그들이 원하는 대형대로 맞춰야 하는 불편함이 따르지만 해환은 이 모임이 별로 싫지 않다. 카페 홈즈의 정체성과 잘 맞기도 하고, 점점 모임의 인원도 늘어 제법 모양새를 갖춰가는 추리클럽을 보는 것도 뿌듯한 일이다. 언젠가는 저들이 읽는 책이 자신의 작품일 수도 있다고 생각하면 절로 흥이 난다. 물론 사장은 다른 목적으로 그들의 모임을 허가했다. 그 인원이 모두 차를 한 잔씩 주문해 매상이 는다는 것이 크게 작용했다. 대관료도 넉넉히 내고 있고.

이 모임을 좋아하는 사장은 늘 추리클럽이 열릴 때마다 가게를 비우지 않았는데 오늘만은 예외였다. 김서식 작가의 신작이 한정판 사인본으로 풀리는 날이기 때문이다. 사장은 늘 카페의 구석에 앉아 책을 천장까지 쌓아놓고 흡수하듯 읽었는데, 김서식 작가의 책이 들어오는 날이면 다른 책들은 전부 우선순위에서 밀려나곤 했다. 아마 오늘도 그녀의 우선순위는 김서식의 신작인 모양이었다.

공지문이 잘 붙은 것을 확인하고 해환은 좁은 계단을 통해 2층으로 올라갔다. 들어가면 곧장 오른쪽에는 계산대와 함께 커피를 만드는 주방이 붙어 있고, 사방의 벽면에는 이 카페의 자랑인 추리소설들이 빽빽이 꽂혀 있다. 구하기 어려운 귀한 소설들은 왼쪽 책장에 전시해 두었다.

추리클럽의 공지 때문인지 4시가 지난 이후부터는 손님이 뜸했다. 몇 명의 손님들이 추리클럽에 참석해도 좋은지를 물었지만, 해환은 인터넷 동호회의 주소를 알려주고 돌려보냈다. 오프라인 모임에 참석하는 것은 인터넷 동호회 안에서도 정회원으로 승격된 사람만 가능했기 때문이다.

시계가 오후 5시 40분을 가리켰을 때, 카페의 문이 열렸다.

"잘 지내셨어요? 오늘은 혼자 계시네요."

인사를 하며 들어온 남자는 해환의 눈에도 익숙했다. 사십 대 남자로 수제 가죽제품 공방을 운영하고 있는 '드리머'였다. '드리머'는 그의 닉네임으로 '금요일의 추리클럽'은 모두 닉네임으로 참석한다. 드리머는 3개월 전부터 오프라인 모임에 나왔다.

"일찍 오셨네요?"

좌석을 '금요일의 추리클럽'이 원하는 원형으로 재정비하던 해환이 밝은 표정으로 인사를 건넸다. 드리머가 얼른 의자를 하나 가져오며 해환을 도와 원형을 만들었다. 총 여덟 개의 의자가 카페 중앙에 둥그렇게 놓였다.

"오늘은 제가 이야기하는 사람이거든요."

"와! 정말요? 빨리 올라가셨네요?"

해환이 목소리를 높이며 말했다. '금요일의 추리클럽'에서 이야기 발표자는 정답을 가장 많이 맞히는 사람 순서대로 정하는데, 3개월 전부터 참여한 드리머는 두 달 동안 전부 정답을 맞혔다. 잘해봐야 한 번씩 정답을 맞힐까 말까였는데, 드리머는 두 달 연속 맞추는 기염을 토해 이번 발표자가 되는 데는 무리가 없었다. 발표자는 당일 제일 먼저 와서 상석에 앉아 사람들을 맞이하는 것이 이 모임의 룰이었다. 해환이 띄워주듯 말하자 드리머가 쑥스러운 듯 웃었다.

"그냥 운이 좋았을 뿐인데요."

그는 오늘의 음료로 '금요일의 차(茶)'를 선택했다. 메뉴를 선정하는 것 역시 이야기 발표자의 몫이었다. 금요일의 차는 연잎과 감귤피, 캐모마일이 섞인 블렌딩 티였다. 메뉴의 아랫면에 '피로가 쌓여 무거워졌을 때'라는 설명이 적혀 있다. 금요일 모임에 적절한 선택이었다.

6시 정각이 되었을 때 해환은 금요일의 차가 담긴 찻주전자 세 개를 쟁반 위에 올렸다. 그때 문이 열리면서 일곱 명의 남녀가 들어섰다. 그들은 모두 '금요일의 추리클럽' 회원으로 발표자를 제외한 나머지 인원은 모두 6시 정각까지 카페 앞에서 모여 한꺼번에 들어오기로 되어 있었다. 특급변소, 꼬라지, 블레이드, 정시퇴근, 군붕씨, 왓슨부인, 제레미. 이렇게 총 일곱 명이 순서대로 들어왔다. 드리머가 일곱 명에게 일일이 인사하며 자리를 안내해주었다. 그리고 해환이 준비한 쟁반을 들고 모두에게 차를 한 잔씩 건네주었다.

그렇게 '금요일의 추리클럽'이 시작되었다.

**

안녕하세요. 드리머입니다. 들어온 지 얼마 되지도 않은 제가 발표자가 되어 감사하기도 하고 뭔가 민망한 기분이 드는 것도 사실입니다. 지난달 모임에서 다음 발표자로 낙점되면서 무슨 얘기를 할까 많이 생각해보았습니다. 하지만 결국 떠오르지를 않아 실제 있었던 사건을 발표하기로 마음먹었습니다. 네, 실제 있었던 살인사건을 말이죠. 뉴스에도 보도되지 않은 사건이니 여러분께서 흥미를 가지고 풀어 나갈 수 있으실 겁니다. 자, 그럼 이야기를 시작하겠습니다.

이 이야기는 저희와 비슷한 모임을 하는 어떤 독서클럽 안에서 벌어진 이야기입니다. 그들은 여섯 명의 멤버로 구성된 추리물 독서클럽이었습니다. 이 클럽은 한 달에 한 번 단편 추리물이나 스릴러 소설의 낭독회를 갖고 있었습니다. 저희처럼 이 클럽 역시 인근의 작은 카페 하나를 빌려서 모임을 가졌죠. 그러고 보니 저희와 비슷한 점이 많은 모임이었네요. 낭독자가 먼저 와서 모임을 준비하고 다른 멤버들은 카페 앞에 모여서 모임이 열리는 정시에 들어온다는 점까지요.

낭독하는 사람은 그날 발표할 소설의 분위기에 맞춰 준비를 합니다. 그날은 공포에 가까운 스릴러를 낭독하는 날이어서 낭독자 A는 카페에 부탁해 가운데 테이블의 조명만 켜고 다른 조명은 모두 껐습니다. 사람들이 앉는 가운데 테이블의 조명 역시 조도를 낮춰놓았고요. 음료는 아주 차가운 녹차를 주문했죠. 사람들이 모였고 낭독회가 시작되었습니다.

네, 실제로 벌어진 사건이기에 이름을 공개하지 않고 그날의 참석자를 A, B, C, D, E, F로 칭하는 것으로 하겠습니다. 사람들은 모두 핸드폰을 진동으로 해놓고 가게의 사장에게 맡겨 놓았습니다. 중요한 연락이 올 수도 있으니 핸드폰을 꺼놓을 수도 없고, 진동이 오는 걸 느끼게 되면 낭독회의 집중이 깨지기 때문에 마련한 방책이었습니다. 낭독회가 끝난 뒤 부재중 전화나 문자메시지로 연락 온 것을 확인할 수 있으니까 그 정도면 상관이 없다고 생각했죠.

가운데 놓인 직사각형의 테이블에 사람들이 앉았고, 낭독자인 A가 가장 상석의 일인용 의자에 앉았습니다. 낭독자의 왼편 두 자리에 B와 C가 앉았고요. 낭독자의 맞은편에는 D가, 그리고 낭독자의 오른편에는 E와 F가 앉았습니다. B와 C가 앉아 있는 뒤편 창에는 암막 커튼을 쳐서 조도를 낮춰놓은 전등 말고는 완전한 어둠이 되도록 해두었죠. 한여름이라 천장에는 커다란 팬이 돌고 있었습니다. 그들의 테이블 위로 팬의 그림자가 일렁였습니다. 조금 긴장되는 분위기와 아주 걸맞았지요.

드디어 낭독회가 시작되었습니다. A는 준비해 온 소설을 읽기 시작했습니다. 음산한 분위기를 내야 할 때는 낮은 목소리로, 점점 공포가 몰아칠 때는 높은 목소리와 빠른 어조로 이야기의 분위기를 아주 잘 살려 내었습니다. 나머지 다섯 사람은 처음 들어본 작가의 작품이었지만 A의 낭독으로 점점 이야기에 빠져들었습니다. 이야기 중간중간 B와 F는 소름이 끼친다는 듯 몸을 부르르 떨기도 했습니다. 한여름이라 틀어놓은 에어컨의 냉기가 설정해 둔 온도보다 훨씬 더 춥게 느껴지는 것 같았습니다.

이야기는 점점 사건의 중심부를 향해 흘러갔습니다.

"그래서 석태는 폐가를 향해 걸어가기 시작했다. 아무것도 보이지 않는 밤, 여자의 비명이 들렸던 그 집을 향해서 말이다. 잡초로 가득 찬 마당을 지나 그는 문을 조심스레 열었다. 삐거덕 소리가 마치 자신이 들었던 비명 소리처럼 들렸다. 그리고 완전히 문을 연 순간!"

A가 목소리에 힘을 주며 읽어나가던 그때였습니다. 갑자기 어디선가 퍽, 하는 파열음이 들렸고 동시에 전등불이 꺼져버렸습니다. 에어컨도, 천장에서 돌던 팬도 멈춰버렸죠. 카페는 완전한 어둠에 휩싸였습니다. 그들은 모두 당황했습니다. 누구랄 것도 없이 "뭐야"라는 말만을 반복했죠. A가 사장에게 카페의 불을 켜달라고 말했습니다.

"알겠습니다. 잠시만요."

사장이 의자에서 일어서는 소리가 삐거덕하고 났습니다. 테이블을 더듬거리며 카페 입구에 있는 스위치 쪽으로 걸어가는 소리도 들렸죠. 이어서 달칵거리는 소리가 들렸습니다.

"어?"

사장의 목소리에는 당황하는 기색이 묻어났습니다. 달칵거리는 소리가 여러 번 반복됐지만 불은 켜지지 않았습니다. 분명 독서클럽이 시작되기 전에는 아무런 이상이 없었던 전등들인데 말이죠.

"정전이 됐나 봐요. 불이 안 켜져요!"

사장의 외침에 사람들의 웅성거림 위로 불안감이 일렁였습니다. 계속 그러고 있을 수만은 없었습니다. A가 외쳤죠.

"누가 커튼 좀 열어 봐요!"

아직 길 건너의 상점들이 운영하고 있을 시간이었고, 가로등도 상당수 있을 테니 암막 커튼만 열면 카페 안이 환해질 거라고 생각했습니다. 그러면 일단 불안감도 해소되고 각자 핸드폰을 찾아갈 수도 있을 테니까요.

몇몇 사람의 움직이는 소리가 들렸습니다. 덜컹거리는 소리와 함께 누군가 '윽' 하고 신음 소리를 내었습니다만, 그때는 그걸 주의 깊게 듣지 않았습니다. 컴컴한 곳에서 일어나다 의자에 부딪히는 일이야 이상할 일이 아니었죠. 아무튼 작은 소란 속에서 일거에 빛이 쏟아져 들어왔습니다. 누군가 암막 커튼을 활짝 열어젖힌 것이죠. 밖에서 들어오는 불빛은 나른한 느낌의 오렌지색 불이었지만 어둠 속에 쏟아진 그것은 우리의 시야를 잠깐이나마 어둡게

했습니다. 우리는 아무도 움직이지 못했습니다. 불빛을 등지고 선 그들의 얼굴이 잠깐 동안 보이지 않았기 때문이죠.

그리고 천천히 시야가 밝아졌습니다. 그럼에도 한동안 다들 굳어 있었습니다. 그때 F의 날카로운 비명이 공간을 뒤흔들었습니다. 그 비명에 회원들은 잠에서 깨어나듯 정신을 차리고 다시 그쪽을 보았습니다.

암막 커튼을 열어젖힌 것은 C였습니다. 그는 휘둥그레진 눈으로 회원들을 보았습니다. 무슨 일이 벌어진 건지, 왜 자신을 보는 건지 모르겠다는 표정이었죠. 그는 사람들을 향해 어색하게 웃었습니다. 그런 그의 행동은 사람들에게 더욱 공포심을 주었습니다. C의 얼굴 오른쪽과 팔에 튄 피와 대비되는 그의 표정이 비현실적이었기 때문이었죠.

바닥에는 B가 엎어져 있었습니다. 그의 목 왼쪽에서 피가 뿜어져 나오고 있었습니다. 피가 묻은 칼이 C의 의자 밑에 떨어져 있었습니다. 순간 공포가 억누른 정적이 카페 안을 채웠습니다. C는 이 모든 광경을 믿기지 않는 듯한 눈으로 보고 있었습니다. 그는 한참 만에 더듬더듬 입을 열었습니다.

"나…… 아냐."

사람들은 아무런 대답도 하지 못했습니다. 다들 굳은 듯 C의 얼굴만 보고 있을 뿐이었죠. 곧 카페 주인이 경찰에 연락을 했습니다. 경찰이 출동하는 동안 회원들은 얼굴을 감싸거나 머리를 헝클어뜨리거나 겁에 질려 울음을 터뜨렸습니다. 우리를 제외한 C만이 계속 같은 말을 반복했습니다.

"나 아니라고……."

***

신고한 지 5분도 되지 않아 인근 지구대에서 출동했고, 그로부터 20분 뒤 과학수사대와 함께 사복형사 두 명이 카페를 찾아왔습니다. 지구대에서 출동한 경찰들은 현장이 훼손되지 않도록 자리를 지켰습니다. 그들은 배전반을 열어 살펴보았지만, 정전이 된 직접적 원인을 찾을 수 없어 가지고 온 손전등으로 카페 안을 밝혔습니다. 과학수사대와 형사들이 올 때까지 아무도 움직인 사람은 없었습니다.

찾아온 형사 두 명 중 한 명은 이십 대 후반쯤으로 보이는 젊은 남사였는데 키가 상당히 컸으며 주변을 이리저리 둘러보는 것이 말단 형사라는 느낌을 확연히 주었습니다. 다른 한 명은 사십 대 초반쯤으로 키는 크지 않아도 다부진 몸을 가지고 있었습니다.

"마포경찰서 김재범 형사입니다."

자신을 소개한 베테랑 형사가 사람들을 자리에 앉게 했습니다. 그리고 카페 주인과 A에게 이 클럽이 모이게 된 연유와 자리 배치에 대해 이것저것 물었습니다. 클럽은 벌써 몇 년씩 이어오던 모임이었고, 자리는 발표자를 제외하면 늘 같은 자리에 앉아왔습니다. 누가 그렇게 시킨 것은 아닌데, 자연스럽게 그렇게 앉게 되었죠. 발표자는 항상 상석에 앉고, 지난 발표자가 이번 발표자의 자리, 그러니까 빈자리에 앉는 식이었습니다. A는 지난번 E의 자리에 앉아 있었기 때문에 저번 모임과의 차이점은 E와 A의 자리가 바뀐 것뿐이었습니다.

"형사님!"

과학수사 담당자 중 한 명이 카페 안을 점검하다가 김재범 형사를 불렀습니다. 과학수사대원은 카페 인테리어를 위해 설치된 전등 쪽에 서 있었습니다. 사람들의 시선이 모두 그쪽으로 갔죠. 과학수사대원이 다가온 김재범 형사를 향해 몇 마디를 하더니 들고 있는 손전등으로 바닥을 비췄습니다. 콘크리트로 되어 있는 카페의 바닥이 축축이 젖어 있었습니다. 그리고 콘센트에 그을음이 보였습니다. 누가 설명해주지 않아도 콘센트에 물이 들어가면서 합선이 발생했다고 유추할 수 있었습니다.

과학수사대원이 전동드릴로 누전된 콘센트를 해체하고 배전반의 스위치를 올리자 카페 안에 환한 빛이 돌아왔습니다. 오랜 시간 만에—실제 시간보다 훨씬 더 길게 느껴진 시간이었습니다—환하게 들어온 빛은 모두의 눈을 부시게 했습니다. 하지만 그것도 잠깐, 서서히 시야가 밝아지기 시작하며 빛에 적응할 수 있었습니다.

"혹시 콘센트가 왜 젖었는지 아십니까?"

김재범 형사가 카페 사장에게 물었습니다. 카페 사장은 어리둥절한 얼굴로 전혀 모르는 일이라고 했습니다. 김재범 형사가 중얼거렸습니다.

"누군가 콘센트에 물을 뿌렸는데……."

그 말이 떨어지자 모두의 시선이 테이블로 향한 것은 거의 반사적이었습니다. 사람들은 전부 테이블 위에 있는 찻잔으로 시선을 던졌죠. 찻잔이 비어 있는 것은 C와 E 그리고 죽은 B 외에 없었습니다. C와 E는 당황하여, 낭독이 이어지는 동안 마셨을 뿐이라고 했습니다. 몸에 피가 묻어 있던 C가 사람들의 시선을 가장 많이 받았는데, 그래서 그런지 더욱 강하게 부정했지요. 하지만 그것만으로 C를 의심할 수가 없었습니다. 정전이 된 시간은 카페 사장을 포함 전원이 착석하고 앉아 있을 때였습니다. 당연한 말이지만 정전이 되기 전 카페 내부는 밝았습니다. 누군가 정전을 시키기 위해 움직였다면 모두 보지 못했을 리가 없으니까요.

어쨌든 카페 안의 조명이 켜진 이후 형사들의 조사는 빠르게 진행되었습니다. B는 목 오른쪽의 깊은 자상 때문에 숨진 것으로 추정된다고 했습니다. 자상은 단 한 군데뿐이었습니다. 누군가가 가진 단 한 번의 악의가 그의 목에 깊이 박힌 것이었지요. 칼은 오래지 않아 발견되었습니다. 바로 C의 의자 밑이었습니다. 의혹의 시선이 더욱 C를 향했고, C는 마치 주술이 걸린 사람처럼 '난 아니야'라는 말을 반복했습니다. B의 피를 뒤집어쓴 그의 모습은 무척이나 기괴했습니다.

"칼자루에서 B의 것으로 추정되는 지문만 나오는데요."

현장에서 칼 손잡이에 묻은 지문을 뜬 과학수사대원은 육안으로 B의 지문을 확인했습니다. B가 자신의 목에 칼을 쑤셔 넣은 것이 아니라면 범인의 지문도 나와야 했습니다. 하지만 칼자루에는 B의 지문만이 남아 있었죠.

하지만 B가 자결을 한 것이라는 가정은 할 필요가 없었습니다. B의 손바닥에서 방어흔이 나왔기 때문입니다. 칼이 자신의 목으로 들어오는 순간, 반사적으로 B는 그것을 막아보려 했던 듯합니다. 칼날에 베인 상처가 B의 손바닥에 궤적처럼 남아 있었습니다.

회원들은 한구석에 서서 카페의 내부 수색이 이루어지는 것을 하얗게 질린 얼굴로 보고 있었습니다. 그리고 이내 또 다른 단서가 나왔죠. 바로 라텍스 장갑이었습니다.

잔뜩 구겨진 라텍스 장갑은 F의 뒤쪽 벽에 있던 화분 뒤에서 발견되었습니다. 이번엔 사람들의 시선이 F를 향했고, 마치 전염병처럼 F가 자신은 아니라고 고개를 저었습니다. 그때의 그들은 알고 있었던 것 같습니다. 여기에 범인이 있을 수밖에 없다. 우리는, 아니 나는 지금 사람을 죽인 살인자와 같이 있다. 그것은, 지금 옆에 있는 이 사람일 수도 있다는 것을요.

팽배해진 불신 속에서 어느 정도 카페 수색이 마무리되었고 B의 시신이 어딘가로 이송되어 나갔습니다. 김재범 형사는 모두에게 임의 동행을 요구했습니다. 회원 모두와 카페 사장까지 모두 거절하지 않고 경찰차에 올라탔습니다. 거절할 수 있는 동행 요구였습니다만, 만약 그 자리에서 그렇게 했다가는 자신이 의심의 시선을 받을 수 있다고 생각했을 것이었습니다.

경찰서로 간 사람들은 전부 조사실로 안내되어 들어갔습니다. 직사각형의 테이블에 다섯 명이 둘러앉았고, 잠시 뒤 김재범 형사가 따뜻한 커피를 가지고 들어왔습니다. 형사들이 현재 그들을 용의자로 보고 있지 않으니 안심하라는 메시지가 뜨거운 커피 안에 담겨 있었습니다.

이윽고 김재범 형사의 질문이 시작되었습니다.

"오늘을 날짜로 잡은 사람은 누구입니까?"

카페 사장이 대답했습니다.

"이분들은 저희 카페에서 매달 정기적으로 모임을 하는 분들입니다. 날짜는 매월 마지막 주 금요일이죠. 벌써 여러 해 이어오는 모임입니다. 딱히 누가 날짜를 잡는 것은 아닙니다."

그러고 보니 그 독서클럽도 우리 추리클럽과 같은 날짜에 모임을 갖는군요. 갑자기 이야기를 다른 쪽으로 흘려서 죄송합니다. 그냥 신기하다는 생각이 들어서요.

아무튼 카페 사장의 대답에 김재범 형사가 수첩에 간단한 메모를 했습니다. 그리고는 사람들의 관계에 관해서 물었습니다.

그들은 인터넷 카페에서 만나 마음이 맞는 멤버를 모아 사적으로 모임을 만든 것이었습니다. A가 그렇게 말하자 쭈뼛쭈뼛 D가 말했습니다.

"B씨는 C씨와 원래 알던 사이잖아요."

C가 눈을 휘둥그렇게 뜨고 D를 보았습니다. 그러자 D가 목을 움츠리면서 C의 시선을 피했습니다. C는 기가 막힌다는 듯 신경질적으로 웃음을 터뜨렸습니다.

"그 얘길 지금 왜 하는데요? 지금 범인이 저라고 말씀하고 싶으신 거예요?"

C는 뒤집어쓰고 있던 B의 피를 씻어낸 뒤였습니다. 경찰서로 온 후 몸에 묻은 피를 과학수사대원이 채취한 뒤, 피에 젖은 모습을 사진 찍고 나서야 씻어도 된다고 허락을 받았죠. 화가 나 벌떡 일어서는 C의 젖은 머리가 거칠게 흔들렸습니다.

네, 그렇습니다. B와 C는 친구 사이였습니다. B는 C를 클럽에 가입하게 한 사람이었습니다. 추리하는 데 도움이 되시라고 이에 관한 경찰 조사는 말씀을 드려야겠네요. 후에 진행된 경찰의 주변 인물 조사에서 C는 B에게 약간의 질투심 같은 것을 가지고 있었다는 것이 드러났습니다. 학력이 고졸인 C를 B가 자주 무시하는 말을 했다는 진술이 나온 거죠. 사실 독서클럽에 처음 C를 데리고 온 날 B는 사람들이 보고 있는 앞에서 이런 말을 하기도 했습니다.

원래 너 정도면 이 클럽에 들어올 수도 없는데 나 덕분에 들어온 줄 알라고요. 가끔 머리에 지식도 넣고 살아야 한다고.

예민한 C의 반응을 김재범 형사가 막았습니다. 꼭 누가 범인이라고 지목하지 않아도 어떤 사이인지 아는 것은 수사에 도움이 된다고 말했습니다. 그러니 서로 기분 상해할 것이 아니라 아는 것이 있으면 다 알려줘야 한다고 말이죠. 서로 불편하다면 개인

면담을 해도 좋다고 했습니다. 하지만 그 말에는 누구도 응하지는 않았습니다. 글쎄요. 자신들이 없는 자리에서 무슨 얘기가 나올까 궁금한 사람도 있었을 것이고 불안한 마음을 가진 사람도 있었겠죠. 아무튼 김재범 형사와의 면담은 그렇게 단체로 진행되었습니다.

그때 조금 화를 누그러뜨린 C가 목소리를 살짝 낮추며 말했습니다.

"그런데 D씨는 B씨에게 받을 돈이 있지 않았어요?"

자신을 언급한 것에 대한 복수라고 느껴지지는 않을까 우려되어서였는지 D의 시선을 피해서 말하더군요. C의 말에 D의 어깨가 흠칫했고, 이번엔 시선들이 D에게로 쏟아졌습니다. 그것에 대해서는 A도 알고 있었는지, 그는 놀라는 표정은 짓지 않았죠.

김재범 형사가 사실이냐고 물었습니다. D는 미간을 찌푸리고 대답했습니다. 조금은 억울하다는 항변의 뉘앙스가 느껴졌습니다.

"사실이긴 합니다. 같은 모임 안에서 돈거래는 괜히 껄끄러울 것 같다는 생각도 들었지만 빌려주지 않을 수가 없었습니다. B씨는 그런 사람이에요. 사람이 거절하기 어렵게 하는 언변 같은 게 있었다고요. 그러니까 C씨, 당신도 매번 무시하는 B씨가 싫으면서도 같이 다닌 거 아닌가요?"

"거기다 저는 왜 끌어다 붙입니까?"

"아무튼 돈을 빌려준 건 맞습니다. 그것도 마누라에게 비밀로

하고 이율이 낮은 회사 대출을 받아 빌려준 것이었어요. 그런데 회사에서 희망퇴직 신청을 종용받았습니다. 퇴직을 고민하게 되었는데 퇴직하게 되면 대출을 갚던가, 퇴직금에서 공제되어야 했습니다. 그럼 마누라에게 말을 해야 됩니다. 계속 갚아달라고 말했지만 B씨는 일주일 뒤에, 한 달 뒤에, 그러다가 막무가내로 조금만 더 기다려달라고 말했습니다. 그 일로 싸우기는 했지만, 사람을 죽일 정도는 아닙니다. 그리고 칼은 C씨의 의자 밑에서 나왔잖아요."

C가 발끈했습니다.

"바보도 아니고, 내가 죽였으면 칼을 내 의자 밑에다 놔뒀겠습니까? 이 사람이 무슨 말을 하는 거야? 그리고 죽일 정도가 아니라니. 당신 B씨와 모임에서 돈 문제로 싸운 적도 있었잖아. 그때 B씨를 죽여 버린다고 하지 않았어?"

김재범 형사의 눈빛이 빛났습니다. D의 얼굴에는 당황하는 기색이 역력했습니다. 눈치를 보던 E가 그들의 대화에 끼어들었습니다.

"그건 그래요. 그때 B씨가 새로 산 차를 끌고 온 날이었죠."

"도, 돈도 갚지 않고 자기는 새 차 사고 그러는데 화가 안 날 놈이 어디 있어요!"

D가 외치자 사람들이 입을 다물었습니다. D의 말이 틀린 것은 아니라는 걸 알고 있었으니까요. 그 정도로 화가 나면 죽여 버린다는 말 정도는 할 수 있다, 고 생각하는 것 같았습니다. 일단 김재범

형사는 그들의 그런 사정을 수첩에 적어 넣었습니다.

"그럼 E씨는 B씨와는 모임에서만 알고 지낸 사이신가요?"

이번에는 김재범 형사의 시선이 E에게로 향했습니다. E는 대답을 망설였습니다. 김재범 형사의 눈이 빛났죠. 다른 사람들 역시 E를 쳐다보다가 시선을 피했습니다. 김재범 형사는 그것도 놓치지 않고 보았습니다. 서로 입을 열길 머뭇거리자 김재범 형사가 뭔가 말을 하려다 E의 의자 옆에 놓인 가방을 보았습니다. 독서클럽에 나올 때부터 E가 가지고 왔던 가방이었죠. 그는 경찰서로 이동해서도 그 가방을 옆에서 떼어놓지 않고 있었습니다. 김재범 형사가 말했습니다.

"실례합니다만, 그 가방에는 뭐가 들었습니까?"

E가 당황했습니다. 그러고 보니 다른 사람들은 독서 모임에 참여하면서 책 한 권이 들어갈 만한 작은 가방이나 핸드백을 가지고 왔을 뿐인데 E만 커다란 가방을 가지고 왔습니다. 네모난 모양의 가방은 검은색 가짜 가죽으로 만들어진 가방이었습니다.

"그게……."

E가 대답을 망설이자 김재범 형사가 가방을 좀 볼 수 있겠냐고 물었습니다. 내용상으로만 보면 부탁하는 말이었지만, 그의 어조는 상당히 단호했습니다. 주변 사람들을 둘러보다 E가 테이블 위에 가방을 올렸습니다. 김재범 형사가 일어나 E의 가방을 열었습니다.

그것은 공구 가방이었습니다. 스패너, 각종 사이즈의 드라이버

와 니퍼, 작은 망치, 절연테이프 등으로 가득 차 있었습니다. 순간 조사실 내부가 찬물을 끼얹은 듯 조용해졌습니다. 김재범 형사는 공구 몇 개를 꺼내 이리저리 살펴보았습니다만, 그건 공구가 의심스럽다기보다는 뭔가 다른 의미가 담겨 있는 행동 같았습니다. 이를테면 E에게 해명을 요구하거나 압박하기 위한 행동 같았다는 말이죠.

"저, 저는 전파상을 운영하고 있습니다. 가게 문을 닫고 바로 오느라 가방을 들고 온 것일 뿐……."

그러던 E가 돌연 말을 멈추었습니다. 지금 한 말 중에 자신을 불리한 입장으로 몰아넣은 말이 있다는 것을 깨달은 것이죠. 네! 전파상이요. 그날의 살인은 정전이 되었을 때 일어난 것이었습니다. 전파상을 하고 있다면 전기에 관해 잘 알고 있는 것은 자명한 일 아니겠어요? E 역시 그것을 알기에 말을 멈춘 것입니다.

당황해하는 E를 날카롭게 보던 김재범 형사는 그를 조금 더 몰아세울 작정을 했던 것 같습니다. 그래서 그는 E가 더 이상 우물쭈물하며 변명을 이어나갈 틈을 주지 않기 위해 물었습니다.

"다시 한 번 묻겠습니다만, E씨는 B씨와 모임에서만 알고 지낸 사이인가요?"

E가 눈을 깜박거렸습니다. 그 속도가 매우 불안정했죠. 그는 주변 사람들의 눈치를 보며 대답했습니다.

"모임에서 알게 된 건 맞습니다."

"그럼 개인적으로 만나시거나 하는 일은 없었습니까?"

"그건……."

"E씨, B씨와 다툰 적이 있었잖아요."

끼어든 것은 F였습니다. 그는 시선을 테이블의 어딘가로 향하고 있었습니다. E와 눈을 마주치고 싶지 않은 것 같았습니다. 김재범 형사는 다른 사람들도 둘러보았죠. 하나같이 알고 있었다는 얼굴을 하고 있었습니다.

"사실인가요?"

E는 우물쭈물하며 선뜻 대답하지 못했습니다. 다른 사람들도 대신 대답을 해줄 만한 일이 아니었는지 서로 눈치만 볼 뿐이었습니다. 시선을 피하며 답을 내놓지 못하던 E의 얼굴이 돌연 붉어졌습니다. 그는 눈을 크게 뜨고 갑자기 목소리를 높였습니다.

"네, 맞아요. 싸웠습니다. 근데 그게 뭐요? 그런 일로 제가 사람을 죽였다는 건가요?"

"무슨 일로 다투셨는지 들을 수 있을까요? 물론 이 자리가 불편하다면 다른 자리로 옮겨서 저에게만 말씀해주셔도 됩니다."

김재범 형사는 물러날 것 같지 않았습니다. E는 주변 사람들을 둘러보았습니다. 자신을 보는 시선들과 하나둘 마주한 뒤 그는 퉤, 침을 뱉듯이 한숨을 뱉었습니다.

"어차피 이 사람들도 다 알아요. 여기서 말한다고 달라질 것도 없어요. 이미 팔릴 대로 팔린 쪽, 그냥 여기서 합시다. 이미 의심받는 거 같은데 더 의심받기도 싫어요."

E는 다시 한 번 한숨을 깊이 내쉰 후 이야기하기 시작했습니다.

그의 이야기는 이런 것이었습니다.

이 모임에서 E는 B와 가까워졌습니다. 같은 독서클럽이라 하더라도 책에 따른 견해도 각기 다르고 취향도 다른 법이었지만 B와는 그것이 아주 잘 맞았습니다. 그래서 가끔 퇴근 후 B와 맥주 한잔을 하며 책 이야기를 나누었습니다. 전파상을 하고 있는 E는 자신이 험한 일을 하고는 있지만 독서라는 멋진 취미를 갖고 있다는 것에 아주 만족감을 느끼고 있었고, B와의 그런 시간을 나누는 것 역시 직업에 대한 자격지심을 채워주는 것 같았다고 했습니다. 그러던 도중 어느 날 E가 B에게 한 여성을 소개해 주었습니다. E가 호감을 갖고 만나던 여성인데, 그녀와 함께 있던 어느 날 B가 만나기를 청한 거죠. E는 B를 부르지 않으려고 하다가, 자신에게도 이렇게 이지적인 친구가 있다는 걸 여성에게 보여주고 싶었습니다. B를 그녀와 함께 있는 카페로 불렀죠. 그렇게 찾아온 B는 그날의 분위기를 주도했던 것 같습니다. E는 왠지 자신이 그 자리에 불청객처럼 느껴졌다고 했죠. 당연히 위기감을 느꼈을 겁니다. B는 그날 여성에게 자신의 명함을 주었습니다. 처음엔 그저 인사 차원에서 명함을 주는 것으로 알았는데 이후 눈치를 보니 두 사람이 개인적인 연락을 취하는 것 같았습니다. 다음 모임에서 E는 B에게 조용히 그것을 물어보았고, B는 그녀와 연락을 하고 있다고 답했습니다. 그의 태도는 아무런 거리낌이 없었습니다. 그게 무슨 문제가 되느냐는 태도였지요. 그래서 E는 그녀에게 자신이 호감을 갖고 있다고 말하고는 B에게 행동을 조심해 달라는 뉘앙스의 말을 했습니다. 하지만 B는 그 말에 기가 막힌다는 듯 웃음을 터뜨렸습니다. 그리고 모두에게 들리도록 말했습니다. 내가 불륜을 저지른 것도 아닌데 그 여자와 만나서 뭘 하든 무슨 상관이냐고요. E는 부끄러운 한편으로 몹시 화가 났습니다. B는 그녀에게 아무런 관심도 없는데 그쪽에서 계속 들러붙는 걸 어쩌냐는 식으로 말했거든요. 그래서 다툼이 있었고 회원들이 말렸습니다. 그 뒤로 두 사람 사이에 어떤 일이 있었는지는 다들 잘 모릅니다. 하지만 E도 B도 모임을 빠지지 않고 계속 나왔고, 둘이 말을 하지 않는다거나 하는 냉전의 기미도 없었기 때문에 잘 지내고 있구나 싶은 것뿐이었죠.

"사실 그 뒤로 그녀에게 고백했지만 자신은 B씨가 좋다고 대답했습니다. 그날 B씨를 부른 건 제 실수였어요. 하지만 제게 매력이 없는 걸 저도 인정했습니다. B씨 역시 자신이 제게 상처를 주는 행동을 한 걸 사과했고요. 그녀에게는 마음이 없어서 더 이상 만나지 않는다고 하였습니다. 저도 어느 정도 나이가 있는 놈인데, 그 설 가시고 괜히 꽁해 모임에서 빠지고 싶지는 않았습니다. B씨에게도 악감정은 없고요. 이건 진심입니다. 제가 그런 것 때문에 B씨를 죽일 정도로 그를 미워했다면 차라리 모임에서 빠졌을 겁니다."

다른 회원들도 그 말에는 이견이 없는 것 같았습니다. 그의 말대로 두 사람은 다툰 후에도 계속 모임에 나왔으니까 잘 해결된 거라고 생각했습니다.

하지만 F는 생각이 달랐습니다. 차후에 진행된 개별 조사에서

F는 김재범 형사에게 이렇게 말했다고 하더군요. 사람이 속으로 어떤 생각을 하고 있는지 알게 뭐냐고요. 다른 사람들 눈에는, 혹은 B의 눈에는 모든 앙금을 푼 것 같지만, 그게 진실인지는 아무도 모른다고요.

다음 순서는 F였습니다. F는 자신과 B는 모임에서만 만나 몇 마디만 나눌 뿐 개인적인 이야기를 하거나 별도로 만난 적은 없다고 말했습니다. 네, 본인이 경찰에 말한 대로 그건 F의 이야기지 누구도 확인한 바는 없지요. 물론 이후에 김재범 형사가 개개인의 증언을 확인하는 과정을 거쳤지만 말입니다.

문제가 되는 것은 F의 뒤에 있던 화분에서 발견된 라텍스 장갑이었습니다. 범행 도구로 추정되는 피 묻은 칼에서 지문이 나오지 않았기 때문에 라텍스 장갑을 끼고 범행을 저질렀다고 생각할 수 있었습니다. 물론 카페의 주인도 그런 장갑을 화분 뒤에 놓은 적도 없고, 처음 보는 물건이라고 증언했습니다.

이미 말했지만 정전이 된 후 몇몇 사람들의 움직이는 소리가 들렸었습니다. 그리고 누군가 창의 커튼을 열 때까지 길지 않은 시간이 걸렸습니다. 그 사이 범인은 B를 죽이고 장갑을 숨긴 뒤 자신의 자리에 앉아야 했던 것입니다. 그러니 장갑을 숨기려면 자신의 자리로 가는 동선 어딘가에 던져 놓았을 것이다, 이런 의견들이 오고 갔습니다.

F는 기막혀했습니다.

"C씨가 아까 한 말을 저도 그대로 해야겠네요. 제가 바보도 아니고 살인에 사용한 물건을 제 뒤에 숨기겠어요? 아무리 바빠도 말이죠. 저 같으면 차라리 장갑을 칼 옆에 던져 놓겠어요."

F는 약간 격분한 것 같았습니다. 하지만 다른 회원들은 아무 말도 하지 않았습니다. F의 말에 일리가 있어서 그런 것은 아니었습니다. 다른 사람들이 용의자로 의심의 시선을 받을 때는 남의 입장은 생각지도 않고 앞장서서 말하던 것이 F였으니까요. F는 B를 죽일 어떠한 이유가 없긴 했지만, F의 말에 의하면 그건 아무도 모르는 일 아닌가요? 결국 F는 자신이 한 말이 족쇄가 되어서 돌아온 셈이었습니다.

"그럼 사장님은 어떠신가요?"

김재범 형사가 느닷없이 카페 사장에게 말을 걸었습니다. 그저 나오는 증언을 객관적인 시선에서 검증하는 역할 정도라고 생각했던지 사장은 조금 당황해하는 것 같았습니다. 김재범 형사의 말에 모여 있던 회원들도 '설마'하는 기색을 감추지 않았습니다. 몇 사람은 피식, 웃기도 했고요.

카페 사장은 누구보다 가장 B를 죽일 이유가 없는 사람이기도 했습니다. 그저 한 달에 한 번 열리는 모임에 카페를 빌려주는 관계 정도였죠. 오면 인사를 하고 나갈 때 인사하는 사이 정도일 뿐이었습니다. 발표자가 B일 때는 물론 그와 좀 더 이야기를 나누거나 얽히는 일이 있었겠지만 한두 번 하는 모임도 아니었고, 그 과정에서 다툼이 생길 일은 없었겠죠.

카페 사장의 말 역시 그랬습니다.

"저는 B씨와는 정말 아무런 감정도 없습니다. 그리고 저는 정전 당시에 계산대에 있었죠. 정전이 됐을 때 다른 분들도 조금씩 움직이기는 했지만 제가 계산대에서 나가 B씨에게까지 갔다면 A씨가 가장 먼저 알았을 겁니다. 안 그런가요?"

사람들이 A를 보았습니다. A는 잠시 뭔가를 생각하는 것 같더니 고개를 끄덕였습니다. 사장이 계산대에서 나와 B에게 가려고 했다면 A를 거쳐야 했을 겁니다. A는 그런 기척은 느끼지 못했다고 말했습니다.

"그리고 계산대의 문을 열려면 삐거덕거리는 소리가 크게 났을 겁니다."

카페 사장이 말했습니다. 네, 그렇습니다. 계산대에서 홀로 나오려면 구석에 있는 작은 통로를 이용해야 했는데, 그곳은 골반 높이의 나무문이 달려 있었습니다. 그 문은 오래되어 삐거덕거리는 소리가 심하게 났습니다.

김재범 형사는 아직 현장에 남아 있는 형사에게 그 자리에서 전화를 걸었습니다. 그리고 사장의 말을 확인해 보라고 시켰죠. 자신의 말을 의심받는 것 같아 사장의 얼굴은 굳었지만, 김재범 형사는 흔들림 없는 표정을 유지했습니다. 그게 그가 지금껏 일해온, 몸에 밴 방식이었겠죠.

김재범 형사는 전화를 끊었습니다.

"확인했습니다."

그 말은 사장의 말이 맞는다는 것을 의미했습니다. 모든 사람들이 고개를 끄덕거렸습니다. 당시 상황에서 누군가 불을 켜달라고 하기 전까지 계산대의 문이 열리는 삐거덕 소리를 들은 이는 없었습니다.

"자, 그럼 마지막으로 A씨에게 묻겠습니다. 불이 꺼졌을 때 어떻게 하셨습니까?"

"물론 저도 갑작스러운 상황에 놀랐습니다. 커튼을 열어보라고 소리를 쳤지만 움직이지는 않았습니다."

"그걸 증명해 주실 분이 계신가요?"

김재범 형사는 모인 사람들을 둘러보았습니다. 다들 곤란한 듯한 표정을 지었습니다. 하지만 그럴 수밖에 없었습니다. 바로 옆자리에 있는 사람이라면 몰라도 발표자인 A는 가장 상석에 있었기 때문에 발소리를 죽여 움직였다면 다른 사람들이 모를 수도 있는 상황이었습니다. A도 그런 상황을 잘 알아서인지 별다른 말을 하지 못했습니다.

김재범 형사가 정리하듯 말했습니다.

"잘 알겠습니다. 오늘 여러분께서 해주신 얘기는 앞으로 철저히 검증하겠습니다. 혹시 필요하다면 개인적으로 연락을 드릴 수 있습니다. 그때는 꼭 협조를 바랍니다."

김재범 형사는 모두를 둘러보는 것 같았지만, 유독 C를 쳐다보았습니다. C의 얼굴은 백지장처럼 하얬습니다. 뒤집어썼던 B의 피는 이미 씻어서 다 사라졌지만 그 충격이 남아 있는 것 같았습니다. 김재범 형사는 C를 의심하는 것 같았습니다.

그때 김재범 형사의 핸드폰이 울렸습니다. 그는 전화를 받았습니다. 전화기 너머에서 남자의 목소리가 들렸지만 무슨 말을 하는지는 알 수 없었습니다. 김재범 형사의 눈이 날카롭게 빛났고 사람들을 그 시선으로 한번 훑었습니다. 모두 김재범 형사를 지켜보았고, 그동안 그 공간에는 이상한 긴장이 모두의 가슴을 억누르고 있었습니다.

전화를 끊은 김재범 형사가 말했습니다.

"여기 모이신 여섯 분 모두 유전자 채취를 해야겠습니다. 동의하지 않는 분 계십니까?"

동의하지 않는다고 하는 사람은 없었습니다. 그랬다가는 바로 의심을 살 테니까요. 무엇보다 무슨 전화인지 궁금했습니다. 그 의문은 곧 김재범 형사가 풀어주었습니다.

"사망한 B의 손톱 밑에서 불상의 남성 유전자가 발견되었습니다. 여러분의 유전자를 채취해 비교 및 대조할 생각입니다."

우리는 모두 유전자 채취 동의서에 서명했고, 과학수사대 형사가 들어와 면봉으로 우리의 유전자를 전부 채취해갔습니다. 그리고 나서야 우리는 각자의 집으로 돌아갈 수 있었습니다. 그리고 3일 정도 지났을까요. 우리는 C의 체포 소식을 들을 수 있었습니다. B의 손톱 밑에서 나온 유전자는 C의 것이었습니다. C는 자신의 무죄를 주장했지만, 도주와 증거인멸의 가능성이 우려된다는 점을 인정받아 구속기소 되었습니다.

그리고 재판을 통해 5년 형의 실형을 선고받았습니다. 초범이지만 반성의 기미가 없다는 것 때문이었습니다. C는 그때까지도 자신의 범행을 인정하지 않았거든요.

****

이야기가 끝이 났다. 잠깐 동안 침묵은 그 자리에 더 존재했다. 이야기를 듣는 동안 회원들은 각자 메모를 하기도 했고, 깊은 생각에 빠지기도 했다. 무엇보다 자신들의 추리 모임과 비슷한 모임에서 있었던 일이라 이야기에 더 집중하기도 했다. 발표를 한 드리머는 자신의 역할이 끝났음을 알리는 듯 둥그렇게 앉은 사람들을 훑어보고 말했다.

"물론 이 사건은 용의자를 범인으로 확정하고 실형까지 선고된 사건이지만, 당사자가 현재까지도 범행을 인정하지 않고 있어서 논란이 좀 있는 사건이죠."

"이런 사건을 저희가 몰랐다는 게 신기하네요."

특급변소가 말하자 드리머가 쓴웃음을 지었다.

"요즘에는 뉴스에서 이 정도 사건은 다루지도 않으니까요. 얼마나 자극적인 사건이 많은데요."

그건 그렇다는 듯 다른 사람들도 고개를 끄덕였다. 드리머가 이야기를 이었다.

"그래서 저는 오늘 이 자리에서 좀 더 새로운 가능성이 나오지 않을까 해서 이 이야기를 가져와 봤습니다."

제레미가 살짝 손을 들었다. 수줍은 웃음을 짓고 있었다. 드리머와 마찬가지로 모임에 나온 지 오래되지 않아 뭔가를 질문하는 것도 아직 조심스러운 듯한 태도였다. 드리머가 그쪽으로 몸을 돌리자 제레미가 조심스럽게 질문했다.

"그럼 오늘은 정답이 없는 건가요?"

다른 사람들도 그것이 궁금했다는 듯 고개를 끄덕였다. 드리머가 말했다.

"사실 저 나름대로는 답을 가지고는 있습니다. 하지만 여기서 제 생각을 넘어서는, 그러니까 저도 납득할 수밖에 없는 답이 나온다면 정답이 바뀌는 거겠죠."

"가변성을 가진 답이라, 재밌네요."

팔짱을 낀 채로 의자 등받이에 기대며 블레이드가 말했다. 그는 이 모임에 참석한 지 오래된 만큼 여유를 가지고 있었다.

"자, 그럼 제 이야기는 끝났습니다. 그럼 오늘은 제레미 님부터 이야기를 들어볼까요?"

드리머가 제레미를 보았다. 오늘 모임에 나온 사람 중 가장 나이가 어린 멤버였다. 제레미의 무릎에 있는 노트에는 뭔가가 빼곡히 적혀 있었다. 드리머의 발표 내용 중 중요하다고 생각되는 것은 전부 다 적은 것 같았다. 제레미는 자신이 적은 노트를 노려보면 답이라도 나올 것처럼 빤히 쳐다보다 어깨를 늘어트렸다.

자신이 가장 먼저 대답을 해야 한다는 것에 부담이 있는 것 같았다. 가장 먼저 답을 내면 다른 사람이 자신의 의견을 첨부하거나 반대하면서 토론이 이어지는 방식이기 때문이었다.

"솔직히는 저도 잘 모르겠어요. 경찰의 의견과 같다고 하면 너무 얍삽한가요?"

제레미는 기운이 빠진 듯하면서도 애교 있게 혀를 내밀었다. 드리머가 부드럽게 웃었다.

"제가 모임에 이 사건을 가지고 나왔다고 해서 경찰의 의견이 틀리다고 생각해서라고만은 할 수가 없습니다. 아까 말했듯 답이 정해져 있는 것은 아니니 괘념치 말고 말해보세요."

사람들이 고개를 끄덕이는 것을 보고 제레미가 등을 쫙 폈다. 큰 숨을 들이쉬자 그의 가슴이 살짝 부풀었다. 그는 조금 더 용기 내어 말했다.

"일단 C의 몸에 피가 묻었다는 것, 그리고 C의 유전자가 죽은 B에게서 나왔다는 것만으로도 흔들릴 수 없는 증거라고 생각해요. C는 B의 옆에 앉아 있었죠. 그것도 B의 오른쪽에요. B를 죽게 만든 자창도 오른쪽이라고 하셨죠?"

답을 구하듯 제레미가 드리머를 보았다. 드리머가 고개를 끄덕였다.

"다른 때도 아니고 암막 커튼을 쳤고, 전기도 다 나간 다음이었어요. 빛이 하나도 없는 상황에서 정확히 B의 목을 찌를 수 있는 것은 B가 움직이는 것을 느낄 수 있는 C뿐이라고 생각해요."

"하지만 너무 대놓고 범인이 C라고 얘기하는 것 같잖아요. 난 그래서 C는 애초부터 범인에서 제쳐놨어."

반은 존댓말, 반은 반말을 하는 특이한 문장을 구사하며 군붕씨가 말했다. 제레미가 다시 반론을 이었다.

"하지만 이건 추리소설이 아니잖아요. 추리소설이라면 너무 드러내놓은 인물은 반전을 위해서라도 당연히 실제 범인으로 사용하지 않겠죠. 근데 이건 실화라고 했잖아요? 드리머님은 있었던 그대로를 얘기해주신 것일 테고요. 맞죠?"

"맞습니다."

"실제 사건은 증거로 범인을 유추할 수밖에 없어요. 경찰도 검찰도 바보가 아니잖아요. 사망자의 손톱에서 나온 유전자, 정황증거, 둘 다 꼼짝 못 할 만큼의 증거라고 생각해요."

"그렇게 답이 쉽다면 우리가 여기에서 이 이야기를 논한 이유가 없죠. 안 그래요, 드리머님?"

정시퇴근이 끼어들었다. 정장을 입은 그는 넥타이를 살짝 풀며 드리머에게 시선을 던졌다. 닉네임 그대로 그는 전형적인 회사원으로 보였다. 드리머가 이번에도 고개를 끄덕였다.

"아까 말했듯 답은 정해져 있지 않습니다. 범인으로 지목되어 수감된 C가 계속 무죄를 주장하고 있는 상황이므로, 저희가 이 자리에서 다각도로 생각해봐도 좋을 것 같아 오늘 이야기를 가지고 나온 겁니다. 그러니 이야기에 많이 노출되고 아니고를 범인 찾기에 쓰지 않으셔도 좋을 것 같습니다."

드리머의 대답에 군붕씨가 입술을 살짝 내밀었다. 그리고는 다시 자신의 노트에 눈을 박았다. 군붕씨의 옆에 앉아 있던 특급변소가 팔을 반쯤 들었다. 드리머가 눈을 마주치며 말하라는 듯 손으로 특급변소를 가리켰다. 사람들의 시선이 특급변소에게로 향했다.

"저도 C가 B를 죽이지 않았을 거라고 생각해요."

특급변소의 말에 자신의 의견이 힘을 받았다고 생각했는지 군붕씨가 살짝 미소를 지었다. 하지만 특급변소는 굳이 군붕씨의 의견에 동조하고자 한 것이 아님을 내보이듯 시선을 드리머에게만 고정했다.

"물론 C는 B에게 좋지 않은 감정이 있었어요."

B는 C의 고졸 학력을 자주 입에 올렸고 회원들의 앞에서 그것을 무시하는 말을 자주 했다.

"하지만 개인적 친분이 있다면 굳이 클럽에서 죽일 리가 있을까요? 어떻게든 둘이 만나 증거가 남지 않도록 죽일 방법이 있었을 거예요. 정전을 이용해 죽여 봤자 바로 옆에 있는 C가 의심받기 딱 좋은 상황이었으니까요. 바보가 아니고서야 그렇게 폐쇄된 상황에서 죽일 수는 없죠."

이번 살인사건은 명백한 계획범죄였음을 특급변소는 강조했다. 범죄를 사전 계획할 때 범인은 자신에게 알리바이 면에서 가장 유리한 방법을 택해야 한다. 적어도 C가 범인이었다면 B의 옆에 앉지는 않았을 것이라고 특급변소는 덧붙였다.

"하지만 그걸 이용하는 사람도 없지는 않죠. 바보가 아니고서야 의심받기 좋은 상황에 내가 그렇게 죽였겠느냐, 이런 식으로 말이죠."

말을 한 사람은 꼬라지였다. 몇몇 사람들이 그녀의 말에 고개를 끄덕였다. 꼬라지는 '내가 바보가 아니고서야'라는 말을 F 역시 사용했음을 강조했다. C의 그런 행동이 무죄를 명백히 증명하는 것은 아니라고 생각하는 듯했다. 하지만 C가 범인이라고 생각한다는 뜻은 아니라며 꼬라지는 정확히 선을 그었다.

"특급변소 님의 말씀대로 개인 친분이 있는 C라면 그렇게 어려운 방법을 선택했을 리가 없다는 말씀에는 동의해요. 저도 특급변소 님처럼 이 사람은 범인이 아니다, 라는 사람이 있어서 손을 들었어요. 바로 D예요."

"어, 저는 D가 범인이라고 생각했는데."

왓슨부인이 살짝 손을 들며 말했다. 드리머는 그녀의 발언을 제지했다. 자신의 의견을 말하는 것은 좋으나 다른 사람이 의견을 말할 때 중간에 끊는 것은 이 모임에서 금지하고 있는 사항이었다.

꼬라지가 왓슨부인을 똑바로 응시하며 대답했다.

"D는 B를 죽일 이유가 없어요. 물론 돈 문제로 두 사람 사이에 불미스러운 일이 있었긴 했죠. 하지만 그건 죽일 만큼의 타당한 이유가 되지 못해요. 왜냐하면 돈을 빌린 것은 D가 아니라 B니까요. B가 죽어버리면 D는 돈을 받지 못하잖아요."

꼬라지는 이어서 금전 관계에서 발생하는 사건들 대부분이 채권자가 아닌 채무자에게서 발생하고 있는 점을 근거로 들었다. '그 사람을 죽이면 돈을 주지 않아도 되겠지. 나도 편해질 거야.' 그런 생각이 살인을 조장하는 것이다. 물론 채권자가 채무자를 죽인 사례가 전혀 없지는 않았다. 하지만 그것들은 대부분 돈 문제로 다툼을 하는 과정에서 우발적으로 살해하는 경우였다. 채무자를 계획 살인으로 살해하는 일은 거의 없었다.

왓슨부인이 살짝 입을 벌리며 고개를 끄덕였다. 범인이 D일 것이라 짐작했던 자신의 생각이 흔들리는 모양이었다.

"오늘은 누가 범인이다고 지목하는 것보다 이 사람은 범인이 될 수 없다는 의견으로 가는군요. 이런 것도 나쁘지 않은 것 같아요. 불가능한 것을 제외하고 남은 것, 설령 그것이 믿을 수 없는 사실이라 해도 그것이 진실이다, 라는 명언도 있잖아요."

〈네 개의 서명〉에 나오는 셜록 홈스의 명대사를 블레이드가 읊자 사람들이 살짝 웃으며 고개를 끄덕였다. 나쁘지 않은 방식이라고들 생각하는 것 같았다.

"그럼 E는 어떨까요? 이 사건이 쉽사리 벌어지게 된 것은 결국 카페의 정전 때문이었어요. E는 전파상을 운영하고 있죠. 카페가 정전이 되도록 뭔가를 설치하거나 조작하기에 가장 쉬운 인물이 아닐까요?"

다른 사람들이 쉽사리 얘기를 하지 못하는 분위기가 되자, 드리머가 의견을 내놓았다. 진행자의 역할을 겸해야 하는 것이 이야기 발표자의 임무이기도 했다. 다들 잠시 생각에 잠기는 사이 블레이드가 고개를 내저었다. 그는 안갯속에 가려져 있는 뭔가의 끄트머리를 본 사람처럼 눈을 가늘게 뜨고 바닥의 어느 한 지점을 보며 말했다.

"E가 카페의 정전을 만들었다고 생각되지는 않아요. 물론 직업 때문에 의혹을 살 수도 있고, 가방에 칼을 숨겨왔을 수도 있다고 의심을 살만한 인물이기는 하지만 절대 아닐 겁니다. 왜냐하면 정전이 되도록 뭔가를 조작하고자 해도 그건 카페의 누전차단기에 손을 대야 한다는 거잖아요. 누전차단기는 보통 내부에 위치하고 있죠. 하지만 이 모임은 저희 모임과 비슷한 방식으로 운영되잖아요."

블레이드가 모르겠냐는 듯 사람들을 둘러보았다. 다들 눈을 동그랗게 떴을 뿐 쉽사리 입을 열지는 않았다. 드리머는 잠자코 블레이드를 응시했다. 아무도 모르는 것을 자신만이 캐치했다는 기분이 들었는지 블레이드가 한껏 웃으며 말했다.

"다들 아실 텐데요? 발표자가 먼저 카페에 들어와 자리를 준비하고, 나머지 멤버들은 카페 앞에서 모여 한꺼번에 들어와야 하잖아요."

여기저기서 '아'하는 소리가 새어 나왔다. 블레이드의 미소가 자신만만했다.

"모임의 다른 회원들과 함께 들어온 E에게는 차단기에 장난을 칠 시간도 없었고, 콘센트에 물을 부어 합선이 되게 할 수도 없었어요. 모두에게 마찬가지였겠지만 정전이 되기 전까지는 수상한 행동을 했다면 모두가 볼 수 있었을 거예요. 제 생각이지만 콘센트

밑에 있던 물은 그냥 시선을 다른 데로 돌리기 위한 장난 정도였을 겁니다. 그러니 제 생각에 범인은 그날 발표자였던 A입니다."

블레이드는 자신과 같은 생각을 한 사람이 있는지 확인하려는 듯 고개를 들고 한 사람 한 사람을 쳐다보았다. 블레이드의 의견에 고개를 내젓는 사람도 있었고, 생각지 못했다는 듯 눈을 크게 뜨는 사람도 있었다.

"누전차단기를 조작할 시간이 있었던 것은 A뿐이에요. 지금 저는 A가 그런 지식을 갖고 있었는지까지는 알 수 없지만 만약 경찰이 제대로 생각을 해서 수사를 했다면 밝혀졌을 일이었을 겁니다. 사건이 발생한 직후 모였던 사람들에게 사정 청취를 듣느라 아마도 현장의 1차 조사를 소홀히 했을 가능성이 있어요. 차단기를 제대로 조사했다면 증거가 나왔을지도 모릅니다."

음, 하는 소리를 내며 제레미가 고개를 갸웃했다.

"물론 정전이 된 다음 다들 자리를 지켰다면 B와 가까이 앉아 있던 A도 의심을 샀을 거예요. 하지만 B는 카페 내부를 밝히겠다고 커튼을 열러 창가로 갔죠. 바로 옆에 앉아 있었던 C라면 바로 그의 움직임을 알 수 있었겠지만 상석에 앉아 있던 A가 과연 알았을지는 의문이네요."

블레이드가 말했을 때보다 좀 더 많은 사람들이 고개를 끄덕였다. 블레이드의 얼굴이 경직되었다. 다시 말하는 블레이드의 목소리가 살짝 고조되어 있었다. 자신의 의견에 반기를 드니 자존심이 고개를 치켜드는 것 같았다.

"아까까지만 해도 불가능한 것을 제외하고 남은 것이 진실이라고 하지 않았나요? 다른 사람들에게는 정전을 일으킬 기회가 없었다니까요?"

"그건 우리가 아직 알아내지 못한 점일 수도 있습니다."

제레미의 목소리도 고조되었다. 드리머가 둘 사이를 중재하려고 입을 열려고 할 때 특급변소가 말했다.

"하지만 역시 전 E라고는 생각되지 않아요. 물론 E에게는 여성이 끼인 질투 문제가 있지만 둘 사이가 정말 불편했다면 모임을 탈퇴했지 않았을까요?"

"그건 특급변소님이 남자를 잘 몰라서 그래요. 만약 먼저 그만둔다면 도망친다는 인상이 생길까 봐 탈퇴하기 싫었을 수도 있어요."

정시퇴근이 웃으며 응수했다. 특급변소의 눈썹 끝이 살짝 씰룩였다.

"E가 들고 왔던 가방에 공구가 가득 차 있었던 것도 증거가 될 수는 있죠. 그 안에 칼을 숨겨 왔다면 분명 칼을 넣을 자리도 남아 있었을 거예요."

"칼 하나가 뭐 해머처럼 크답니까? 그 정도 자리는 티도 안 나요. 공구 가방이란 건 스패너, 펜치, 드라이버 등등을 꽂을 자리가 있는 것을 말하죠. 우리는 빈자리가 남아 있지 않으면 가득 찼다고 말해요. 꽂을 자리가 없어도 가방에 숨겨올 가능성은 충분하죠. 그렇지 않나요, 드리머 님?"

드리머가 곤란한 듯한 웃음을 지었다.

"아, 거기까지는 확인하지 못했습니다만, 칼 한 자루 넣을 수 없이 가득 찼을 거라고는 생각되지 않네요."

특급변소의 얼굴에 열이 올랐다. 하지만 그녀는 더 이상의 발언을 자제하고 입을 다물었다. 자신의 의견을 조금 더 뒷받침할 무엇을 찾으려는 듯 고집스러운 표정으로 자신의 노트만 들여다보았다.

드리머는 또 다른 의견을 찾기 위해 시선을 돌렸다. 모임이 이뤄지는 동안 의견의 차이 때문에 목소리가 높아지는 일은 자주 있었다. 하지만 모임이 끝나고 나서는 모두들 평소대로 돌아온다. 특별히 걱정할 일은 아니었다.

"그럼 F는 어떨까요? 아직 F에 대한 의견은 하나도 나오지 않았네요."

다른 사람의 발언이 이어지지 않자 드리머가 사람들의 발언을 유도했다. 여기저기서 노트를 넘기는 소리가 났다.

"이야기 속에서 F에 대한 이야기는 많이 나오지 않아 까먹고 있었긴 한데."

꼬라지가 고개를 갸웃거렸다.

"F야말로 가장 범인이 아닌 것 같은 사람 중 하나죠. 일단 B와 멀리 앉아 있었기 때문에 정전 이후 B를 죽이러 가기 가장 힘들었을 겁니다. F가 만약 B를 죽이려 했다면 가까운데 앉아 있었겠죠."

"하지만 F가 B를 죽였다면 발견된 라텍스 장갑을 숨길 수 있었던 사람이긴 하죠. 개인감정 같은 것이야 알려지지 않은 부분이 있을 수도 있고요."

왓슨부인이 반론을 제기했다. 그러자 특급변소가 답답하다는 듯 한숨을 터뜨렸다.

"답이 정해지지 않은 추리 문제라서 더 어렵네요. 왓슨부인 님이 말씀하신 대로 개인감정이 다 드러나는 것도 아니고요. 그간에 우리가 가져왔던 추리 문제들은 문제 안에 답이 있었지만 실제 사건이라 그런지 문제 안에 답이 있는지 어떤지도 알 수 없고요."

흘깃흘깃, 몇몇은 드리머의 눈치를 보았지만, 몇몇은 고개를 끄덕거리기도 했다. 드리머가 어색한 미소를 지으며 귀 뒤를 긁었다.

"제가 너무 욕심이 과했나 봐요. 모임에 들어온 뒤로 처음 문제를 내는 역할을 맡아서 좀 더 관심을 끌 만한 이야기를 가지고 오고 싶었거든요. 그러기에는 실제 벌어졌던 사건이 좋지 않을까 했는데 괜히 혼란만 키웠네요."

기죽은 드리머의 말이 이어지자 사람들이 차마 겉으로 내지 못했던 답답함을 하나씩 터뜨리기 시작했다. 우리 클럽은 형사들의 모임이 아니라거나, 피의자가 되어버린 사람의 억울함을 풀기 위해 모인 자리도 아닌데 왜 이런 사건을 가지고 왔냐는 말들이었다. 혼란이 이어지자 블레이드가 손뼉을 짝짝 쳤다.

"그러면 오늘은 정답이 정해져 있지 않으니 발표자인 드리머 님의 생각이 정답인 걸로 간주하면 어떨까요?"

그것밖에는 방법이 없지, 라고 누군가 중얼거렸고 몇 사람이 고개를 끄덕였다. 군붕씨와 꼬라지는 살짝 입술을 내밀며 마음에 들지 않는다는 내색을 감추지 않았지만 다른 의견을 내지도 않았다. 블레이드가 드리머를 보았다.

"드리머 님은 누가 범인이라고 생각하셨습니까?"

드리머가 사람들을 보았다. 사람들에게 미안한 기색이 역력했다. 그는 잠시 고민하다 어렵사리 입을 열었다.

"저는 A라고 생각했습니다."

"거참. A는 B가 창 쪽으로 움직이는 걸 알 수가 없었다니까요!"

드리머의 말이 끝나기 무섭게 터져 나온 목소리는 제레미의 것이었다. 여기저기서 웅성거리는 소리가 났다. 한 번 침묵이 깨어지자 서로 자신의 의견을 다시 피력하기 시작한 것이다. C밖에는 죽일 사람이 없다. 어차피 돈도 받지 못할 거 죽여 버리자고 D가 생각한 것일 수도 있지 않느냐. 전기에 대해 잘 알고 있는 E가 죽였다. 전기장치에 장난을 칠 시간이 없었다고는 하지만 얼마든지 그전에 방문해서 설치해 놨을 수도 있다. F를 빼놓으면 안 된다. 이유 없이 죽이는 사람도 많지 않느냐.

혼란이 지속될수록 드리머의 고개가 수그러졌다. 블레이드가 눈치를 보다가 자리에서 일어섰다. 그는 사람들을 집중시키기 위해 양손을 뻗어 자제하라는 제스처를 보였다.

"자, 집중해주세요."

소요가 가라앉았다. 블레이드는 이 모임의 연장자이기도 하기에 사람들은 은연중에 그를 대표로 생각하고 있었다. 항상 토론이 다른 쪽으로 흘러가면 중심을 잡아주는 것도 그였다.

"드리머 님, A라고 생각한 이유를 말씀해주세요."

드리머가 쭈뼛쭈뼛 자리에서 일어섰다. 그는 꽤나 기가 죽어 있었다.

"일단 혼란을 드려 죄송합니다. 이미 저희 토론에서 이야기가 나온 대로 카페의 정전을 일으킬 수 있었던 시간을 가졌던 것은 A가 유일합니다."

"E가 미리 방문해서 설치해 놨을지 누가 아냐고."

누군가 중얼거렸다. 드리머는 잠깐 말을 멈추었다가 다시 이야기를 이어 나갔다.

"다들 기억하실 겁니다. 콘센트 아래에 물이 있었다는 것을요. 누군가 차를 뿌려서 생긴 것일 수도 있다고 저 역시 처음에 생각했지만, 정전이 되기 이전에 차를 뿌렸다면 당연히 목격자가 없을 수 없겠죠. 그래서 저는 생각했습니다. 얼음을 이용한 것이라고요. 그리고 얼음을 이용할 수 있었던 사람 역시 차를 준비했던 A뿐입니다."

"A가 죽였다면 A의 몸에 피가 묻어 있었어야 해요."

정시퇴근이 말했다. 그 말에 드리머는 대답하지 못했다. 블레이드가 일어났다.

"말씀드린 대로 오늘은 드리머 님의 의견이 답이라고 하겠습니다. 그럼 결국 답을 맞힌 사람은 아무도 없군요. 오늘 모임은 이것으로 종료하겠습니다."

멤버들은 불만이 가득한 표정이었다. 시작할 때는 흥미진진했던

퀴즈가 끝날 때는 맥없이 끝나버렸기 때문이다. 게다가 가입 이후 계속 정답 행진을 이어가던 드리머의 발표인지라 더 기대했던 탓이 큰 것 같았다. 그래도 블레이드가 중재한 덕분에 더한 불만은 나오지 않았다. 사람들은 남은 차를 마시고는 다음을 기약하며 자리에서 일어났다. 드리머는 나가는 사람들에게 죄송하다는 인사로 배웅했다. 블레이드가 드리머에게 용기를 주듯 어깨를 두드리고 나갔다.

모든 사람들이 나가고 카페 안에는 드리머와 해환만이 남았다. 발표자는 미리 도착해 준비해야 함은 물론이고, 모임이 종료되고 나서도 카페 정리를 하고 나가야 한다는 규칙이 있었기 때문이었다. 이마에 맺힌 땀을 닦으며 들어오는 드리머를 보고 해환이 부드럽게 웃었다.

"고생하셨네요."

"괜히 제가 실제 사건을 가지고 와서 민폐를 끼친 거죠, 뭐. 좀 더 획기적인 사건을 발표해보려다가."

"하지만 재미있었어요."

"감사합니다, 위로해주셔서."

드리머가 장난스럽게 말한 뒤, 회원들이 앉았던 자리로 돌아갔다. 그가 둥그렇게 만들어져 있던 대형을 원래의 카페 구조대로 되돌려 놓는 동안 해환은 카페의 커튼을 걷고, 빈 잔을 들어 주방으로 돌아왔다.

"행주 빌려주세요. 제가 테이블 닦을게요."

"아니에요. 그건 제가 할게요. 그만 가셔도 돼요."

"규칙은 규칙인데요, 뭐."

할 수 없이 해환은 드리머에게 행주를 내주었다. 테이블을 닦는 그의 모습을 보던 해환이 별생각 없이 말했다.

"저도 사실은 A라고 생각했는데."

테이블을 닦던 드리머가 고개를 번뜩 들고 해환을 보았다. 해환이 멋쩍게 웃으며 말했다.

"제가 나서면 오지랖 같아서 별말씀은 안 드렸는데, 저도 A라고 생각했어요."

드리머가 가까이 다가왔다.

"왜요?"

그의 눈에 빛이 서렸다. 자신과 같은 의견을 들어서 기쁜 것 같다고 생각했다.

"우선 C에 대한 의견은 특급변소 님이 말씀하신 대로 개인적인 친분이 있다면 굳이 모임에서 죽일 이유가 없죠. 괜히 더 어려운 조건일 뿐이잖아요, 용의자가 한정된 공간이라는 점에서 말이죠. D 역시 꼬라지 님의 말씀처럼 죽이면 돈을 받지 못하고, E도 마찬가지죠. E 얘기가 나와서 말인데 저는 전기를 건드린 사람 역시 A라고 생각해요. 얼음을 이용한 정전설이요. 그것밖에는 답이 없죠. 그리고 얼음을 거기에 넣을 수 있는 시간 역시 A가 갖고 있었어요."

드리머가 고개를 끄덕였다. 하지만 조금 실망한 기색이었다. 이미 전부 모임에서 나온 이야기뿐이었다. 하지만 해환의 생각은 그게 전부가 아니었다.

"F가 남았지만 F는 범인이 될 수가 없어요."

"왜죠?"

"F는 여자이기 때문이에요. 맞죠?"

해환이 눈을 빛냈다. 드리머가 옅은 탄성을 뱉으며 엄지를 치켜 세웠다.

"이야기 도중에 분명 언급되었었죠. 다른 사람들은 독서 모임에 참여하면서 책 한 권이 들어갈 만한 작은 가방이나 핸드백을 가지고 왔을 뿐인데 E만 커다란 검은색 가방을 가지고 왔다고요. 핸드백이라는 말을 듣고 모임의 한 명 이상은 여성이라고 생각했어요. 하지만 C는 남성이죠. 왜냐하면 몸에 묻은 피를 그 자리에서 과학수사대원이 채집했으니까요. 만약 여성이었다면 여성 대원이 별도의 방에서 따로 채집했겠죠. D도 남자예요. 형사와의 면담에서 자신의 빚에 관한 이야기가 나오자 '돈도 갚지 않고 자기는 새 차 사고 그러는데 화가 안 날 놈이 어디 있냐'고 외쳤죠. 자신을 놈이라고 표현했으니 그도 남자예요. E는 죽은 B와의 사이에 여성의 질투 문제가 있었으니 당연히 남자이고요. 물론 E가 여성이면서 동성애자일 확률이 아예 없는 것은 아니었지만 이 사실을 들은 형사나 다른 사람들이 놀라지 않는 것을 봐서 그 가능성은 배제해도 좋겠죠."

"그러면 A와 F가 남는데요?"

드리머가 말했다. 그의 눈은 어느새 빛을 발하고 있었다. 즐거워하는 것 같았다. 드리머의 말에 해환은 전혀 어려운 문제가 아니라는 듯이 대답했다.

"A도 남자예요. 사실은 A가 남자인지 여자인지가 마지막까지 헷갈렸지만 D의 돈 문제에 관해 이야기가 나왔을 때 A를 '그'라고 칭했죠. 물론 여성도 '그'라고 칭할 수는 있지만 모두 B, C, D, E라고 신경 써서 말하던 드리머 님이 한순간 '그'라고 말했기 때문에 저는 A도 남자라고 생각했어요. 그래서 여자는 F밖에 없죠. F가 여자인 걸 드리머 님은 일부러 숨기려고 하신 거죠?"

"네, 퀴즈의 재미를 위해서요. 아무도 맞추는 사람이 없어서 발표하려고 했는데, 분위기가 안 좋아서 그만둔 거예요."

"F가 여자라는 점은 매우 중요해요. 왜냐하면 죽은 B는 단 한 번의 자창으로 숨을 거뒀거든요. 어두운 상황에서 여성의 힘으로 단숨에 칼을 찔러 넣어 숨을 끊기란 상당히 어려워요."

"맞아요. 그래서 저도 C, D, E, F는 범인이 아니라고 생각한 겁니다. A 외에는 범인일 수 없어요. 그런데 다들 A가 앉은 자리 때문에 그 역시 범인이 아니라고 생각하더군요. B는 자리에 앉아 있지 않았기 때문이에요. 그가 어디로 움직일지 어떻게 알았냐는 건데……. 사실 거기에 대해서는 저도 자신이 없어서……."

해환은 걷어 온 찻잔들을 포개 한쪽으로 밀어두고는 의미심장하게 웃었다.

"A는 B가 어디로 움직일지 알고 있었어요. 직접 말씀하셨잖아요. 누가 커튼 좀 열라고 A가 소리쳤다고요."

드리머의 눈이 휘둥그레졌다.

"누가 커튼 좀 열어! 딱히 한 사람을 지목하지 않더라도 창 쪽에 앉아 있는 사람이 반사적으로 움직일 가능성이 거의 백 퍼센트죠. 그래서 B와 C가 움직인 거예요. 물론 어두운 상황에서는 자신의 바로 뒤쪽으로 움직일 가능성이 크기 때문에 A는 B의 동선을 어느 정도 파악한 거고요. 아마 목을 단번에 찌르기 위해 B에게 다가가 손으로 가늠은 했을 거예요. '누구야?'라고 B가 말하기도 전에 목에 칼을 찔러 넣었기 때문에 아무런 소리도 내지 못한 거죠."

"하지만 피는 C가 뒤집어썼고, 칼도 C의 의자 밑에서 나왔어요."

"아까 말했잖아요. 창가에 앉아 있던 B와 C가 함께 움직였을 거라고요. 아마 A는 B를 찌른 뒤 칼을 빼지 않았을 거예요. 칼을 뺀 것은 고통에 사로잡힌 B겠죠. 모든 것을 계산하고 있던 A는 일부러 오른쪽 목에 박아 넣었을 거예요. 자신에게 피가 튀어서는 안 되니까. 칼을 B가 빼자 오른쪽의 자창 부위에서 피가 뿜어져 나왔을 거고, 당연히 C가 그것을 뒤집어썼을 겁니다. 자신의 목에서 뺀 칼을 그는 놓쳤을 거예요. 그게 가까운 곳에 있던 C의 의자 밑으로 간 거고요. 그리고 B가 넘어지면서 C와 접촉이 있었을 겁니다. 그 과정에서 C의 유전자가 B의 손톱에 남았을 거예요."

드리머의 눈에 빛이 서렸다.

"그럼 F의 뒤에 있던 라텍스 장갑은요?"

"그건 그냥 수사의 초점을 흐리게 하는 장치였을 뿐이라고 생각돼요. 장갑을 발견했는데 경찰이 지문 검사를 하지 않았을 리가 없어요. 그렇다는 건 지문이 검출되지 않았다는 거죠. 칼에서도 진범의 지문이 발견되지 않았다고 하셨죠? 그러니 A의 손에는 분명……."

순간 해환의 말이 우뚝 멈추었다. 머릿속에서 무서운 생각이 스쳐 지나갔다. 심장이 쿵쿵 뛰었다. 설마, 말도 안 돼. 자신의 머릿속을 사로잡는 생각을 부정하려 했지만 쉽지 않았다. 그때 드리머가 몸을 기울여 해환의 얼굴에 자신의 얼굴을 가까이 붙였다.

"분명 뭐요?"

해환은 자신도 모르게 계산대의 끄트머리를 꽉 쥐었다. 손끝이 덜덜 떨렸다. 목이 탔다. 하지만 그걸 드리머에게 들켜서는 안 되었다.

"분명……. 분명 장갑 같은 게 끼워져 있지 않았을까 하는 생각이 들어서요. 요즘에는 손가락 끝에만 끼우는 장갑도 나오잖아요. 닭발 같은 걸 파는 포장마차에서 자주 나오죠."

드리머가 풋, 하고 웃음을 뱉었다. 그는 해환에게로 기울였던 상체를 들었다.

"에이, 장갑을 끼고 있었다면 현장에서 당장 의심을 샀겠죠."

"그, 그런가요?"

해환은 억지로 웃었다.

"하지만 앞서서 말씀하신 추론은 굉장히 설득력 있네요. 다음에는 같이 모임에 참석하시죠."

"제가 뭘요. 저도 그냥 생각일 뿐인데요."

해환은 포개 놓은 찻잔을 들어 싱크대로 옮겨갔다. 등을 돌리자 두려움이 왈칵 밀려들었다. 설거지를 시작할 듯 해환이 수도를 틀었다. 대화 종료의 통고였다. 드리머는 잠시 그대로 있는 것 같더니 테이블로 가서 자신의 가방을 가지고 왔다.

"그럼 저도 이만 가볼게요. 다음번 모임 때 뵙겠습니다."

"네, 네! 조심해서 가세요."

해환이 허겁지겁 인사했다. 드리머는 그녀의 이상한 낌새를 느끼지 못한 듯 허리를 꾸벅 숙이고 밖으로 나갔다. 해환은 그가 문을 닫고 나가자 얼른 움직여 문에 귀를 대었다. 드리머가 계단을 내려가는 소리가 들렸다. 해환은 덜덜 떨리는 손으로 카페 문을 잠갔다.

그리고는 쓰러질 듯 계산대로 다가가 핸드폰을 쥐었다. 그녀는 핸드폰을 켰다. 버튼을 누르는 손이 자꾸만 다른 번호를 눌렀다.

A는 범행을 감추기 위해 손에 뭔가를 발랐을 것이다, 라고 말하려고 했었다. 하지만 그 생각은 틀렸다. 범행 도구에서 지문이 나오지 않은 이상 경찰이 손을 검사하지 않을 리 없었다. 그러면 가능성은 하나다. 애초에 지문이 없는 사람, 지문이 닳을만한 직업을 가진 사람.

생각이 거기까지 미쳤을 때 드리머의 손이 눈에 들어왔다. 열

손가락의 끝에 거스러미가 심했다. 그는 가죽제품을 만드는 공방을 운영하고 있었다. 지문이 없을 만했다. 해환의 머릿속에 드리머의 발표 상황이 그려졌다.

드리머는 말했다. 이 사건은 실제 사건이고, 뉴스에서도 다루지 않은 사건이라고. 뉴스에서도 다루지 않은 사건을 드리머는 어떻게 알고 있었을까.

드리머가 바로 A였던 것이다.

해환은 아랫입술을 꾹 깨물며 통화 버튼을 눌렀다. 액정에는 112가 찍혀 있었다. 전화기 너머에서 여성의 목소리가 들렸다. 해환은 타는 입술을 핥으며 말했다.

"거기 경찰이죠?"

옐레나가 온다

신원섭

*

옐레나가 온다. 이역만리 타국에서 동방의 낯선 땅으로. 산삭까지 여섯 달 남짓한 태중이랬다. 그의 아이다. 자르갈은 자신이 곧 아버지가 된다는 사실이 기쁘고 두려웠다.

배사장에게 털어놓았다. 아내 될 사람이 서울에 온다고, 아이가 태어나면 한국에서 키우고 싶다고 말했다. 마주 앉은 배사장이 킬킬대며 웃었다. 턱 가죽이 늘어난 도마뱀 같은 노인네였다. 녹슨 경첩이 삐걱대듯 탁한 쇳소리. 입꼬리가 일그러지는 흉한 미소.

"한국에서는 애 키우기 힘들어. 게다가 자네는 이방인이잖아."

이방인이라니, 예스러운 말이다. 자르갈은 어깨를 으쓱 들어 보였다. 싫은 티를 내고 싶진 않았다.

"어떻게든 되겠죠."

"지금처럼 일이 있다면 모를까, 만만한 시절이 아니야."

배사장은 창밖을 내다보며 괜스레 혀를 찼다. 망원동의 밤거리는 한산했다. 카페 홈즈에도 손님은 없었다. 경기가 예전 같지 않다고들 하지만 어차피 자르갈과는 상관없는 일이었다. 어차피 그는 이 나라에서 합법적인 직업을 구할 수 없는 신분이었다.

커피잔을 만지작거리며, 배사장이 말했다.

"이 나라에선 모든 게 다 돈이야. 애가 생기면 유치원도 보내고, 학교도 보내야지. 세월 금방이라니까."

배사장은 아마도 자르갈의 두려움을 꿰뚫어 보았을 것이다. 공포의 냄새를 맡고 달려드는 게 그의 사업이었다. 어쩌면 이 순간에도 자르갈의 절박한 처지를 볼모 삼아 수고비를 깎을 궁리나 하는지도 모른다.

자르갈은 아무 말도 하지 않았다. 텅 빈 거리를 내려다보며 울란바토르 외곽의 빈민촌을 생각했다. 초원의 둔덕 위로 닳아빠진 천막들이 끝도 없이 늘어선 곳. 패주하는 군대의 숙영지 같았던 어린 날의 고향.

그 역시 민둥산의 어느 기슭에서 나고 자랐다. 누더기를 덧씌운 게르에서 여섯 식구가 함께 살았다. 이미 오래전의 일이다. 자르갈은 무심한 눈으로 배사장을 바라보았다.

모순이다. 타인의 두려움을 먹고사는 작자가, 정작 두려움의 실체를 모른다는 사실이 믿기지 않았다.

자르갈은 생각했다.

내가 고작 애들 유치원비 따위에 벌벌 떨 줄 알았나? 내 고향의 겨울은 영하 이십 도였어. 밤이 되면 하수도로 기어들어 가 온수

배관을 끌어안고 잠이 들었지. 나는 세상에 유치원이란 게 있다는 걸 여기 와서 처음 알았어.

자르갈이 말했다.

“돈 되는 일을 맡겨 주십쇼.”

“험한 일도 괜찮아?”

“처음도 아닌데, 못할 거 없죠.”

자르갈은 배사장이 즐겨 쓰는 연장이었다. 그는 배사장의 어둡고 수고로운 비밀들을 해결해주고 돈을 받는다. 대부분은 누군가를 겁박하거나, 남의 살림살이를 뒤집어엎는 따위의 일이었다. 그런 일을 하고 고시원을 전전하며 악착같이 돈을 모았다.

그러나 옐레나가 오면 더 큰 집을 구해야 할 것이다. 한 평짜리 고시원에서 아이를 키울 순 없었다. 천운으로 얻은 아이다. 그 아이에겐 더 나은 삶이 주어져야 한다고, 자르갈은 믿었다.

배사장은 중절모를 집어 들고 자리에서 일어났다. 커피는 반 넘게 남아 있었다. 배사장이 말했다.

“그나저나 이 집은 어떻게 알았어? 안 어울리게.”

“좀 더 나이가 들면 카페를 차릴까 싶어서요.”

배사장이 껄껄 웃었다.

“분위기 좋네. 여기 커피는 내가 사지.”

인적 없는 거리에서 작별인사를 했다. 배사장은 자르갈을 껴안고 등을 두드렸다. 노인네의 몸에서 시큼한 냄새가 났다. 자르갈은 아무 말도 하지 않았다.

**

일주일 후. 배사장이 사람을 보내왔다. 까까머리에 짱구처럼 앞대가리가 툭 튀어나온 젊은 남자였다. 앞으로 거칠고 험한 일을 함께할, 자르갈의 동료다.

악수를 청하는 짱구의 손을 마주 잡았다. 짱구는 체격이 단단하고 아귀힘이 좋았다. 그의 오른손 검지는 기묘하게 비뚤어져 있었다. 잘려나간 것을 이어 붙인 모양이다. 마디 언저리에 오래된 칼자국이 남아 있었다.

짱구는 자기 이름을 밝히지 않았다. 자르갈의 이름을 묻지도 않았다. 짱구는 배사장을 대표님이라고 불렀다.

"대표님께 말씀 많이 들었습니다."

"멀리 갑니까?"

"차로 두 시간쯤 걸립니다. 말씀 편하게 하세요. 아침은 든든히 드셨죠?"

짱구가 몰고 온 구형 소나타 조수석에는 또 다른 남자가 타고 있었다. 헤어 젤을 발라 넘긴 단정한 머리에 감색 정장 차림이었다. 자르갈은 말없이 뒷좌석에 앉았다. 짱구가 시동을 걸고 차를 몰았다.

조수석의 남자가 어깨 너머로 손을 내밀었다. 자르갈은 남자와 악수를 했다. 남자의 손바닥은 땀으로 축축했다. 손가락은 여리고 부드러웠다.

“최아무갭니다. 잘 부탁합니다.”

“반갑습니다.”

누렇게 변색된 최아무개의 와이셔츠 목깃을 바라보며 자르갈은 그가 어떤 부류인지를 가늠해보았다. 감색 양복은 묵은 때로 반질거렸다. 왜 이렇게 땀을 흘리나 했더니, 초여름인데도 겨울 양복을 입고 있었다.

짱구가 말했다.

“오늘은 형이랑 내가 최선생님 일을 좀 봐 드려야 해요.”

자르갈이 최아무개에게 물었다.

“무슨 일을 어떻게 봐 드릴까요?”

최아무개가 겸연쩍다는 듯 웃었다.

“가양시 변두리에 청삼시장이라고 있는데, 가게 사장들이 새벽마다 외지인이랑 게임을 한다네요. 듣기로는 판이 괜찮다던데. 게임은 내가 할 테니 두 분은 제 뒤를 좀 봐주셔야 할 것 같아요.”

“거기 판이 좋다는 얘기는 어디서 들은 겁니까?”

“배대표님께 들었죠.”

“재미로 카드 치는 분들은 대부분 온라인으로 넘어갔다던데요.”

“오프는 또 맛이 다르니까. 나 같은 사람은 방수* 잡히면 뭐, 부산이라도 갑니다.”

자르갈은 대충 감을 잡았다. 재미로 하는 판이 아니다. 배사장쯤

* 도박판.

되는 인물이 동네 장사꾼들 친목질에 낄 리 없었다. 뭔가 뒷그림이 있을 것 같다는 생각이 들었다.

다찌[*]랬나, 나까마랬나. 한국어가 유창해진 뒤에도 뒷골목 은어만큼은 좀체 입에 붙질 않았다. 아무튼 배사장은 최아무개에게 붙일 경호원이 필요했던 모양이다. 평소 하던 일과 크게 다를 바 없어 보였다. 켕기는 게 있다면 매사 철두철미한 배사장이 내세운 선수가 하필 최아무개 같은 퇴물이라는 것.

짱구가 룸미러로 자르갈을 흘끔거렸다. 묻고 싶은 게 있는 모양이다.

"형, 중국에서 왔다면서요?"

"중국인은 아니야."

"조선족?"

자르갈은 대충 고개를 끄덕여 보였다. 친구 먹을 사이도 아닌데 구구절절 설명하긴 싫었다. 짱구가 다시 물었다.

"여기 물정은 좀 알아요?"

"십 년 넘게 살았으니 알 만큼은 알지."

최아무개가 끼어들었다.

"도박이라는 게, 돈을 따는 것도 중요하지만 가지고 나오는 게 제일 중요한 법이거든요."

"알고 있습니다."

"경우에 따라서는 내가 잃을 수도 있고 말이에요. 그래도 돈은

---

* 도박꾼의 보디가드.

가지고 나와야 해요. 무슨 말인지 아시겠죠?"

자르갈은 잠시 생각하다가 다시 한번 고개를 끄덕였다. 그가 주먹을 움켜쥐자 관절에서 위압적인 소리가 났다.

짱구가 히죽히죽 웃으며 덧붙였다.

"대부분 낮에 장사하는 분들이라 분위기는 화목하답니다. 최선생님 일하는 동안 형은 나랑 같이 밖에서 기다립시다. 괜히 얼쩡대면 사람들 놀라요."

최아무개는 양복 안주머니에서 손수건을 꺼내 이마를 훔쳤다. 귀퉁이가 닳아서 해진 손수건은 이미 축축하게 젖어 있었다. 최아무개가 낄낄대며 말했다.

"제일 깔끔한 건 내가 따서 나오는 거죠. 두 분 고생할 거 없이."

혹시나 싶어, 자르갈이 물었다.

"최선생님 혼자 들어가세요? 식구*는 없습니까?"

"호구들 판때기에 그렇게까지 할 거 뭐 있습니까? 재주껏 놀다 나오겠습니다."

***

하우스는 청삼시장 인근의 삼 층짜리 허름한 모텔이었다. 주차

* 사기도박단 조직원.

장 입구의 가림막은 새카만 매연에 찌들어 있었다. 건물 외벽은 탈각하는 파충류의 외피처럼 군데군데 페인트가 떨어져 나갔다.

모텔 카운터를 보는 사람은 꼬챙이처럼 말라빠진 젊은 남자였는데, 삐져나온 수염 한 가닥이 거슬리는지 손톱 끝으로 끊임없이 뺨을 꼬집어댔다. 뻐끔대는 입 구멍 주위로 말라붙은 침 자국이 거스러미처럼 일어 있었다.

최아무개가 카운터로 다가가 물었다.

"청삼학원 강원장님 소개로 왔습니다. 다들 위에 계시죠?"

스마트폰에 정신이 팔린 남자는 최아무개를 쳐다보지도 않았다.

"3층 끝 방이요. 문 열려 있어요."

최아무개는 자르갈을 향해 엄지를 치켜세웠다. 걱정하지 말라는 뜻이리라. 짱구가 손등으로 자르갈의 팔꿈치를 툭툭 건드렸다.

"형, 우린 나가서 담배나 피웁시다."

주차장은 만차였다. 그랜저와 벤츠, 제네시스 옆에 카니발 한 대가 서 있었다. 카니발의 틴팅이 짙어 안을 들여다볼 수 없었다. 자르갈도, 짱구도 그쪽으로는 시선을 주지 않았다.

두 사람은 주차장을 가로질러 담벼락 구석에 자리를 잡았다. 재떨이로 쓰는 듯한 식용유 깡통 하나가 놓여 있었다. 짱구가 담배를 꺼내 물었다. 자르갈에게도 권했지만 거절했다. 짱구가 가로등 쪽으로 파르스름한 연기를 내뿜었다.

"최선생은 못 이겨요. 딱 봐도 노름꾼 소굴이구먼."

자르갈이 물었다.

"여기 뒤를 봐주는 애들 누구야? 몇이나 될 것 같아?"

짱구는 눈짓으로 짙게 틴팅한 카니발을 가리키며 말했다.

"그랜드 카니발 13년형이에요. 저기에 다섯 명이 타고 왔을지 열 명이 타고 왔을지 나는 모르죠."

"층마다 객실이 여덟 개던데. 안에 몇 명 있는지도 모르고?"

"몰라요."

"상대가 누군지도 모르고 게임을 맞추나?"

"우리가 알아야 할 상대는 권사장이란 작자예요. 그리고 저기 모이는 인간들, 그냥 장사꾼은 절대 아닙니다."

권사장은 다달이 하우스를 들락거리는 작자였다. 가끔은 자기가 직접 방수를 잡을 만큼 노름을 좋아하는 인간이랬다. 짱구의 임무는 최아무개를 지키는 것도, 판돈을 가로채는 것도 아니었다. 배사장이 원하는 건 돈이 아니라 권사장의 목이었다.

자르갈이 물었다.

"애초에 최선생은 왜 섭외한 건데?"

"최선생은 이 바닥에서 소문난 구라꾼*인데, 쓰는 수가 빤해요. 아는 놈들은 역으로 발라먹는다죠. 그러니까 최선생이 끼는 판에는 권사장도 반드시 나올 겁니다. 배대표가 최선생에게 돈을 댔다는 정보를 그쪽에다 슬쩍 흘렸거든요."

지금쯤 권사장은 원수 같은 배사장의 주머니를 털어먹을 생각에 신이 나 있을 것이다. 게임판에도 미리 자기 식구들을 앉혀 놓았을

---

* 사기도박을 전문으로 하는 사람.

것이다. 판돈이 올라가면 저희들끼리 캉[*]을 날리며 최아무개를 농락할 게 뻔했다. 최아무개가 손기술이라도 썼다간 금세 다구리[**]가 날 테고.

그러나 최아무개는 배사장이 드리운 미끼일 뿐이었다. 권사장이 최아무개를 빨아먹는 사이 짱구는 놈의 목을 따고 자르갈은 시간을 벌며 퇴로를 뚫는다, 그게 배사장의 진짜 계획이었다.

짱구가 덧붙였다.

"최선생이 시원하게 발리고 나면 우리한테 와서 돈을 되찾아달라고 할 겁니다. 그때 내가 꽁지꾼[***]인 것처럼 방에 들어가서 권사장을 따고 나올게요. 형은 복도에서 누가 못 들어오게 문지기 좀 해줘요."

자르갈은 고개를 끄덕였다.

짱구는 부쩍 말수가 많아졌다. 묻지도 않았는데 배사장과 권사장의 관계를 제멋대로 털어놓기 시작한 것이다. 그가 말하길, 사람이 눈 뒤집히는 경우가 크게 세 가지라고 했다. 돈 아니면 사랑, 그도 아니면 원한.

짱구는 자기가 세상 물정에 밝은 줄 아는 모양이라고, 자르갈은 생각했다.

짱구가 말했다.

"대표님이 십수 년 전에 권사장이랑 무슨 사업을 같이했었나

---

* 사기도박꾼들이 노름판에서 주고받는 신호.
** 속임수가 들통나는 것.
*** 도박꾼에게 돈을 빌려주는 고리대금업자.

봐요. 그게 잘 안 풀렸는지, 권사장 얘기만 나오면 개새끼 소새끼 난리도 아니었어요. 둘이서 몇 년을 그렇게 짖어대더니만 이젠 아주 담가버릴 참인 거죠. 권사장은 어떨지 몰라도 우리 대표님은 이런 일엔 진지하거든요."

"권사장은 뭐 하는 인간인데?"

"부동산 업자인데 반은 깡패예요. 가양신도시 빌딩을 죄다 그 사람이 올렸다는 소문도 있어요."

자르갈이 코웃음을 쳤다.

"그런 거물이 하우스 도박판이나 기웃댈 것 같진 않은데."

짱구는 어깨를 으쓱 들어 보였다.

"노인네들 소문이란 게 늘 그런 식이죠. 다 믿을 건 못 돼요. 대표님이 나한테 형을 어떤 사람이라고 소개했는지 알아요?"

자르갈은 아무 말도 하지 않았다. 짱구가 지껄였다.

"인간 백정이라던데. 젊었을 때 중앙아시아를 떠돌면서 총도 팔고 약도 팔고 하셨다고. 북한에도 들어가 봤다면서요? 김정은이 만나봤어요?"

짱구가 낄낄대며 웃었다. 그러다 담배 연기에 사레가 들렸는지 이내 캑캑대며 기침을 하기 시작했다. 자르갈은 아무 말도 하지 않았다. 단지 의외라는 생각을 했을 뿐. 배사장에겐 그 모든 게 농담처럼 들렸던 걸까?

호흡을 가다듬은 짱구가 친근하게 자르갈의 어깨를 두드렸다.

"미안해요. 형을 무시하는 건 아니고. 우리 대표님, 재미있지 않아요? 아무리 그래도 북한에서 마약 장사는 좀 심하잖아요."

"내가 돌아다니던 시절이면 아직은 김정일이 살아있던 때지."

자르갈이 실없는 소리로 눙쳤다. 그의 과거를 아는 사람은 배사장을 포함한 두어 명뿐이었다. 자르갈이 먼저 자신의 과거를 떠벌린 적은 없었다. 그럼에도 그는 새삼 옛날 일을 입 밖에 냈다는 사실을 후회하고 있었다.

살아남기 위해 목숨을 걸던 시절이었다. 그런 세월을 견뎌온 자르갈에게 노름판에서의 승부란 차라리 우스운 일이었다. 이제는 그의 과거가 노름꾼들의 입에 농담처럼 오르내린다.

배사장은 때때로 아버지 같은 존재였다. 자르갈은 그가 자신의 말에 귀 기울여주는 유일한 사람이라 믿고 살았다. 어쩌면 착각이었는지도. 배사장은 처음부터 자르갈의 이야기를 재미난 허풍쯤으로 여겼는지도 모른다.

두어 시간 후. 최아무개가 주차장으로 내려왔다. 꾀죄죄한 와이셔츠는 온통 땀에 절어 있었다. 무더위에도 최아무개는 재킷을 벗지 않았다.

자르갈은 예전에도 저런 부류를 본 적이 있다. 명품 양복과 구두를 갑옷처럼 휘휘 두르고 노름판에 뛰어드는 놈들. 한 게임에 수천만 원을 던지는 치들이 삼백짜리 프라다 구두를 아까워할 리 없었다.

카자흐스탄 캅차가이의 한 카지노에서 한국인 노름꾼에게 일만 불을 빌려주던 날, 자르갈이 물어보았다.

도박하러 오면서 왜 그리 차려입습니까?

노름꾼은 빙그레 웃어 보였다. 고개를 빳빳이 치켜들고 대답했다.

추리닝 입고 노름하는 놈 중에 돈 따는 놈 못 봤습니다.

그때는 자르갈도 그가 제법 의젓한 놈이라고 생각했었다.

6주 뒤, 놈은 빤쓰 바람으로 호텔 8층 테라스에서 뛰어내렸다. 자르갈의 손에 남은 건 리테일가 삼천 불짜리 구두 한 켤레와 때에 전 톰포드 양복 두 벌뿐이었다. 노름꾼이 남긴 물건은 아는 동생을 통해 헐값에 처분했다. 그날 이후 꽁지꾼 노릇은 관뒀다. 다시는 노름꾼과 엮이지 않겠다고 다짐했었다.

최아무개가 두 사람에게 다가와 어깨동무를 했다. 시큼한 땀 냄새와 담배 냄새. 최아무개의 얼굴이 발그레했다. 술이라도 몇 잔 걸친 듯했다.

짱구가 물었다.

"잘 되어 갑니까?"

최아무개가 거들먹거리며 대답했다.

"그림 좋습니다. 손님들 면도 좋고, 매너 좋고."

이번에는 자르갈이 물었다.

"안에 몇이나 돼요? 무슨 일 하는 분들이래요?"

"그냥 룸살롱 웨이터 애들이랑 술집 사장님 두 분. 나까지 여섯이에요."

"낮에 장사하는 분들이라더니?"

"아님 뭐 어때요? 나야 돈만 따면 그만이죠. 미안한데, 담배 하나만 빌립시다."

최아무개가 짱구의 셔츠 주머니에 오만 원짜리 한 장을 찔러주었다. 짱구는 담배 한 개비를 최아무개에게 물려주었다. 나이트클럽 판촉용 라이터로 불을 붙여주려는데, 최아무개가 거절했다.

"라이터는 좋은 거 써야죠. 남자 액세서리라고 해봐야 시계 아니면 라이터뿐인데."

거들먹거리던 최아무개가 양복 재킷 안주머니에서 낡은 듀퐁 라이터를 꺼내어 불을 붙였다. 맑고 청아한 종소리 대신 둔탁하고 무딘 쇳소리가 났다. 도금이 벗겨진 자리는 가는 흠으로 가득했다. 최아무개에게는 영광의 시대를 추억하는 징표일 것이다.

짱구는 최아무개가 담배를 다 피울 때까지 기다렸다. 최아무개가 모텔로 올라가자 오만 원짜리를 다시 꺼내어 자르갈에게 건넸다.

"형님 차비 하세요."

"최선생이 동생한테 준 건데. 내가 가질 명분은 없지."

"아이참, 형님이 받으세요."

"자꾸 나 부끄럽게 하기야?"

"잠깐 맡아둔 셈 치세요. 일 끝나면 동생 소주나 한잔 사주시죠."

자르갈은 어쩔 수 없다는 듯, 오만 원짜리를 받아 챙겼다.

기다림은 계속되었다. 뉘엿뉘엿 해가 기울고 있었다. 어스름이

내린 모텔은 한층 음침하고 불길해 보였다. 막아놓은 창문 틈으로 하얀 불빛이 새어 나왔다. 자르갈은 건물 주변을 한 바퀴 돌아보았다.

불 켜진 방은 총 세 개였다. 3층에 하나, 2층에 두 개. 노름판이 벌어지는 장소는 3층이었다. 2층에는 권사장의 똘마니가 몇이나 될까? 비상계단의 위치는? 복도 폭은 얼마나 되지? 자르갈은 동선을 따져보며 자신의 움직임을 마음속에 그려보았다.

짱구와 합을 맞춘다면 뒤쪽 비상계단으로 무사히 빠져나올 수 있을 것이다. 그러나 최아무개까지 달고 나오는 건 무리였다. 때가 되면 버리는 수밖에 없었다. 배사장도 그 정도는 이해해줄 것이다.

때마침 짱구에게서 전화가 왔다.

"권사장 떴어요."

자르갈도 보았다. 제네시스 G90 한 대가 가림막을 헤치고 모텔 주차장으로 미끄러져 들어왔다. 권사장은 키가 훤칠한 장년이었다. 마른 체형이긴 했지만 어딘지 모르게 단단하고 위압적인 분위기였다. 수행원으로 보이는 운전기사도 제법 강단 있어 보였다.

짱구가 자르갈에게 다가와 귀엣말을 했다.

"바로 올라가진 말고, 일단은 저 양반이 돈 좀 따게 놔둡시다."

"올라가서는 어떻게 할 건데? 빠져나올 계획이 있나?"

"이게 계획이죠."

짱구는 바지 주머니에서 한 뼘이 채 안 되는 오토나이프를 꺼내 보였다. 버튼을 누르면 앞쪽으로 날이 튀어나오는 방식이다. 길이는 15센티미터가량에 양쪽으로 새파랗게 날이 서 있었다. 칼날 중앙에는 일본도의 혈조(血漕)와 같은 피받이 홈이 있었다. 오로지 사람을 찌르기 위해 만들어진 물건이었다.

짱구가 물었다.

"형은 뭐 가져왔어요?"

가지고 다니는 물건을 보면 그 사람의 싸움 수가 보인다. 자르갈은 짱구에게 자신의 수를 읽히고 싶지 않았다. 자르갈이 대답했다.

"아무것도."

"그래도 괜찮겠어요?"

자르갈이 발끈하며 대꾸했다.

"동생이 나한테는 아무 말 없었잖아. 귀띔이라도 해줬으면 준비할 시간이 있었을 텐데. 쓸데없이 아침 먹었는지는 왜 물어본 거야?"

"아침을 든든히 먹어야 힘을 쓰죠. 뭐, 어차피 형이 나설 일은 없을 테니 걱정 마세요."

"권사장네 애들이 칼부림하면 나는 어쩌라고?"

"정 걱정되면 뭐라도 챙겨 가세요. 트렁크에 연장 많아요."

자르갈이 퉁명스레 쏘아붙였다.

"일 없네. 나는 그냥 복도에서 망보며 시간만 끌 테니까."

아무것도 안 가지고 왔다고 말은 했지만, 자르갈의 건빵 주머니에는 탄소강으로 만든 너클이 들어 있었다. 한국에 들어와 배사장 밑에서 일할 무렵부터 늘 몸에 지니는 부적 같은 물건이었다.

두어 시간이 더 지난 후, 최아무개가 말도 없이 주차장으로 내려왔다.

최아무개는 와이셔츠 앞섶을 풀어 헤친 채 담배를 피우고 있었다. 담벼락을 등지고 쪼그려 앉은 채 똥 마려운 개 마냥 끙끙대는 꼴이 안타까웠다. 낯빛을 보니 본전까지 빨린 듯했다.

자르갈이 물었다.

"무슨 일이에요?"

"한 시간 만에 삼천 날렸어요. 공기가 바뀌었어요."

"복구할 수 있겠어요?"

최아무개가 고개를 절레절레 흔들었다.

"분위기가 싸해요. 이제 보니 얘들 죄다 선수 같은데. 아무래도 내가 죽새*였나 봐요. 선생님들이 도와주셔야겠습니다. 마지막에 들어온 권사장이란 놈, 그놈 조심해야 해요."

이제 짱구가 나설 차례였다. 그가 자르갈을 돌아보며 물었다.

"형님, 긴장되세요?"

"긴장은 무슨."

"저는 긴장되는데요."

"일인데 뭐. 적당히 긴장해."

짱구가 자르갈에게 라이터와 한 개비 남은 담뱃갑을 건넸다. 짱구의 손바닥이 땀으로 번들거렸다.

---

* 호구.

"한 대 빨고 올라오세요. 제가 먼저 들어가서 상황을 보고 있을 테니 올라오면서 연락하시고요."

짱구가 최아무개를 대동하고 올라갔다. 자르갈은 담배를 구겨 재떨이에 쑤셔 넣었다. 짱구의 라이터는 구시가지에 위치한 나이트클럽 판촉용이었다. 가스가 떨어졌는지 부싯돌 불꽃만 허공으로 흩어질 뿐, 불이 붙지 않았다. 나중에 혹시라도 필요할까 싶어 바지 주머니에 갈무리했다.

주차장에서 오 분 정도 기다리다가 모텔로 올라갔다. 카운터를 보던 말라깽이 청년은 어디로 갔는지 보이지 않았다. 대신에 권사장의 똘마니로 보이는 떡대 둘이 앉아 있었다. 두 사람 다 턱이 단단하고 강인해 보이는 사내들이었다. 몸은 근육질인데 손등은 아이처럼 뽀얗고 매끈했다.

떡대 하나가 자르갈을 막아서며 말했다.

"빈방 없습니다."

"최선생님 친구인데요. 강원장님 소개로 왔습니다."

떡대는 잠시 기다리라고 했다. 어디론가 전화를 걸더니, 올라가도 좋다고 말했다.

"3층 끝 방입니다. 관호, 네가 안내해드려."

떡대 하나가 자르갈을 안내했다. 계단을 오르는 동안 자르갈은 남몰래 건빵 주머니를 더듬었다. 너클을 꺼내어 바람막이를 벗어 든 손에 말아 쥐었다.

2층은 거의 도떼기시장이었다. 온갖 잡동사니며 미술품, 고가구

따위가 즐비했다. 물건은 대부분 장물 같았다. 둘러앉아 노닥대는 패거리는 아마도 권사장의 수하이리라.

함정이다.

여긴 애초에 모텔도, 하우스도 아니었다. 이곳은 권사장의 아지트였다. 호랑이를 잡으려다 호랑이 굴에 들어온 셈이었다.

미끼를 문 건 오히려 배사장이었나? 아니면 배사장도 처음부터 다 알고 있었던 걸까?

자르갈은 곁눈질로 놈들의 머릿수를 세었다. 눈에 보이는 자만 넷이었다. 방 안에는 몇이나 더 있을지 가늠할 수 없었다.

떡대는 자르갈을 307호로 안내했다. 문은 열려 있었다. 자르갈이 문간에 들어서자 싸늘한 기운이 달려들었다. 에어컨 바람 탓이다. 떡대가 등 뒤에서 문을 걸어 잠갔다.

일이 대단히 잘못되었다. 도박판은 이미 엉망이었다. 바닥에는 카드장과 지폐 다발이 제멋대로 흩어져 있었다. 늘씬하게 얻어맞은 최아무개는 피를 흘리며 주저앉아 헐떡이고 있었다. 코가 부러졌는지 얼굴이 퉁퉁 부은 채였다.

짱구는 권사장의 운전수에게 옴짝달싹 못 하게 붙들려 있었다. 짱구가 입을 열었다.

"형님……."

그와 동시에 투박한 손 하나가 자르갈의 뒷덜미를 움켜잡았다. 떡대는 완력이 비범했다. 놈이 테이블 위에 자르갈의 이마를 짓찧었다. 미처 저항할 틈이 없었다. 합판으로 만든 엉성한 테이블이 반으로 쪼개졌다. 더러운 바닥 위로 지저깨비가 흩어졌다.

자르갈은 실신한 척 그 자리에 고꾸라졌다. 떡대가 자르갈의 머리채를 움켜쥐고 뒤로 젖혔다. 귓가에 이명이 멈추지 않았다. 이마에서 흐른 피가 눈으로 흘러 들어갔다. 새빨개진 권사장의 모습이 흐릿하게 번져 보였다.

권사장은 짱구의 뺨을 장난스레 꼬집으며 흔들어댔다.

"살이 좀 붙었네? 마음 편히 잘 지냈나 봐?"

짱구가 대답했다.

"우린 그냥 최선생님 모시고 온 것뿐이에요. 뭔가 오해가 있으신 것 같은데……."

"오해?"

"조용히 카드나 치자고 놀러 온 거잖아요. 뭐가 문제입니까?"

짱구가 대들자 권사장이 코웃음을 쳤다.

"배대표님도 너무하시네. 백지* 게임에 구라꾼을 붙이나?"

"그러는 사장님은 왜 남 후다** 나 따고 다니십니까? 최선생 왔다니까 좋다고 따먹으러 온 거 아니에요?"

자르갈이 눈을 들어 짱구를 쏘아보았다.

놈이 이곳에 나타난 게 아니다. 그들이 놈의 안방으로 들어온 것이다. 말을 들어보니, 짱구는 권사장과 구면인 듯했다. 이 모든 게 자르갈은 모르던 사실이었다.

---

* 속임수 없이 하는 게임.
** 뒷조사.

짱구는 자르갈과 눈을 마주치지 않았다. 겁먹은 기색도 없이 의연했다.

권사장이 들고 있던 위스키 잔으로 짱구의 정수리를 다짜고짜 후려갈겼다. 유리 파편이 바닥을 나뒹굴었다. 왈칵대는 짱구의 핏줄기에서 더운 김이 피어올랐다. 권사장은 안주머니에서 손수건을 꺼내어 제 손을 감쌌다. 버버리 체크가 검붉은 피로 물들었다.

느물느물 웃으며, 권사장이 물었다.

"주머니 검사 좀 해볼까? 그냥 게임하러 온 거 맞는지?"

운전기사가 권사장에게 나이프를 건넸다. 짱구의 오토나이프였다. 권사장은 재미있다는 듯 날을 펴고 접기를 반복했다. 권사장의 마디진 손가락이 짱구의 오른쪽 귀를 틀어쥐었다. 예리한 칼날이 귓바퀴를 서서히 잘라 나갔다. 귓불에 맺힌 피가 짱구의 어깨 위로 방울져 떨어졌다.

"흉한 물건을 왜 들고 다니냐? 거추장스럽게."

짱구는 귀가 다 잘려 나갈 동안 이를 악물며 고통을 참아냈다. 권사장은 잘라낸 귀를 자르갈의 면전에 집어 던졌다. 짱구의 귀는 차갑고 축축했다.

"네가 한 번 대답해 봐. 그냥 놀러 온 거야?"

자르갈은 대답 대신 떡대의 뒤꿈치를 그러잡았다. 쥐고 있던 너클로 떡대의 무릎 밑을 후려갈겼다. 뼈 부러지는 소리와 함께 떡대가 앞으로 고꾸라졌다. 떡대의 목깃을 감아쥔 자르갈이 놈의 이마를 주먹으로 연거푸 후려갈겼다. 너클을 움켜쥔 손이 찌르르

했다. 떡대의 두개골이 우묵하게 내려앉았다.

권사장이 소리를 질렀다.

"저거부터 잡아."

짱구를 붙잡고 있던 운전수가 자르갈을 향해 달려들었다. 자르갈은 통나무 같은 두 팔로 놈의 두 다리 오금을 싸잡았다. 동시에 놈의 명치에 대가리를 처박았다. 운전수가 엉덩방아를 찧으며 나자빠졌다.

자르갈의 망치 같은 주먹이 놈의 인중을 내려찍었다. 운전수는 눈을 까뒤집으며 혼절했다. 그가 뱉어낸 핏덩이 속에는 부러진 이빨이 섞여 있었다.

주먹질은 놈의 눈구멍이 주저앉을 때까지 계속되었다. 강단 있어 보이던 놈 아닌가? 적당히 해두면 금방 다시 일어나 덤벼들게 뻔했다.

자르갈이 나서는 사이 짱구는 권사장을 제압했다. 권사장은 칼을 빼앗기지 않으려고 필사적이었다.

"사장님, 참 한결같으세요."

"너 이 새끼……, 은혜도 모르는 새끼……."

"내 귀는 왜 잘라요? 간만에 보자마자 이러기예요?"

"네가 언제까지 그렇게 까불 것 같냐? 너는 나처럼 안 될 것 같아?"

"그래서 나는 내 밑에 애들 안 두잖아요."

짱구의 거대한 몸에 짓눌린 권사장은 바닥에 찌그러진 채 거의 반으로 접혀가고 있었다. 복도에서 부산스러운 소리가 들렸다. 권사장의 수하들이 낌새를 챈 듯했다.

자르갈이 말했다.

"내가 시간을 벌 테니 빨리 끝내."

권사장을 짱구에게 맡기고 복도로 나왔다. 대강 열 놈 정도가 계단을 뛰어 올라왔다. 저마다 아담한 날붙이를 꼬나쥔 채였다. 하나같이 상기된 얼굴로 받은 숨을 내뱉고 있었다.

복도 구석에 붙어 있던 소화기를 집어 들었다. 주춤주춤 다가오는 놈들에게 노즐을 겨누고 레버를 당겼다. 희뿌연 소화기 분말이 복도를 가득 메웠다. 매캐한 연무 속에 몸부림치는 인영. 새된 비명과 욕설, 기침 소리. 자르갈은 고향에 돌아온 기분이었다.

"이 개새끼!"

"쫄지 말고 들어가!"

눈먼 칼이 허공을 헤집었다.

자르갈은 한쪽 벽에 바짝 붙어 있었다. 가장 가까운 정강이를 향해 소화기를 내려찍었다. 짧은 비명과 함께 한 놈이 펄쩍 뛰어올랐다. 예리하게 휘둘러 오던 칼의 궤적이 흐트러졌다.

자르갈은 그 틈을 놓치지 않았다. 놈의 손등을 낚아채 바깥으로 뒤집었다. 그와 동시에 반대 손으로 멱살을 틀어잡고 무릎을 올려쳤다.

과일 깎던 칼 하나가 자르갈의 앞섶을 베고 지나갔다. 곧이어 두어 개의 칼날이 낮게 찌르고 들어왔다. 자르갈은 놈들의 안면을 연달아 후려치며 거리를 벌렸다.

머릿수는 줄었지만 권사장 패거리의 기세는 여전했다. 사타구니와 허벅지를 노리고 집요하게 찔러 들어오는 칼을 모두 상대할 재간이 없었다. 자르갈은 패거리를 향해 빈 소화기를 집어 던졌다. 도망치듯 모텔 방 안으로 뛰어들었다.

"아직도 멀었냐?"

방문을 걸어 잠그며 뒤를 돌아본 자르갈은 뻣뻣하게 굳어버렸다. 방 안에는 짱구도, 최아무개도 없었다. 중상을 입은 운전수와 떡대, 그리고 차갑게 식어 가는 권사장의 몸뚱이뿐이었다.

권사장은 허벅지에 칼을 맞았다. 동맥이 잘렸는지 천지 사방 피범벅이었다. 낯빛이 파리한 게 목숨을 구하기는 글렀다.

장판 위로 융단처럼 펼쳐진 검은 피. 그 위로 두 사람의 발자국이 찍혀 있었다. 창을 향해 거침없이 내달린 운동화 한 족. 그 뒤를 따르는 혼란스러운 구두 자국.

자르갈은 활짝 열린 창으로 달려가 아래를 내려다보았다. 온몸에 피 칠갑을 한 최아무개가 완강기에 매달려 있었다.

최아무개가 울부짖었다.

"내려오지 마요."

"왜? 당신 혼자 도망치게?"

"완강기 최대 중량이 150킬로그램이란 말이에요."

밑에서 자동차 소리가 들렸다. 짱구가 소나타를 타고 모텔 주차장을 빠져나가고 있었다. 등 뒤에선 권사장 패거리가 문을 부수고 있었다. 못대가리가 드문드문 빠져있는 낡은 경첩이 위태롭게 흔들렸다. 시간이 별로 없었다.

자르갈은 망설임 없이 창밖으로 몸을 던졌다. 완강기 로프를 붙들고 매달렸다. 최아무개가 빽빽대며 소리를 질렀다.

"중량 초과라니까!"

지지대에서 삐걱대는 소리가 났다. 완만하던 하강 속도가 걷잡을 수 없이 빨라졌다. 두 사람의 체중을 지탱하지 못한 탓이다.

두 사람은 콘크리트 바닥을 나뒹굴었다. 자르갈은 요령껏 몸을 굴리며 충격을 최소화하려 했으나, 생각대로 되진 않았다. 온몸이 부서질 듯 쑤시고 아렸다. 그래도 두 다리로 서서 달릴 수는 있었다.

멀리서 경찰차 사이렌 소리가 들렸다. 자르갈의 머릿속이 복잡해졌다.

누가 신고했을까? 카운터의 말라깽이 알바생? 아니면 권사장 패거리? 사람이 죽고 불구가 됐는데, 경찰이 들이닥쳐 봐야 그 깡패들한테 득 될 게 있나? 괜히 덤터기나 쓰지 않으면 다행일 것이다. 그도 아니라면 혹시 짱구가?

짱구는 지금쯤 서울행 국도를 타고 있을 것이다. 동료를 칼받이로 내세우고 줄행랑쳤다. 어쩌면 이 모든 게 배사장의 지시일지도 모른다. 모든 책임을 자르갈에게 떠넘기고 꼬리를 자르려는 속셈인지도.

자르갈은 벽을 짚으며 가까스로 몸을 일으켰다. 꼽추처럼 웅송

그린 최아무개를 붙들어 세웠다. 최아무개가 훌쩍거렸다.

"다리가 부러졌어요."

"지금 안 가면 죽소."

자르갈은 최아무개의 겨드랑이 밑으로 머리를 집어넣었다. 그를 부축해 주차장을 빠져나왔다. 절룩거리는 최아무개의 몸은 불덩이 같았다. 정말로 발목이 부러졌는지 복숭아뼈 언저리가 퉁퉁 부어올라 있었다.

최아무개는 자꾸만 자르갈을 밀어내려 했다.

"나는 두고 가세요. 이러다가 붙잡힙니다."

"안 돼요."

"당신이라도 도망쳐야죠."

"업히쇼."

자르갈은 최아무개를 둘러메고 뛰기 시작했다. 인적이 드문 곳이라 가로등도 별로 없었다. 자르갈은 길가를 벗어나 수풀이 우거진 곳으로 들어갔다. 밤이 깊어 아무것도 보이지 않았다. 돌부리가 발에 차이고 나뭇가지는 눈을 찔렀다. 넘어지고 구를 때마다 등에 업힌 최아무개가 앓는 소리를 냈다.

얼마나 지났을까. 마침내 산등성이에 가린 도시의 빛무리가 눈에 들어왔다. 능선 하나만 넘으면 가양시였다. 최아무개가 감격에 겨워 속삭였다.

"우리가 해냈어요."

자르갈은 도시가 내려다보이는 소나무 밑에 최아무개를 앉히고 숨을 골랐다. 두 사람 다 처참한 몰골이었다. 무릎이 터지고 솔기가 뜯긴 자르갈의 옷은 누더기나 다름없었다. 최아무개가 들뜬 목소리로 지껄여댔다.

"구해줘서 고맙습니다. 서울 올라가면 내가 찐하게 한잔 사겠습니다."

자르갈은 대답 대신 최아무개의 손가락을 붙잡아 꺾어버렸다. 검지와 중지가 기이한 각도로 비틀어졌다. 자르갈은 곰 발바닥 같은 손으로 울부짖는 최아무개의 입을 틀어막았다.

"당신 좋으라고 데리고 나온 거 아니에요. 이제부터는 죽어도 내 손에 죽을 테니, 이해하쇼."

자르갈은 최아무개의 대답을 기다리지 않았다. 구둣발로 부러진 발목을 지르밟았다. 최아무개의 입을 틀어막은 자르갈의 손아귀에 힘이 들어갔다. 최아무개의 비명은 멀리 닿지도 못하고 사그라졌다.

"두 번은 안 물을 테니 잘 생각하고 대답해요. 배사장이랑 약속했던 내용이 뭐예요?"

"말했잖아요. 호구들인 줄 알고 돈 따먹으러 간 거라니까."

"배사장에게 돈만 빌렸다?"

최아무개는 빠르게 고개를 끄덕거렸다. 자르갈이 최아무개의 입을 다시 틀어막았다. 그의 부러진 복사뼈 위에 체중을 실었다. 최아무개의 눈에서 실핏줄이 터졌다. 자르갈이 손아귀의 힘을 풀자 최아무개는 있는 말 없는 말 다 털어놓기 시작했다.

“정말이라니까요. 배사장과는 밥 한 번 먹은 게 다예요. 돈을 따면 비율대로 나누자고…….”

곧이어 영양가 없는 이야기들이 이어졌다. 그렇다고 최아무개가 거짓말을 하는 것 같진 않았다. 그럴 깡다구도 없는 인간이었다. 최아무개는 심지어는 배사장에게 속았다는 사실조차 모르고 있었다.

자르갈의 마음속에서 배사장에 대한 불신이 싹트기 시작했다. 짱구는 자르갈을 몸빵 세우고 도망쳐버렸다. 그게 온전히 짱구 혼자만의 판단이었을까? 처음부터 이방인인 자르갈에게 모든 혐의를 뒤집어씌울 작정은 아니었을까?

게다가 권사장과 짱구는 서로 아는 사이였다. 둘 사이에도 무슨 원한이 있는 듯했다. 그게 아니라면 권사장이 대뜸 귀부터 자르진 않았을 것이다. 배사장은 무슨 생각으로 이렇게 무모한 기획을 했을까?

짱구에게 물어보는 수밖에 없었다. 자르갈은 주머니에서 짱구의 판촉용 라이터를 꺼내 보았다. 가양시 한국관 클럽. 추적은 이곳에서 시작해야 한다.

자르갈은 최아무개를 풀어주었다. 그의 셔츠 주머니에 짱구에게 받은 오만 원을 찔러 넣었다.

“욕보십쇼.”

그리고는 끙끙 앓는 최아무개를 뒤로 한 채 혼자 산을 내려가기 시작했다.

****

그 뒤로 몇 주간 찜질방을 전전했다. 핸드폰은 산에서 내려올 때 개울가에 던져버렸다.

권사장의 죽음은 아홉 시 뉴스로 확인했다. 둘이 죽었다고 했으니, 아마 운전수와 떡대 중 하나는 죽은 듯했다. 경찰은 유력한 용의자로 몽골인 A를 지목했다. 짱구도, 최아무개도, 배사장도 미꾸라지처럼 빠져나갔다. 덫에 걸린 건 자르갈뿐.

자르갈은 삼 주 내내 한국관 나이트 앞에 죽치고 앉아 마냥 짱구를 기다렸다. 한국관 나이트는 별 볼 일 없는 곳이었다. 퇴락한 구시가지 외곽의 2층짜리 유흥주점이었다.

한낮의 구시가지는 스산한 유령도시다. 근처에는 '어위크' 간판을 단 망해가는 편의점이 하나. 섯다, 바둑이, 세븐오디 따위를 온라인으로 즐길 수 있는 게임장이 서너 곳. 여자 살 돈 없는 놈팡이들이 딸딸이를 치러 가는 성인 피시방이 두어 개. 인적이 드문 거리였다.

그러나 밤이 되면 사정이 달라진다. 오색찬란한 간판에 불이 들어오면 구시가지는 비로소 기지개를 켰다. 골목마다 카니발과 스타렉스가 돌아다니며 동남아와 러시아에서 온 여자들을 실어 날랐다.

저 멀리 짱구가 걸어온다. 잘려나간 오른쪽 귀를 붕대로 싸맨 채. 그의 어깨 위로 모텔과 룸살롱의 네온 간판들이 새빨간 불빛을 내리쬔다. 미소 짓는 짱구의 얼굴은 정육점 매대에 놓인 돼지머리 같다.

이 순간 자르갈은 어둠 속에 있다. 높다란 담장이 드리운 그림자 뒤에서 짱구를 기다린다. 조카뻘 되는 어린놈이다. 어쩌면 완력에서 밀릴지도 모를 일이다.

담배는 오래전에 끊었다. 그래도 가끔은 체력이 달린다. 쉰을 바라보는 자르갈의 육체는 소금기 먹은 기계처럼 벌겋게 삭아가는 것 같다.

자르갈은 어금니로 볼을 씹으며 전의를 다진다. 짭짤한 피 맛이 입 안 가득 퍼지자 마침내 자르갈은 자신이 누구인지를 기억해낸다. 늑대는 늙어도 개가 되지 않는다.

놈이 다가온다.

자르갈이 짱구를 불렀다.

"오래간만이네."

짱구는 별반 놀라지도 않는 눈치다. 주변을 둘러보더니 천천히 자르갈에게 다가온다. 자르갈은 주머니에 찔러 넣은 짱구의 두 손을 주의 깊게 바라본다. 주머니에서는 아무것도 나오지 않는다. 짱구는 그저 빈손으로 악수를 청할 뿐이다.

짱구가 말했다.

"권사장 일은 미안해요."

자르갈이 물었다.

"처음부터 나한테 독박 씌우기로 되어 있던 거야?"

짱구는 긍정의 의미로 고개를 끄덕였다.

"배대표님 생각이었어요. 저는 그냥……."

짱구가 채 말을 맺기도 전에 자르갈이 놈의 뒷깃을 그러잡았다. 어둠이 짱구를 집어삼켰다. 투실투실한 몸뚱이가 호를 그리며 허공을 가로질렀다. 짱구는 꽁초와 쓰레기가 널린 콘크리트 바닥으로 내쳐졌다. 자르갈이 짱구의 몸을 깔고 앉았다.

못이 박여 우툴두툴한 자르갈의 주먹이 짱구의 얼굴을 두들겨댔다. 짱구는 코가 부러졌어도 담담한 얼굴이었다. 그 역시 알고 있었다. 너클 없는 맨주먹은 자르갈이 그를 용서했다는 뜻이다.

의식을 잃은 짱구가 자르갈의 구둣발 아래 머리를 조아렸다. 피를 머금은 구두에는 반질반질 윤이 났다. 자르갈은 짱구의 지갑에서 신분증과 신용카드를 꺼내어 안주머니에 갈무리했다. 이제는 짱구도 경청할 준비가 되었을 거라고, 자르갈은 생각했다.

짱구의 뺨을 두드려 깨운 뒤, 자르갈이 물었다.

"권사장은 너랑 무슨 관계야?"

"옛날에 그 사람 밑에서 몇 년 일한 적 있어요. 사이가 틀어지기 전에."

"배사장도 알아? 너랑 권사장 관계?"

"알죠, 원수지간이라는 거."

"그런데도 널 붙였냐?"

"모르는 놈이 도박하자고 하면 나오겠어요?"

자르갈은 저도 모르게 피식 웃고 말았다. 젊은 놈이라 담력이 어지간하다고 생각했다.

"배사장에게 빚을 받아야겠다. 어디 사는지 알지?"

짱구가 대답했다.

"사는 곳은 모르지만, 불러낼 순 있죠."

"나오라고 해. 서울 망원동 카페 홈즈로. 내일 저녁 여섯 시."

"대표님은 의심이 많은 분이에요. 아무 이유 없이 나오라 그러면 눈치채지 않겠어요?"

"넌 배사장한테 뭐 받을 돈 없냐? 돈 얘기를 해."

짱구가 배사장에게 전화를 걸었다. 실없는 인사말이 오간 뒤, 짱구가 수고비를 요구했다. 내일은 꼭 권사장 건에 대한 정산을 받아야겠다고. 수화기 너머로 배사장의 성난 목소리가 넘어왔다.

—제정신이야? 사람이 죽어서 난리가 난 마당에?

"그래도 일한 값은 받아야 할 거 아니에요? 나도 딸린 입이 있는데."

—염치없는 새끼. 일이라도 똑바로 했으면……. 잠잠해지거든 다시 얘기해. 내가 부를 때까지는 나돌아다니지 말고 조용히 숨어 있어.

배사장은 짱구의 말허리를 잘라먹고는 전화를 끊어버렸다.

짱구가 배사장에게 다시 전화를 걸었다. 자르갈이 지켜보고 있었다. 짱구는 멀찍이 떨어진 가로등에 대가리를 처박고 한참이나 통화했다. 자르갈은 기다렸다.

배사장은 무척 화가 난 것 같았다. 핸드폰 너머로 간헐적인 고함 소리가 들렸다. 짱구가 전화를 끊었다. 자르갈이 물었다.

"뭐래?"

"아들처럼 오냐오냐 키웠더니 분수를 모른대요."

"나도 삼 주 전에는 그 새끼 아들이었어."

"알아요. 대표님한테 들었어요."

짱구는 담벼락에 등을 기댄 채 담배를 꺼내 물었다. 파릇한 연기가 어둠 속으로 흩어졌다. 자르갈이 말했다.

"이대로 잡히면 나 혼자 징역 갈 일은 절대 없을 거야."

"나오겠대요. 카페 홈즈. 내일 저녁 여섯 시."

"그러니까 배사장이랑 편먹지 마. 우리 둘이 같은 편 해. 안 그러면 다 죽는다."

"알았어요. 근데 배대표는 어떻게 엮으려고요? 우리한테 청부했다는 증거가 없잖아요?"

"있어."

흐릿하던 짱구의 눈이 반짝거렸다.

"뭔데요?"

"안 알려줘. 널 못 믿으니까."

짱구가 코웃음을 쳤다.

"의심이 많으시네. 같은 배를 탄 마당에."

"내일 하루 카페 홈즈 대관할 거야. 우린 미리 가서 배사장을 기다린다."

"나도 가요?"

"배사장이랑 대면하기 껄끄러우면 밖에서 기다려도 좋아. 근데 도망칠 생각은 하지 마라. 볼일 끝나면 신분증이랑 카드 돌려줄게."

짱구가 그제야 주머니를 더듬었다. 이내 난처한 듯 쭈뼛대며 대답했다.

"알았어요. 대신 나 엿 먹일 생각은 하지 마요. 지구 끝까지 따라가서 복수할 테니까."

마음대로 해라. 시간은 네 편이니까.

자르갈은 생각했다. 그가 늙어가는 만큼 짱구는 무르익는다. 놈은 나날이 교활해지고 강인해질 것이다.

언젠가는 젊고 강한 네가 늙은 나를 잡아먹겠지. 누구도 섭리를 거스르진 못하지 않니.

짱구와 헤어진 자르갈은 지하철역으로 향했다. 물품 보관함에서 배낭 하나를 꺼냈다. 안에는 만료된 여권과 약간의 현금, 손에 익은 날붙이 따위가 들어 있었다.

그리고 손바닥만 한 수첩 하나. 수첩의 내지에는 사진 두 장이 붙어 있다. 낡은 사진 속에서 카메라를 쏘아보는 청년은 젊은 날의 자르갈이다. 툭 불거진 광대와 기갈이 난 눈빛. 누렇게 바랜 사진은 땀에 절어 쭈글쭈글했다.

다른 하나는 비교적 최근에 찍은 것이다. 웃옷을 벗은 채 어색하게 웃는 남자 또한 자르갈이다. 희끗해진 머리와 주름진 얼굴, 살집이 붙은 몸과 몇 군데의 오래된 흉터. 한 여자가 그의 어깨에 기대어 있다.

여자는 젊었다. 우울하게 미소 짓고 있었다. 고단함을 면사포처럼 드리운 얼굴. 자르갈의 여자다. 이름은 옐레나. 금발에 파란 눈을 가졌다. 고향은 시베리아의 어느 마을이랬는데, 자르갈은 듣고도 잊어버렸다. 옐레나도 그다지 서운해하진 않았다.

과거는 묻지 않았다. 물어도 대답할 리 없을 것이다. 아무래도 상관없었다. 피차 옛날 일은 묻어두는 편이 좋았다.

자르갈이 지난 8년간 배사장 밑에서 차곡차곡 돈을 모을 때, 옐레나는 바다 건너 낯선 땅을 전전하며 어떻게든 살아남았다. 배사장도 옐레나를 귀여워해서, 잊을 만하면 그녀에게 비행기 티켓을 사주었다. 덕분에 자르갈은 일 년에 몇 주씩 옐레나와 함께 지낼 수 있었다.

옐레나가 한국에 오면 카페를 차려주고 싶었다. 배사장은 카페보단 술집이 더 잘 어울린다고 말했지만, 옐레나는 술집보다 카페를 더 좋아할 것이다. 반평생을 술집에서 보낸 그녀가 남은 생을 술집 사장으로 살고 싶을 리 없었다. 무엇보다 그녀에겐 아이가 있지 않은가?

자르갈은 수첩을 덮어 배낭 안에 넣었다. 옐레나의 몸 안에서 자라고 있을 아이는 떠올리지 않으려 했다. 아이 생각을 하면 마음이 약해졌다. 칼 한 자루를 허리춤에 끼워 넣고 셔츠로 덮었다.

*****

오후 반나절 동안 카페 홈즈 전체를 대관했다. 짱구는 결국 나타나지 않았다. 카페 사장도 퇴근하고 없었다. 텅 빈 카페에는 자르갈뿐이었다.

계단을 올라오는 발소리가 들렸다. 느리고 조심스러운 구두 소리는 배사장의 것이다. 자르갈은 카운터 뒤에 몸을 숨기고 기다렸다. 곧이어 들려오는 배사장의 목소리.

"이 친구, 아직 안 왔나?"

배사장은 카페 정중앙 테이블에 출입문을 마주 보고 앉았다. 팔짱을 낀 채 생각에 잠긴 듯 출입문을 바라보고 있었다. 잔기침을 하며 투덜대는 배사장이 오늘따라 야위고 왜소해 보였다.

자르갈은 허리춤 위로 비어 나온 칼자루를 천천히 움켜잡았다. 그가 칼을 뽑을 때는 아무 소리도 나지 않았다. 칼날에는 광택이 없었다. 길이는 15센티미터 정도. 칼끝은 뭉툭하게 갈려 있었다. 품에 넣었을 때 찔리지 않도록 일부러 무디게 만든 것이다. 지난날 무수히도 연마해 온 탓에 칼날은 폭이 좁고 날카로웠다.

원래는 식육처리용 뼈 바르는 칼이었다. 이제는 닳고 닳아 쇠꼬

챙이처럼 홀쭉해졌다. 플라스틱 손잡이에 감아놓은 마스킹 테이프에도 지울 수 없는 손때가 거뭇거뭇 남아 있었다.

자르갈은 카운터 뒤에서 조용히 몸을 일으켰다. 공기는 따뜻했고 사위는 적막했다. 배사장의 가르랑대는 숨소리뿐이었다. 그는 여전히 팔짱을 낀 채 눈을 감고 있었다. 들이쉬고 내뱉는 숨이 나직하고 평온했다.

발소리를 죽이며 다가간 자르갈은 배사장의 어깨 뒤에 섰다. 배사장은 언제부터 이렇게 무뎌진 걸까? 이 노회한 남자는 어느새 세상을 한 바퀴 돌아 다시 아이가 되어버린 듯했다.

이 각도는 쇄골 안쪽에 수직으로 칼을 찔러 넣을 수 있다. 체중을 실어 단번에 심장을 꿰뚫는 것이다. 그렇게 배사장은 고통 없이 왔던 곳으로 돌아갈 수 있을 터였다. 아무것도 없는 공(空)으로.

그러나 자르갈은 그렇게 하지 않았다. 차마 그렇게 할 수 없었다.

적어도 물어는 볼 수 있지 않을까? 정말 다른 방법이 없겠느냐고. 다른 길이 없다는 걸 알면서도 자르갈은 머뭇거리고 있었다. 다시는 예전의 모습으로 돌아갈 수 없을 것만 같았다.

두툼한 손을 배사장의 어깨 위에 올렸다. 화들짝 놀란 배사장이 자르갈을 올려다보았다.

“자네가 여긴 어쩐 일이야?”

“오래간만입니다.”

“앉게.”

배사장이 자리를 권했다. 자르갈은 등 뒤로 칼을 물리고 배사장

곁에 앉았다. 배사장은 아직 아무것도 모르는 모양이었다.

새삼스레 두리번대며 주위를 살피던 배사장이 나직이 물었다.

"어떻게 된 거야?"

자르갈은 아무 말도 하지 않았다. 그저 배사장의 눈을 바라보았을 뿐이다. 배사장의 눈이 흔들리고 있었다. 그는 겁에 질려 있었다. 자르갈 때문은 아니었다.

배사장이 자르갈의 옷깃을 쥐고 흔들며 다그쳤다.

"어떻게 된 거냐고? 자네가 정말 권사장을 죽인 거야?"

낭패다.

자르갈은 뭔가 일이 잘못되어가고 있음을 뒤늦게 깨달았다. 마침내 사건의 전말이 눈에 들어오기 시작했다. 결국 배사장도 짱구에게 속았던 것이다.

자르갈은 몸을 일으키고 귀를 기울였다. 흐릿해진 본능이 위험을 경고하고 있었다.

거리가 어수선했다. 이내 계단을 뛰어오르는 발소리가 들렸다. 못해도 대여섯 명은 될 것 같았다. 출입문을 박차고 형사들이 들이닥쳤다.

"움직이지 마."

배사장은 앉은 채로 얼어붙었다.

자르갈은 이미 그 자리에 없었다. 테이블 위에는 닳고 닳아 날이 홀쭉해진 고기 칼 한 자루가 놓여 있었을 뿐이었다.

2층 창밖으로 뛰어내린 자르갈이 바닥으로 몸을 굴렸다. 도로변에는 경광등을 끈 순찰차 두 대가 세워져 있었다. 순찰복 차림의 젊은 경관 셋이 놀란 눈으로 그를 바라보았다.

망원동의 밤거리를 달리며, 자르갈은 생각했다.

나는 언제부터 이렇게 무뎌진 거지?

한순간도 짱구를 의심하지 않았다. 벌벌 기는 모습에 마음을 놓은 탓이다. 짱구를 과소평가했다. 어쩌면 자르갈이 스스로를 과대평가하고 있었던 건지도.

언제부턴가 이 일을 그만두고 싶었다. 모아둔 돈으로 카페를 차리고 싶었다. 한쪽 벽에는 서가가 있고 노란 조명이 따뜻한 느낌을 주는, 하루 두 번 커피 볶는 냄새가 나는 그런 가게를 열고 싶었다.

그 뒤에는 더 큰 집을 구하려 했다. 천운으로 얻은 아이를 한 평짜리 고시원에서 키울 순 없었다. 그 아이에겐 더 나은 삶이 주어져야 했다. 편안하게 살고 싶었다. 옐레나가 오기 때문에. 그런 바람과 믿음이 그를 나약하게 만들었던 것일까?

자르갈은 불길한 생각들을 떨쳐내기 위해 고개를 흔들었다.

'그런 희망마저 없었다면 권사장의 모텔에서 살아 나올 수도 없었을 거야.'

어디선가 낄낄대는 목소리가 들려오는 듯했다. 녹슨 경첩이 삐걱대듯 탁한 목소리.

그렇게 헛된 희망이 없었다면 그 모텔에 갈 일도 없었겠지. 언제부터인가 너는 위험한 일들을 하지 않으려 했었으니까. 사실은

너도 알고 있었던 거야. 네가 더는 젊지 않다는 것을. 언젠가 이런 날이 올 줄 몰랐다고 하진 않겠지?

자르갈은 계속해서 고개를 흔들었다. 망원시장의 인파를 헤치며 달리고 또 달렸다. 이대로 끝날 순 없다. 아이에게는 아버지가 필요하니까. 아직은 늦지 않았을 것이다. 캅차가이에서도, 만주에서도, 단둥과 신의주에서도 여태껏 숱하게 살아남았다.

나는 늑대야.

자르갈은 생각했다.

늑대는 늙어도 개가 되지 않아.

"꼼짝 마!"

어깻죽지에 테이저가 날아와 박혔다. 먼 곳에서 꿈결처럼 사이렌 소리가 들려왔다. 겁에 질린 얼굴들이 스쳐 지나갔다. 형사들이 자르갈의 몸뚱이를 깔고 앉았다. 억센 손이 그의 손목에 수갑을 채웠다.

사라진 막걸리 아저씨

정명섭

*

"여긴 그대로지?"

류의 물음에 성규는 커피잔을 내려놓으며 카페 홈즈 안을 돌아보았다. 카페 안에는 작가 혹은 작가 지망생으로 보이는 뚱뚱한 남자 한 명이 노트북의 키보드를 부서지라 두들겨대고 있었다. 그에게서는 전자담배 특유의 톡 쏘면서도 은은한 니코틴 냄새가 났다. 동그란 안경을 쓴 카페의 사장은 자기 자리에 앉아서 책을 읽는 중이었다. 책상에는 추리소설이 산더미처럼 쌓여 있었다. 얼굴은 여전히 알아보지 못했지만 두툼한 뿔테안경과 책을 넘기기 전 한 번씩 까닥거리는 손가락, 그리고 온몸에 밴 커피 냄새로 구분할 수 있었다. 카페를 살펴보던 그가 고개를 저었다.

"몇 군데 바뀌었어요."

"어디가?"

"문 옆의 포스터가 영드 셜록 홈즈 시즌 2에서 3으로 바뀌었고,

안쪽 장식장의 홈즈 흉상이 은색에서 금색으로 바뀌었네요. 창가 쪽 미니 트리 꼭대기의 종도 떨어졌고요. 그리고 주인이 쓰는 안경도 달라졌어요. 같은 뿔테지만 좀 더 두툼한 것으로요."

성규의 얘기를 들은 류가 고개를 절레절레 저었다.

"끝내주네."

"하나를 잃으면 하나를 얻는 법이니까요."

짧게 대꾸한 그에게 류가 조심스럽게 물었다.

"증상은 아직도 있어?"

성규는 대답 대신 얼굴을 찌푸린 채 고개를 끄덕거렸다. 몇 년 전 여자 친구의 살해 현장을 목격한 충격으로 안면실인증이 시작되었다. 그러면서 아무리 가까운 사람이라고 해도 얼굴을 알아보지 못했다. 대신 상대방의 몸짓이나 냄새, 손동작 같은 것으로 구분했다.

대답을 들은 류는 가만히 잔을 들어서 빨대로 아이스커피를 마셨다. 망원동의 터줏대감을 자처하는 류에게서는 노숙자 특유의 악취가 살살 풍겼다.

"그런데 왜 보자고 한 겁니까?"

성규의 물음에 류는 팔짱을 낀 채 한숨을 쉬었다.

"사람을 좀 찾아줘."

"안면실인증 환자한테 사람을 찾아달라고요?"

어이없다는 표정으로 바라본 성규에게 류가 어깨를 으쓱거리며 대답했다.

"대신 사람을 찾아내는 건 잘 해내잖아. 몇 달 전에도 살인범을 잡았고."

표정은 보이지 않지만, 슬슬 눈치를 보고 있다는 것은 알 수 있었다.

"그건 아저씨 도움이 컸어요."

"그때 내 신세 진 건 잊지 않았겠지?"

"물론이죠. 어떻게 잊겠어요."

"그럼, 도와줘."

건조한 류의 말에 성규는 할 수 없이 고개를 끄덕거렸다.

"알겠습니다. 누굴 찾으면 됩니까?"

"이 동네에는 말이야. 삼십여 년 동안 비가 오나 눈이 오나 리어카에 막걸리를 싣고 다니면서 파는 아저씨가 있었어."

"그 아저씨요?"

당연히 얼굴은 모르지만, 냄새로는 익숙한 사람이었다. 시큼한 막걸리 냄새와 출렁거리는 듯한 목소리를 가진 아저씨는 골목길을 구석구석 누비면서 막걸리를 팔았다. 늘 우렁찬 목소리로 인사를 하고, 껄껄거리듯 웃으며 얘기를 나눴다. 발걸음 소리로 봐서는 한쪽 발이 불편한 것 같았지만 목소리는 천진난만하기 이를 데 없었다.

"사라졌어. 감쪽같이."

"왜요?"

"질문이 틀렸어."

손가락을 좌우로 까닥거린 류가 건조한 목소리로 덧붙였다.
"어떻게 사라졌느냐가 문제지."
"그럼 저도 질문을 하죠. 왜 아저씨가 그 사람을 찾습니까?"
"여긴 내 나와바리니까."
"그래서 망원동에 사는 사람들을 모두 통제해야 한다는 얘긴가요?"
차갑고 짧은 침묵이 흐른 후에 류가 대답했다.
"나나 막걸리 아저씨는 모두 그림자 같은 존재야. 이름도 모르고, 얼굴도 모른 채 그냥 스쳐 지나가는 그림자. 있으면 있는 거고, 없어져도 이상하거나 돌아보지 않지. 아무도 그림자에는 신경 쓰지 않으니까 말이야."
"언제부터 안 보인 겁니까?"
"2주가 넘었어."
한숨을 내뱉은 류가 팔짱을 풀면서 덧붙였다.
"예전 독감에 걸렸을 때 일주일 정도 못 나온 게 가장 오래 쉰 거였어."
"경찰에 실종 신고를 하시죠?"
성규의 대답에 류가 픽하고 웃는 소리를 냈다.
"그림자에게는 아무도 관심을 가지지 않아. 같은 그림자 빼고는."
대답을 들은 성규는 저도 모르게 웃고 말았다. 그의 웃음소리가 크게 들리자 카페의 사장이 안경을 끌어 올리면서 이쪽을 바라보았다. 역시 표정은 보이지 않았지만 아마도 궁금증과 호기심일 것이다. 웃음을 가라앉힌 성규가 물었다.

"왜 저한테 부탁하는 겁니까?"

"사람의 얼굴을 못 알아보는 것 빼고는 관찰력이나 집요함이 남다르니까."

"아무리 그렇다고 해도 아무 단서도 없이 찾지는 못합니다."

"잠깐만."

류가 끙, 하는 소리와 함께 주머니에서 꼬깃꼬깃한 종이를 꺼내 책상 위에 올려놨다.

"글씨는 볼 수 있지?"

"뭡니까? 이게."

"막걸리 아저씨가 사라지기 전에 다녔던 음식점들이야."

"어딘지 알고 있으면 직접 찾아보지 그러셨어요?"

성규의 물음에 류가 어깨를 으쓱거렸다.

"난 얼굴이 너무 팔려서 말이야."

"그럼 그 사람들 중에 용의자가 있다는 뜻입니까?"

"실종되기 얼마 전에 막걸리 아저씨가 하소연한 적이 있었어."

"어떤 하소연이요?"

잠시 뜸을 들이던 류가 대답했다.

"막걸리를 받은 가게 주인들이 외상값을 안 갚는데."

"손님들한테 파는 거 아니었나요?"

"손님한테도 팔지만 가게 주인들에게도 팔았나 봐. 많이 나가지 않으니까 그냥 몇 병씩 받는 거지. 그런데 한 달에 한 번 수금할 때 몇 군데는 오리발을 내밀었나 봐."

"장사가 안되니까 그런가 보네요."

혀를 찬 성규의 말에 류가 콧방귀를 뀌었다.

"아무리 그래도 그렇지, 다리도 불편한 아저씨가 리어카를 끌고 다니면서 파는 막걸릿값을 떼먹어? 그게 얼마나 한다고 말이야."

성규는 더한 사람도 얼마든지 있다고 말하려고 했지만 그냥 입을 다물었다. 그가 침묵을 지키자 류가 몸을 앞으로 기울였다.

"여기 적힌 가게 주인들이 외상값을 안 갚은 곳이야."

"그거랑 막걸리 아저씨의 실종이랑 연관이 있다고 생각하시는 거예요?"

"많아봤자 몇십만 원일 텐데 그걸로 사람을 죽이거나 어떻게 했을 리가 없다고 생각하는 거지?"

성규가 대답 대신 고개를 끄덕거리자 류가 고개를 절레절레 저었다.

"세상에는 더한 사람도 많아. 몇만 원 가지고 시비가 붙어서 사람을 죽이는 것도 비일비재하다니까. 언론을 타지 않아서 그렇지."

"그러니까 여기 적힌 사람들 중 한 명이 막걸리 아저씨의 실종과 관련이 있다고 생각하시는 건가요?"

"아저씨가 거기 적힌 사람들을 찾아간다고 했거든. 외상값을 갚으라는 얘기를 하려고 말이야. 그리고 사라졌지. 감쪽같이."

비염이 있는 류가 얘기를 마치고 코를 킁킁거렸다. 잠시 생각하던 성규가 물었다.

"저보고 이 명단에 적힌 가게 주인들을 찾아다니면서 누가 용의자인지 확인해달라는 말씀이신가요?"

"맞아. 용의자만 점찍어주면 내가 탈탈 털어볼게."

"본인을 너무 높게 보시는 거 아닙니까?"

"공권력은 우리 같은 그림자들에겐 관심이 없으니까, 힘없는 사람들끼리 나서야지."

"어떻게 할 건데요?"

"가게 앞에 진을 칠 거야. 그림자들이 가리면 가게는 안 보이니까."

류의 목소리가 높아지자 책을 보고 있던 카페 홈즈의 사장이 고개를 들었다. 성규가 남은 커피를 마셨다.

"일단 만나 보기는 할게요."

"고마워. 사실은 안 들어줄 것 같았는데."

"그림자끼리는 서로 도와야 한다면서요."

성규는 껄껄거리는 류를 바라보면서 가게 주인들의 이름이 적힌 쪽지를 챙겼다.

**

망원동 거리는 한산했다. 날씨가 더워서 그런 것 같다고 생각하며 성규는 망원동 우체국 사거리의 건널목 앞에서 신호를 기다렸다. 쪽지에 적힌 가게 중 한 군데가 근처에 있어서 거기서부터 가게들을 돌아볼 생각이었다. 건널목에서 기다리는데 빨간색 점퍼를 걸친 아주머니가 다가와 전단지를 건넸다. 얼굴은 보이지 않지만 아마 바깥바람을 오래 쐬어서 지치고 피곤해 보였을 것이다. 전단지를 받는데 희미한 막걸리 냄새가 났다. 막걸리 특유의 톡 쏘는 듯한 알코올 냄새에 성규는 망원동 거리를 누비던 막걸리 아저씨를 떠올렸다. 그때 신호가 바뀌고 성규는 전단지를 작게 접어 주머니에 넣고는 발걸음을 뗐다.

첫 번째 들린 곳은 무한리필 연어 가게였다. 사장은 깡마르고 키가 컸다. 반백의 머리에 사각형 안경을 쓰고 있어서 다소 나이가 들어 보였지만 손등이나 목덜미에 주름이 없는 것으로 봐서는 삼십 대 후반쯤으로 보였다. 점심이 지난 오후라 가게 안은 한산했다. 포스를 다루고 있던 그는 누가 봐도 사장처럼 보였다. 손님이 들어오는 줄 알았는지 고개를 든 그가 어서 오세요, 라는 의례적인 인사를 했다. 하지만 내가 안으로 들어가지 않고 입구에 어정쩡하게 서 있자 곧장 다가왔다.

"무슨 일로 오셨습니까?"

"막걸리 아저씨 일로 왔습니다."

"누구요?"

귀찮다는 말투 사이에 살짝 떨림의 파장이 느껴졌다. 안면실인증이 생긴 이후 사람들의 내뱉은 말이 구분된다는 사실을 알게 되었다. 같은 단어를 얘기해도 어떤 생각을 하는지에 따라 미묘한 차이가 느껴졌다. 마임을 하면서 뭔가 감추고 있거나 생각이 복잡한 경우 말투가 약간 떨렸다. 물론 그것조차도 조절하는 사람이 있긴 했지만, 대부분은 무의식 혹은 애써 감추려고 하는 티가 역력했다. 안경 낀 연어 가게 사장은 전자였다. 성규는 다시 힘주어 말했다.

"막걸리 아저씨요. 리어카 끌고 다니면서 막걸리 파는 아저씨 모르세요?"

마지막에 목소리 톤을 무겁게 했다. 그러자 연어 가게 사장이 아는 척을 했다.

"아! 황 씨 아저씨요?"

초보 연극배우의 과장된 말투랑 너무 닮아서 웃음이 나올 것 같아 성규는 아랫입술을 깨물었다.

"그런데 무슨 일로?"

"최근에 아저씨가 안 보여서요."

"그런데 무슨 일로…."

"아! 아저씨가 막걸리를 외상으로 가져가셔서요. 사장님이 연락이 안 된다고 찾아보라고 하셔서 다니는 중입니다."

성규가 짜증이 난다는 표정으로 말하자 연어 가게 사장은 안도의 한숨을 쉬는 것 같았다.

"그러고 보니 나도 못 본 지 오래되었네요."

"마지막으로 본 게 언제였나요?"

"글쎄요."

슬쩍 벽에 붙은 달력으로 고개를 돌린 연어 가게 사장이 덧붙였다.

"2주쯤 된 거 같아요."

"마지막에 만났을 때 이상한 얘기나 조짐은 없었나요?"

"아시잖아요. 늘 웃고 다니시고 몇 병 받을지 주문만 받으셔서요."

더 할 말이 없다는 듯 연어 가게 사장은 계산대로 돌아갔다. 그때 뒤쪽 주방에서 누군가가 고개를 살짝 내미는 게 보였다. 지저분한 앞치마를 두른 것으로 보아 주방에서 일하는 직원 내지는 아르바이트생 같았다. 얼굴은 보이지 않았지만 뭔가 할 말이 있다는 몸짓이었다. 하지만 가게 안에서는 얘기를 나누기 어려울 거 같아서 일단 인사를 하고 밖으로 나왔다. 안쪽에서는 안 보이는 광고판 옆으로 가서 잠시 기다리자, 예상대로 앞치마를 입은 남자가 쓰레기봉투를 실실 끌며 나왔다.

골목길 안쪽의 통에 쓰레기봉투를 넣은 직원이 담배에 불을 붙였다.

"막걸리 아저씨 찾으러 온 거죠?"

"네."

"아까 사장이 2주 전쯤 봤다고 하는 걸 들었는데요."

"맞아요."

"거짓말입니다."

딱 잘라 말한 직원이 담배를 한껏 빨아들이더니 코로 내뿜었다. 연기가 사라질 때까지 기다린 다음 물었다.

"그럼 언제 왔습니까?"

"일주일 전에요. 비가 많이 오던 날, 리어카 없이 그냥 찾아왔어요."

"항상 끌고 다니잖아요."

"그날은 빈손으로 왔어요. 그리고 외상값 좀 갚으라고 얘기했는데 사장이 쫓아냈어요."

"뭐라고 하면서요?"

"장사도 안 되는데 재수 없다고 하면서요. 사실 10만 원 정도만 달라고 했는데 그게 없다고 개 진상을 떨었죠."

"막걸리 아저씨는 어땠는데요?"

"어디 아픈 것처럼 보였어요. 그래서 병원비나 약값을 하려고 외상값을 갚으라고 한 것 같아서 그냥 주는 게 어떠냐고 했다가 잔소리만 들었죠."

"가게를 나와서 어디로 가는지는 봤어요?"

"아뇨. 주방에서는 바깥이 안 보입니다."

얘기를 마친 직원이 담배꽁초를 바닥에 비벼 끄면서 말했다. 그가 떠난 후에도 담배 연기는 골목길에 안개처럼 남았다.

그다음 목적지는 순댓국집이었다. 노인이나 상인들만 드나들던 곳이었지만 매스컴에 소개되면서 갑자기 인기를 끌었고, 그러면서 손님들이 넘쳐나게 되었다. 성규가 도착한 시간은 점심과 저녁 사이였고, 한여름이었는데도 사람들로 북적거렸다. 안으로 들어가기 애매해 밖에서 서성거리는데 수건을 두른 할머니가 문을 열고 나왔다.

"안에 자리 있어."

"식사하러 온 게 아니라 뭐 좀 여쭤보려고 왔어요. 혹시 막걸리 아저씨 마지막으로 보신 게 언제예요?"

"황 씨? 그러고 보니 한 일주일 된 거 같은데?"

고개를 갸웃거린 할머니가 카랑카랑한 목소리로 대답했다.

"그때도 리어카 끌고 왔나요?"

"어, 그러고 보니까 그냥 왔었네."

"외상값 갚아달라고 했나요?"

"그치, 별로 안 팔려서 다음에 오라고 했는데 부득부득 달라고 해서 3만 원인가 챙겨줬어. 그런데 왜?"

"막걸리를 떼어갔는데 갑자기 사라지셨어요."

아까 했던 거짓말을 하자 할머니가 손사래를 치는 게 보였다.

"십 년 넘게 여기서 막걸리를 판 사람이야. 어디 아파서 병원에 있겠지."

"저도 잘 아는데 사장님이 한번 알아보라고 하셔서요."

"오면 찾고 있다고 얘기해줄게. 명함 있으면 하나 줘 봐."

"제가 다음에 다시 들를게요. 고맙습니다."

인사를 한 성규는 혹시나 정체가 들통날까 봐 자리를 떴다. 돌아서는 그에게 할머니의 목소리가 들렸다.

"황 씨, 나쁜 사람 아니니까 사장님한테 잘 말해줘."

성규는 고개도 돌리지 않고 알겠다고 대답했다.

***

그날, 해가 저물 때까지 쪽지에 적힌 일곱 군데의 음식점을 다니면서 막걸리 아저씨의 행방을 알아보았다. 대략 일주일 전쯤에 리어카 없이 외상값을 달라고 했고, 두 번째 들린 순댓국집을 빼고는 다들 돈을 주지 않았다는 공통점이 있었다. 망원 월드컵 시장 앞 거리에서 만난 류에게 그 얘기를 들려주자 그가 고개를 갸웃거렸다.

"갑자기 돈이 필요했나?"

"집안에 무슨 일이 생긴 거 아닙니까?"

"가족은 없어."

"확실합니까?"

"이십 년 전부터 망원동 뒷골목에서 혼자 살아. 나도 그 집에 몇 번이고 가봤어. 오래전에 왕래가 끊어졌다고 하더군."

"갑자기 찾아와서 돈을 요구했을 수도 있지 않습니까?"

"막걸리 아저씨의 인생에서 더 이상 가족은 없어."

딱 잘라 말하는 류의 말에 성규는 말없이 고개를 끄덕거렸다. 그 역시 가족과는 거의 연락이 끊긴 상태였다. 지난번 사건을 해결하면서 누명을 벗긴 했지만, 오랫동안 끊긴 가족의 정이 한 번에 연결되지는 않았다. 특히, 더는 연락하지 말라고 한 아버지는 누명을 쓴 거니까 용서해주라는 주변의 얘기에 아들이 뭔가 잘못했으니까 그런 일에 연루된 것이라면서 고집을 부렸다. 소용돌이치는 생각을 정리한 성규가 류를 바라보았다.

"그럼 본인 때문에 급한 돈이 필요했다는 얘기네요."

"마지막에 만났을 때 의기소침하긴 했지만 심하게 아프지는 않았어. 도박 같은데 빠질 성격도 아니고 말이야."

"일단 집에 가서 살펴보겠습니다. 거기서 단서가 안 나오면 포기할게요."

"주소랑 도어록 비밀번호는 카톡으로 보낼게."

어이가 없어진 성규가 물었다.

"비밀번호까지 알아요?"

"우리끼리는 공유해. 혹시 연락이 없으면 들어가서 살펴봐야 하니까."

"그러다 누가 도둑질이라고 하면 어쩌려고요?"

"가져갈 것도 없어. 그러니까 그림자들이지."

류와 헤어지고 잠시 후, 경쾌한 알림음과 함께 카톡으로 막걸리 아저씨의 집 주소와 비밀번호가 왔다. 주소는 성미산과 모래내 사이의 미로 같은 골목길 어딘가였고, 비밀번호는 아주 단순하게 4321이었다. 해가 뉘엿뉘엿 저물고 있어서 내일 갈까 하다가 그냥 발걸음을 옮겼다. 어차피 혼자 사는 집이라 벽이 있다는 점을 제외하고는 거리와 다를 바가 없었다.

목적지가 가까워지면서 골목이 점점 좁아지고 지저분해졌다. 망원동이 핫플레이스가 되면서 망리단길이라는 용어도 들렸지만, 큰길에서 벗어난 곳에서는 아직도 허름하고 작은 거처들이 많았다. 성질 급한 가로등이 아직 해가 떨어지지 않은 세상에 빛을 뿌렸다. 가로등 기둥에는 직업소개소를 비롯한 정체가 의심스러운 곳의 광고 스티커들이 다닥다닥 달라붙어 있었다.

막걸리 아저씨의 집은 오르막길 중턱의 버스 정류장 근처에 있었다. 작은 광장처럼 도로들이 교차하면서 만들어낸 공간에는 낡은 슈퍼와 전파상들이 보였다. 그곳에 서서 주변을 돌아보던 성규는 믿음교회라는 작은 교회가 수문장처럼 버티고 있는 골목길 안쪽으로 들어섰다. 허리가 굽은 할머니가 보행기를 밀면서 나오는 중이었다. 얼굴은 보이지 않지만 자글자글한 주름과 삶에 지칠 대로 지친 눈빛을 하고 있을 것이 분명했다. 할머니를 지나쳐서 안으로 들어가자 골목길은 더 좁아졌다. 그 골목길 끝에 파란색 대문이 보였다. 그 집 반지하에 막걸리 아저씨의 집이 있었다. 대문 앞에 선 성규가 주변을 돌아보았다.

"리어카를 둘 만한 곳이 없는데?"

두는 건 둘째치고 끌고 들어오는 것조차 힘들 지경이었다. 그런 의문점을 가지고 대문을 슬쩍 밀었다. 닫혔을 줄 알았던 대문이 힘없이 열렸다. 삐걱거리는 대문 안에는 항아리와 플라스틱 양동이, 흙이 묻은 비닐 같은 것들이 널려 있는 마당이 보였다. 담장 쪽에는 벽돌로 작은 밭까지 만들어 두었지만, 자라는 것은 아무것도 없었다. 정면으로 보이는 계단 위쪽에는 주인이 사는 집으로 보였다. 오른쪽 모서리에 지하로 내려가는 계단이 보였는데 그곳이 막걸리를 파는 황 씨 아저씨가 사는 곳 같았다. 조심스럽게 다가가서 계단을 내려다보자 왼쪽에 알루미늄 창틀에 유리가 달린 문이 보였다. 머리가 부딪칠 정도로 낮은 계단을 내려가서 문 앞에 섰다. 안쪽이 보이지 않는 유리창에는 열쇠 수리와 보일러 수리 광고 스티커가 붙어 있었다.

손잡이 위에 있는 붉은색 도어록의 비밀번호를 누르자 삐리릭, 하는 소리와 함께 슬쩍 열렸다. 안에서 처음 모습을 드러낸 것은 어둠이었다. 예상과는 달리 긴 통로 같은 게 나왔는데 왼쪽은 부엌이었고, 오른쪽은 나무문이 두 개 보였다. 어린 시절 잠깐 살았던 집과 비슷한 구조여서 익숙했던 성규가 중얼거렸다.

"이런 집이 아직도 남아 있었어?"

현관문과 가까이 있던 쪽의 문은 화장실 같았다. 나머지 하나가 방인 것 같았는데 특이하게도 신발들이 엄청 많았다. 대부분은 캔버스 운동화나 슬리퍼였다. 그가 기억하는 막걸리 아저씨는 발목까지 올라오는 농구화나 운동화를 많이 신었다.

"혼자 산다고 하지 않았나?"

문을 열려고 했는데 안에서 잔뜩 긴장한 숨소리가 희미하게 들려왔다. 한두 명이었다면 몰랐겠지만 여러 명이 한꺼번에 내뿜는 수준이라서 안면실인증 이후 여러 감각이 발달한 성규에게는 어렵지 않게 느껴졌다.

분위기가 심상치 않게 돌아가자 성규는 현관문 쪽으로 천천히 뒷걸음질 쳤다. 문 앞에서 돌아서는데 금발 머리 여자와 눈이 딱 마주쳤다. 잠시 금발 머리 외국인으로 생각했지만 내지르는 비명 소리는 영락없이 한국 사람이었다. 그러면서 문이 벌컥 열렸고, 한 무리의 청소년들이 마치 좀비처럼 쏟아져 나왔다. 제일 앞에 있던 러닝셔츠 차림의 깡마른 남자아이가 대뜸 주먹을 휘둘렀다. 턱을 한 대 맞은 성규는 뒤로 비틀거리며 물러났다가 곧바로 반격했다. 복부를 펀치로 맞은 남자아이가 비명을 지르면서 뒤로 넘어졌다. 그 사이, 금발 머리 여자아이가 머리를 움켜잡았다. 앞뒤로 포위당한 성규는 부엌 쪽에 있는 물건을 닥치는 대로 던졌다. 날아간 냄비에 머리를 맞은 누군가의 비명 너머로 죽여 버리라는 거친 목소리가 들렸다. 좁고 어두운 곳에서 뒤엉켜 싸우다 보니까 자기들끼리도 주먹질을 하는 경우가 많았다. 그러다가 누군가 떠미는 바람에 한 덩어리가 되어서 우당탕 넘어지고 말았다. 비명과 그릇들이 떨어지는 소리가 메아리치자 위층에서 강아지의 짖는 소리가 들렸다. 그러자 아이들은 일제히 약속한 것처럼 움직임을 멈췄다.

그 틈에 빠져나가려고 몸을 일으키려는데 머리를 움켜쥐었던 금발 머리 여자아이가 속삭였다.

"조용히 있어요. 위층 할머니가 한 번만 더 시끄럽게 하면 가만 안 놔둔다고 했어요."

"뭐라고?"

얼떨떨한 성규의 물음에 금발 머리 여자아이가 입에서 쉿 소리를 내며 조용히 하라는 얘기를 했다. 분위기에 휩쓸린 성규도 덩달아 입을 다물고 천정을 바라보았다. 강아지가 이리저리 뛰어다니면서 시끄럽게 떠들자 할머니의 목소리가 들렸다. 정확히 들리지는 않았지만, 조용히 하라고 했는지 강아지의 짖는 소리가 잠잠해졌다. 맨 처음 그에게 주먹질하고 반격을 당했던 러닝셔츠 차림의 남자아이가 한숨을 쉬었다.

"큰일 날 뻔했네."

그리고는 성규를 바라보며 말을 이었다.

"아저씨 누구예요?"

그가 대답하려는 찰나, 금발 머리 여자아이가 끼어들었다.

"방에 들어가서 얘기해. 여기서 떠들면 위에 들릴 수도 있어."

러닝셔츠 남자아이가 고개를 끄덕거리고는 반쯤 열린 방 안으로 들어갔다.

방 안은 어둠만큼이나 퀴퀴한 냄새로 가득했다. 그나마 빛이 들어오는 창가 쪽에는 옷더미들이 쌓여 있었고, 바닥에는 반쯤

먹다 남은 컵라면과 햇반들이 보였다. 침대 위에는 속옷과 추리닝들이 어지럽게 널려 있었고, 비닐 껍데기가 마치 비늘 껍질처럼 바닥에 붙어 있었다. 대충 봐도 열 명에 가까운 아이들이 옹기종기 모여 있었는데 대부분 십 대 중후반의 남녀였다. 러닝셔츠 남자아이가 우두머리였는지 그나마 앉을만한 침대 모서리에 앉았고, 나머지는 벽이나 문가에 기대앉았다. 금발 머리 여자아이가 빈 페트병을 발로 툭 차서 자리를 만들었다.

"여긴 왜 왔어요?"

금발 머리 여자아이의 손목 안쪽에는 문신들이 그려져 있었다. 거기다 전체적으로 건들거리는 몸짓에서는 평범하지 않은 삶의 냄새가 풍겼다.

"여기 사는 아저씨 만나러 왔어. 리어카에 막걸리를 싣고 파는 아저씨."

"지금 어디 있는지 몰라요."

"그럼 너희들은 누구야? 왜 남의 집을 자기 집처럼 쓰는 거지?"

"여긴 우리 집이에요."

금발 머리 여자아이의 대답에 성규는 주머니에서 핸드폰을 꺼냈다.

"그럼 경찰 불러서 여기가 누구 집인지 물어볼까?"

잠자코 있던 러닝셔츠 남자아이가 말했다.

"아저씨!"

"왜?"

"나랑 따로 얘기 좀 해요. 밖에서."

그라피티가 그려진 골목길 안쪽으로 나간 러닝셔츠 남자아이는 담배를 하나 빼서 입에 물었다. 축 늘어진 추리닝에 삼선슬리퍼를 신은 남자아이는 몸에 담배와 알코올 냄새가 짙게 밴 것으로 보아 정상적으로 학교에 다니거나 부모의 보살핌을 받는 것 같지는 않았다.

"그 아저씨랑 무슨 관계예요?"

"빚쟁이. 돈을 안 갚고 잠수를 타서 찾으러 왔어."

"진짜요?"

"그러니까 비밀번호도 알지. 너희들은 뭐야?"

"또 하나의 가족이요"

"그거 옛날 광고 문구거든."

"진짜라니까요. 원래 집에서 쫓겨난 아이들끼리 모인 거예요."

"쉽게 말해서 가출팸이라 이거잖아."

성규의 말에 남자아이가 고개를 저었다.

"우린 성매매나 퍽치기 같은 거 안 해요."

"그럼?"

"오토바이 배달 일해요."

은근한 자부심이 풍기는 대답과 함께 날아오는 담배 연기를 피하고자 한 걸음 뒤로 물러난 성규가 물었다.

"그런 건 관심 없고, 왜 막걸리 아저씨 집에 모여 사는지 말해

봐.”

“아저씨가 우리보고 살라고 했어요.”

“그 아저씨는 어디로 가고?”

“모르죠, 그건.”

고개를 끄덕거리는 척하던 성규는 번개처럼 손을 뻗어서 남자아이의 목을 움켜잡고 담장에 밀어붙였다. 그리고 손에 들고 있던 담배를 뺏어서 얼굴에 바짝 붙였다. 얼굴이 보이지는 않았지만 비명과 손을 통해 떨리는 게 느껴졌다.

“나랑 장난해? 곱게 말로 하니까 만만해?”

“그게 아니라.”

“그 아저씨는 이십 년 넘게 막걸리 팔면서 망원동의 건달이란 건달들은 다 알고 지내. 걔들한테 아작나 볼래? 거기까지 갈 필요도 없겠네. 윗집 주인 할머니한테 얘기하면 당장 쫓겨날 거 같은데?”

“아, 아저씨! 이거 좀 놔요.”

“풀어줄 테니까 제대로 얘기해. 안 그러면 얼굴에 담배빵 놔버릴 테니까.”

목덜미를 잡은 손을 느슨하게 하자 러닝셔츠 남자아이가 숨을 몰아쉬었다.

“그 아저씨가 우리한테 집을 쓰라고 했어요.”

“왜?”

“유나를 좋아했거든요.”

"걔가 누군데?"

"금발 머리요."

"그 아이를 좋아해서 집을 줬다고?"

납득이 안 된 성규의 물음에 남자아이가 고개를 끄덕거렸다.

"석 달 있다가 재계약인데 그때까지 쓰라고 했어요. 어차피 자기는 방을 뺄 생각이라고 하면서 말이죠."

"어디로 간다는 얘기는 없었고?"

"알아서 할 테니까 걱정하지 말고, 대신 너무 시끄럽게 하면 주인 할머니가 화를 낼지 모르니 조용히 지내라고 했어요."

"마지막으로 본 게 언제야?"

"이, 아니 일주일 정도요. 그전에는 매일 왔어요."

"그러던 사람이 일주일이나 안 오면 궁금하지 않아?"

"전화도 해보고 카톡도 남겼어요. 그런데 전화는 안 받고 카톡도 읽씹 중이라 우리도 궁금하던 참이었다고요."

진짜인지 가짜인지는 따져봐야겠지만 대략 어떻게 돌아가는지는 알 것 같았다. 담배를 바닥에 떨어뜨린 성규는 러닝셔츠 남자아이에게 말했다.

"가서 유나 불러와."

"걔는 왜요?"

"그건 알 거 없고, 그리고 최대한 빨리 집 비워라."

"아저씨가 우리한테 써도 된다고 했어요."

"이 멍청아! 지금 실종 상태인 거 몰라? 너희들이 첫 번째 용의자야."

"우린 아직 미성년자라서 처벌받지 않는다고요."

"그렇지, 하지만 그렇게 싫어하는 부모한테 가야 할 거야."

"아씨!"

"좋은 말할 때 시키는 대로 해라."

뒷머리를 벅벅 긁은 남자아이가 대꾸했다.

"알았다고요. 잠깐 기다려보세요."

담벼락에 가래침을 뱉은 러닝셔츠 남자아이가 대문 안으로 들어갔다. 잠시 후, 금발 머리 여자아이가 모습을 드러냈다.

"뭐예요?"

"물어볼 게 있어서."

"광태가 아저씨보고 조폭 같다고 하던데요."

"장님이야. 눈뜬장님."

안면실인증을 빗댄 얘기였지만 금발 머리 여자아이는 이해가 가지 않는다는 듯 고개를 살랑살랑 흔들었다.

"요즘 꼰대들은 말을 너무 어렵게 한다니까."

"러닝셔츠, 아니 광태가 그러는데 막걸리 아저씨가 널 좋아해서 이 집을 넘겨줬다며?"

"안 믿기세요?"

"그 아저씨는 막걸리만 좋아했거든."

"한 달 전쯤에 만났어요."

"어디서?"

"저 아래 공원이요. 일 마치고 앉아 있는데 아저씨가 와서는 말을 걸었어요. 팔다 남은 막걸리라면서 하나 건네줬고요."

"그다음은?"

"자기도 가족이 있는데 못 본 지 오래되었다고 했어요. 그래서 제가 가족사진 보여주면서 이런저런 얘기를 하다가 일어나려니까 아저씨가 자기 집에 가자고 하더라고요."

생각지도 못한 말에 어안이 벙벙했지만 따지고 보면 막걸리 아저씨도 홀로 사는 남자였다. 성규의 표정이 복잡한 걸 보고는 유나가 코웃음을 치는 소리가 들렸다.

"사실 나도 아저씨가 마음에 들었어요. 다른 사람들처럼 대놓고 달라고 하지 않았으니까요. 그렇게 하룻밤 지내고 아저씨가 갈 곳이 없으면 머물라고 했어요."

"그건 너한테만 해당되는 건데 왜 패거리들을 끌고 들어온 거야?"

"그럴 생각은 아니었는데 광태가 듣고는 패거리들을 끌고 들어왔어요."

"아저씨는?"

"자기가 다른 곳으로 가겠다고 했어요."

"황당하군."

"원래 인생이 그래요."

유나의 말에 성규가 코웃음을 쳤다.

"얼마나 살았다고 그딴 소리를 해?"

"열두 살부터 가출해서 살았어요. 아저씨는 길바닥이 얼마나 지옥 같은 곳인 줄 모르죠?"

유나는 그 얘기를 하면서 가발을 벗었다. 그러자 짧게 자른 검은 머리가 드러났다.

"요즘 아저씨들이 금발 머리를 좋아해서요. 백마 타는 기분을 느낀다고 하던데요."

"마지막으로 연락된 게 언제야?"

"잠깐만요."

주머니에서 핸드폰을 꺼낸 유나가 이리저리 살펴보다가 대답했다.

"일주일 정도 되었네요."

"그 이후에는 없고?"

"광태가 몇 번 연락했는데 안 받았데요. 저도 한 번 전화했는데 안 받았고요."

"궁금하지 않았어?"

신경질적으로 손톱을 물어뜯은 유나가 얼버무렸다.

"걱정이 되긴 했지만…."

"마지막으로 연락했을 때 이상한 점 없었어?"

"사진을 한 장 보냈어요."

보여달라는 손짓을 하자 유나가 핸드폰을 돌려서 화면을 보여줬다.

"밤중에 어딜 가면서 보낸 거 같아요."

핸드폰에는 가로등이 환하게 밝혀진 풍경이 보였다. 밤하늘을 찍은 것 같았는데 구석에 아파트 단지와 빨간색 십자가가 눈에 들어왔다. 사진을 확대하자 교회 이름이 희미하게 보였다. 이름을 외운 성규는 사진 아래 적혀 있는 막걸리 아저씨의 카톡 내용을 확인했다. 유나라는 이름 아래, 사는 게 힘들지만 잘 버텨보자는 뉘앙스의 얘기가 적혀 있었다. 날짜와 시간을 확인한 성규가 아까 보여준 사진을 핸드폰으로 찍으면서 중얼거렸다.

"외상값을 받으려다가 실패하고 난 다음이군."

그럴 가능성은 희박했지만, 외상값을 주기 싫은 가게 주인 중 누군가가 손을 쓴 건 아니라는 것은 확실해졌다.

"광태한테 빨리 방 비우라고 했다면서요."

"남의 집에 사는 건 기생충이나 다름없지."

"우린 주인한테 허락받고 쓰는 중인데 아저씨가 무슨 상관이에요?"

"허락인지 협박인지, 사기인지 어떻게 알아? 그리고 눈이 오나 비가 오나 망원동을 리어카 끌고 누비던 사람이 일주일이나 자취를 감췄어. 왜 그런 거 같아?"

"떠났겠죠. 우리 아빠처럼요."

"그림자는 그렇게 쉽게 떠나지 못해. 만약 막걸리 아저씨가 이대로 사라지고 너희들이 집을 차지한 걸 알면 경찰은 아주 좋아할 거야. 내 말 무슨 소리인지 알겠지?"

"우린 잘못한 게 없어요. 그냥 못 견뎌서 뛰쳐나온 것뿐이라고요."

"아까 그 친구 말이 배달로 먹고산다고 했는데 정말이야? 요즘에는 누가 어떻게 사는지 이유 같은 건 묻지 않아."

유나의 얼굴에 시선을 바짝 들이댄 성규가 나지막하게 덧붙였다.

"걸리적거리는 게 있는지 아닌지만 판단해. 아까 길바닥이 지옥 같다고 했지?"

성규의 물음에 유나가 살짝 겁먹은 몸짓으로 고개를 끄덕거렸다.

"우린 그 지옥 속에서 수십 년째 버티고 있어. 그러니까 쓸데없는 자부심 같은 거 부리지 마."

"네."

유나가 짧게 대답하자 성규가 얼굴을 뗐다. 얼굴이 보이지 않기 때문에 시선을 어디에다 두어야 할지 몰랐는데 이게 상대방에게 오히려 두려움을 준다는 것을 알게 된 이후 종종 써먹는 방법이었다.

"아저씨 눈은 정말 차가워요. 그런 눈은 한 번도 본 적이 없어요."

"장님이라서 그래."

"아무튼 우린 잘못한 거 없으니까 더는 찾아오지 마세요."

"잘못한 게 없으면 안 올게. 대신 잘못한 게 있으면, 지옥 끝까지라도 쫓아갈 거야."

유나의 얼굴은 보이지 않았지만 떨리는 말투로 봐서는 입술을 찡그린 게 분명했다.

"막걸리 아저씨랑 무슨 사이인데 그래요?"

"같은 그림자야."

짤막하게 대꾸한 성규는 돌아섰다. 그러자 머뭇거리던 유나가 말했다.

"나, 그 아저씨랑 안 했어요."

피식 웃은 성규가 돌아서서 물었다.

"그럼 손만 잡고 잔 거야?"

"아저씨는 바닥에서 잤고, 저는 침대에서 잤어요. 다음 날은 일찍 일어나서 나갔고요."

여전히 유나의 얼굴은 보이지 않았지만 서글픈 진실을 얘기하는 것 같았다. 성규가 계속 바라보자 유나가 도망치듯 말했다.

"그 아저씨는 다른 사람들이랑 좀 달랐어요."

"넌 그런 선량한 아저씨를 등쳐먹은 거네?"

유나는 아무 대답도 없이 대문 안으로 사라졌다. 그 뒷모습을 바라보던 성규는 다시 발길을 돌려 골목길을 빠져나왔다. 해가 저물면서 하늘에 까만 어둠이 내려앉았다. 집으로 돌아갈까 하고 생각하던 성규는 핸드폰을 꺼내 막걸리 아저씨가 보낸 사진을 다시 보았다. 시간대가 비슷해지는 걸 확인한 성규는 사진 속의 장소를 가보기로 했다.

****

막걸리 아저씨가 유나에게 보낸 사진 속의 장소는 망원동 끝자락에 있는 진원 아파트와 그 앞 상가에 있는 교회 사이의 길이었다. 분홍색으로 칠해진 아파트 벽면과 그걸 마주 보듯 뾰족하게 솟은 교회의 십자가 첨탑 사이에 선 성규는 하늘을 올려다보면서 막걸리 아저씨가 찍은 사진의 위치를 찾았다. 막걸리 아저씨는 갑자기 유나와 가까워졌고, 그 패거리들에게 자신이 오랫동안 살던 보금자리를 내어주었다. 그런데도 유나에게 화를 내지 않았다. 그가 아는 막걸리 아저씨라면 그러고도 남았을 것이다. 가끔 우울한 표정으로 지나가면 어깨를 툭 치며 팔다 남은 막걸리라면서 건네주었다. 그리고는 호탕한 웃음소리와 함께 리어카를 끌고 사라졌다. 선을 긋고 넘어오지 말라거나 넘어가지 않는 사람들이 점점 늘어나는 와중에도 자유자재로 선을 넘는 아저씨였다. 그런데 갑자기 외상값을 갚으라면서 가게를 찾아다니다가 실종되었다. 집에는 유나를 비롯한 가출팸이 자리를 잡은 상태였다.

"대체 무슨 일이 벌어진 거지."

모든 건 막걸리 아저씨를 찾아서 물어본 다음에야 확인될 것이다. 사진에 나오는 위쪽을 바라보면서 서 있던 그의 어깨를 누군가가 툭 치고 지나갔다. 고개를 돌리자 짙은 청록색 제복이 보였다. 어깨에는 호루라기가 줄이 걸려 있고 손에는 빗자루와 쓰레받기를 든 아파트 경비원이었다.

"뭐 떨어질 게 있다고 하늘을 그렇게 올려다봐?"

작은 체구에 백발, 그리고 힘없는 목소리로 봐서는 꽤 나이가 든 것 같았다. 그래도 껄껄 웃는 것으로 보아 이상하거나 나쁜 사람처럼 느껴지지는 않았다.

"친구가 이렇게 하늘을 봤거든요."

"요즘 멍하게 하늘을 보는 사람들이 늘어나네. 허허."

"여기에서 오래 일하셨나요?"

"팔 년쯤 됐지."

"그럼 막걸리 아저씨 아시겠네요?"

"아! 망원동에서 그 아저씨 모르면 간첩 아닌가? 허허."

"일주일 정도 안 보여서 찾고 있는 중입니다. 혹시 보신 적 있으세요?"

성규의 물음에 경비 아저씨가 고개를 저었다.

"그때는 휴가 갔을 때였어."

"그럼 그때 여기 경비는 누가 섰나요?"

"나 대신 김덕중 씨가 들어왔지. 그 사람도 여기서 오래 일한 사람이거든."

"그분이랑 얘기를 좀 나누고 싶은데요."

"안 나왔어."

"결근인가요? 아니면…."

"방금 교대했어. 집이 근처라 부르면 올 거 같긴 한데."

경비 아저씨의 얘기를 듣던 성규는 고개를 살짝 내밀어서 아파트 경비실을 바라보았다. 길가에 지어져 있어서 오가는 사람들을 잘 볼 수 있는 위치였다. 그러다가 그 위에 있는 시시티브이를 발견했다. 여러 대가 다닥다닥 붙어 있었는데 그중 한 대가 정확하게 그가 서 있는 쪽을 비추는 중이었다.

"아저씨! 저거 좀 볼 수 있어요?"

"뭐? 시시티브이? 함부로 못 열어봐."

손사래를 치는 경비 아저씨에게 성규가 핸드폰의 사진을 보여주었다.

"막걸리 아저씨가 마지막으로 있던 곳이 여기였어요. 일주일 동안이나 안 보였다고요. 그분 잘 아신다면서요?"

"일주일이나 안 보였다고? 보통 일이 아니구먼. 소장 퇴근했겠지?"

잠시 고민하던 경비 아저씨가 앞장서서 경비실 쪽으로 향했다. 그러다가 휙 돌아서서 물었다.

"그런데 우리 본 적 있지 않나?"

보통 때 같으면 대충 얼버무리고 넘어갔겠지만 마음이 급해진 성규가 곧바로 대답했다.

"안면실인증이 있어서 사람 얼굴을 못 알아봐요. 죄송합니다."

"아이고, 미안하네."

앞장서 걸어간 경비 아저씨가 문을 열고 안으로 들어갔다. 낡은 의자가 대부분의 자리를 차지한 경비실 옆에는 시시티브이 모니터들이 다닥다닥 붙어 있었다. 의자에 앉은 경비 아저씨가 허리를 숙여 앞에 있는 서랍장을 열었다. 그러자 여러 대를 연결한 것 같은 컴퓨터 본체 같은 게 보였다.

"가만있어보자. 일주일 전 몇 시쯤?"

"저녁 아홉 시. 장소는 아까 거깁니다."

"그럼 이쪽이겠네. 요즘은 기계가 복잡해져서 말이야. 다운을 받고, 열어야 해."

한참을 부스럭거린 경비 아저씨는 한숨과 함께 허리를 폈다.

"됐다."

작은 유에스비 저장장치를 꺼낸 경비 아저씨가 앞에 있는 컴퓨터의 본체에 쑤셔 넣었다. 그러자 날짜별로 정리한 폴더들이 주르륵 떴다.

"요청하는 주민들이 워낙 많아서 이렇게 다 다운받아놔. 일주일 전 경비실 오른쪽 골목이면 이거네."

경비 아저씨가 마우스를 몇 번 클릭하자 일주일 전 날짜가 찍힌 화면으로 바뀌었다. 경비 아저씨가 한숨과 함께 부스스 일어났다.

"순찰 돌고 올 테니까 알아서 좀 찾아봐. 누가 와서 물어보면 시시티브이 점검 중이라고 하고."

"연락처는요?"

"모니터 모서리에 적혀 있는 게 내 번호야."

"잘 다녀오세요."

빈 의자에 앉은 성규는 시시티브이가 나오는 모니터를 뚫어지게 지켜보았다. 오가는 사람들의 무심한 발걸음과 가끔 시시티브이의 빛을 보고 날아드는 벌레들을 빼고는 이상한 게 없었다. 그러다 아홉 시 반쯤 한쪽 발을 절룩거리며 걷는 막걸리 아저씨의 뒷모습이 보였다. 그리고 아까 성규가 서 있던 곳에 멈춰 서더니 하늘을 향해 사진을 한 장 찍고는 그 자리에서 핸드폰을 바라보았다. 아마 유나에게 사진과 함께 카톡 메시지를 보내는 것 같았다. 잠시 후, 막걸리 아저씨는 멈췄던 발걸음을 떼기 시작했다. 그리고 화면 거의 끝에서 자동차 불빛이 지나간 후 아저씨는 마치 마법처럼 사라져버렸다.

"마지막 모습이군."

그 후, 막걸리 아저씨는 세상에서 자취를 감췄다. 마지막 순간은 찾았지만 어디로 갔고, 무슨 이유로 아직까지 연락이 안 되는지는 풀리지 않았다. 막걸리 아저씨의 모습이 보이는 화면을 계속 재생해서 보던 성규가 중얼거렸다.

"아저씨! 제발 응답 좀 해주세요. 어디로 가신 거예요?"

열 번쯤 반복해서 보던 성규의 눈에 이상한 것이 보였다. 마지막 장면에 나타난 자동차의 빛에 막걸리 아저씨가 빨려 들어간 것처럼 보였던 것이다.

잠시 후, 문이 열리면서 경비 아저씨가 들어왔다. 성규는 화면을 들여다보면서 말했다.

"아저씨! 저 끝에 뭐가 있어요?"

그러자 허리를 굽혀서 화면을 들여다보던 경비 아저씨가 기침을 하며 말했다.

"지하주차장 입구."

"가볼 수 있어요?"

"있긴 한데 왜?"

"막걸리 아저씨가 왜 사라졌는지 찾은 것 같아요."

의자에서 일어난 성규는 문을 열고 밖으로 나왔다. 그리고 화면에서 보였던 지하주차장 쪽으로 뛰어갔다. 뒤쪽에서 경비 아저씨가 숨을 헉헉거리면서 따라왔다.

지하로 내려가는 주차장 입구에는 차단봉 같은 것은 보이지 않았다. 주차장 입구는 작은 사거리로 되어 있었는데 맞은편은 산에서 내려오는 도로였다.

"사거리인데 신호등 같은 게 없네요."

"차들이 별로 안 다니는 곳이라 필요가 없지. 근데 여긴 왜 온 거야?"

성규는 대답 대신 엎드려서 바닥을 살펴보았다. 콘크리트로 포장된 바닥은 미끄럼을 방지하기 위해서인지 중간중간 둥근 홈 같은 것을 만들어 두었다. 그 홈들을 하나씩 살펴보던 성규는 드디어 원하던 걸 찾았다. 한숨을 쉰 그가 몸을 일으키자 경비 아저씨가 물었다.

"뭔데?"

"핏자국이요. 누가 이 앞을 지나가던 막걸리 아저씨를 차로 쳤어요.”

“지, 진짜?”

놀란 경비 아저씨의 말에 성규가 입구로 나가서 맞은편의 언덕을 올려다보았다.

“저기서 속도를 줄이지 않고 내려오다가 친 것 같아요. 차단봉이 없으니까 속도를 줄일 필요도 없었겠죠. 화면을 보니까 막걸리 아저씨가 마치 차의 불빛에 빨려 들어가는 것처럼 보였는데 사실은 차에 치여서 밑에 깔린 거 같아요.”

“그럼 신고를 했겠지. 설마 사람을 치고도 몰랐겠어?”

“몰랐을 수도 있어요. 저기 입구에 있는 하수구 철망이 꽤 덜컹거렸어요. 아마 저걸 치면서 생긴 충격으로 오해했겠죠.”

몸을 돌린 성규는 지하주차장 쪽으로 향했다. 천정의 전구에서 뿜어진 빛이 차들을 비추었다. 군데군데 난 미세한 핏자국들을 보면서 이리저리 살피던 성규는 기둥 옆에 섰다. 한동안 살펴보던 성규는 핸드폰을 꺼내 사진을 찍었다. 그리고 문자메시지를 보낸 다음에 슬쩍 뒤에 서 있는 경비 아저씨를 바라보았다.

“여긴 주로 누가 주차합니까?”

“관리사무소 사람들. 입주민들은 단지 안이나 큰길 쪽에 있는 지하주차장에 주로 주차하지. 여기는 재건축하기 전에 빌라 주차장이었는데, 작고 낮아 사람들이 잘 안 써.”

잠시 후, 핸드폰으로 예상했던 답변이 도착했다. 성규는 핸드폰을 주머니에 넣으면서 기둥 옆자리를 손가락으로 가리켰다.

"막걸리 아저씨를 차로 친 사람은 여기 주차한 모양이네요. 그리고 아마 차에서 내려서 알아차렸겠죠. 핏자국이 쭉 이어졌을 테니까요."

혀를 찬 경비 아저씨가 다가오면서 물었다.

"그런데 왜 신고를 안 했을까?"

슬슬 뒷걸음질 친 성규가 대답했다.

"그건 본인이 잘 알겠죠, 김덕중 씨."

놀란 상대방이 뭔가를 떨어뜨리며 물었다.

"사람 얼굴을 못 알아본다며?"

"얼굴만 못 알아볼 뿐이지 냄새나 손동작 같은 것으로 충분히 구분해요. 목소리를 감추려고 일부러 기침을 했지만 그 정도는 눈치챌 수 있죠."

"나는 몰라. 모른다고."

"경비 아저씨한테 문자가 왔는데 여기가 김덕중 씨가 출근할 때 타고 온 차를 주차하는 곳이라고 하던데요. 아까 그 아저씨한테 제 얘기 듣고 몰래 온 거죠?"

"맞아, 그냥 사고였어. 사고였다고."

김덕중의 하소연에 성규는 고개를 저었다.

"신고하셨다면 그랬을 겁니다. 하지만 시신을 숨기고, 흔적을 지운 순간부터는 사고가 아니라 살인입니다."

"어떻게 얻은 경비 자리인데."

망연자실하게 중얼거리던 김덕중은 후다닥 밖으로 도망쳤다.

성규는 천천히 뒤따라가면서 어둠 속으로 사라지는 그의 뒷모습을 물끄러미 바라보았다. 아까 주머니에 넣었던 핸드폰을 꺼내 류에게 전화를 걸었다.

"범인 찾았어요."

—그럼 막걸리 아저씨는 죽었다는 얘기야?

"네. 시신은 없지만 거의 확실해요."

—지금 어디야?

"진원 아파트 지하주차장 입구요. 큰길 쪽에 있는 곳 말고 교회 있는 쪽이요."

금방 가겠다고 말하고 류가 전화를 끊었다. 통화를 끝낸 성규는 경비실로 돌아왔다. 마침, 순찰을 마치고 돌아온 경비 아저씨가 말했다.

"어, 김덕중 씨 못 봤어? 아까 온다고 했는데?"

"잠깐 봤습니다."

그리고 성규는 무슨 얘기를 이어야 할지 몰라 뜻 모를 미소만 지었다.

*****

며칠 후, 성규는 카페 홈즈에서 류와 마주 앉았다. 달그락거리며 커피잔을 만지작거리던 류가 성규를 바라보았다.

"김덕중은 거제도에서 발견되었어."

"멀리도 튀었네요."

"야간에 운행하는 버스를 타고 도망친 거지. 그래봤자 경찰의 핸드폰 위치 추적을 피하지 못한 거고. 바닷가에 있는 식당에서 잠깐 실랑이를 벌였다가 잡혔데."

"막걸리 아저씨 시신은요?"

"김덕중이 타고 다니던 차 트렁크에."

쓰디쓴 말투로 내뱉은 류가 창밖을 바라보며 씨근덕거렸다.

"검시관 말이 차에 치여서 지하주차장까지 끌려갔을 때 중상이긴 했지만 숨이 붙어 있었데. 그런데 그 씨발 놈이 그냥 트렁크에 숨기는 바람에 죽은 거지."

"아저씨네 집에 살던 애들은요?"

"경찰한테 잡혀갔어. 얘기를 들어봤는데 가관이더라."

"뭐가요?"

"태광인가 광태인가 하는 놈이 막걸리 아저씨를 협박했나 봐."

"유나랑 잔 것으로요?"

"미성년자랑 잤다고 신고하겠다고 한 거지. 그래서 졸지에 살던 곳에서도 쫓겨났고."

"걔 얘기로는 손도 안 잡고 잤다고 하던데요."

"누가 그걸 믿어? 나이 든 아저씨가 가출한 미성년자를 집으로 데려가서 따 먹은 거로 보이잖아."

“그래서 막걸리 아저씨가 열심히 외상값을 걷으러 다녔나 봅니다.”

한숨을 쉰 류가 대답했다.

“그 새끼가 합의금을 자꾸 내놓으라고 했나 봐. 겁이 난 아저씨는 이리저리 돌아다니다가 사고가 난 거고 말이야.”

“결국 그 가출팸 때문에 막걸리 아저씨가 죽은 셈이네요.”

“씨발, 그건 너무 단순하게 보는 거고.”

류의 욕설 어린 대답에 여느 때처럼 책상에 앉아서 추리소설을 읽던 카페 홈스의 사상이 고개를 들었다. 딴청을 피우던 류가 내뱉듯이 대답했다.

“이 망할 놈의 세상이 범인이지.”

딱히 틀린 얘기는 아니라서 성규는 잠자코 막걸리 아저씨가 사라진 창밖의 망원동을 내려다보았다.

추리소설가의 집요함과 운명의 상관관계에 대하여

조영주

*

카페 홈즈에 한 여자가 들어섰다. 야구모자에 선글라스, 마스크를 쓴, 예전 같으면 눈길깨나 끌 복장이었다. 하지만 2020년 4월, 코로나바이러스가 전 세계적으로 유행 중인 최근에는 당연한 복장이었다. 이 단발머리 여자의 정체는 윤해환, 추리소설가다. 해환은 오랜만에 서울 망원동을 찾았다. 그간 해환은 코로나바이러스의 영향으로 남양주에서 자가격리 상태였다. 1월, 홍콩을 다녀온 직후 해환은 자가격리에 들어갔다. 증상이 음성으로 나와 2주 후 자가격리가 해지되었지만 어지간해서는 밖에 나가지 않았다. 혹시 나갈 일이 생기더라도 늘 마스크와 선글라스, 모자를 챙겼고, 엘리베이터에 타면 본능적으로 손 소독제부터 찾았으며, 돌아올 때면 출입문의 손잡이까지 소독해야 직성이 풀렸다. 해환이 사는 남양주의 소읍에서는 확진자가 한 명도 나오지 않았지만 불안한 건 어쩔 수 없었다. 오늘만 해도 더는 미룰 수 없는 회의가 아니었다면 서울까지 오지 않았다. 그래서 해환은 카페 홈즈에 들어가자마자 주문보다 먼저 사장이 묻지도 않은 이야기를 했으리라.

"저 홍콩 다녀왔습니다. 자가격리 끝나고 나온 겁니다."

카페 홈즈는 한산했다. 손님은 단 한 명뿐, 해환과 마찬가지로 모자에 선글라스, 마스크까지 쓴 남자뿐이었다. 남자는 카페 홈즈에서 요 네스뵈 자리로 통하는 테이블에 앉아 핸드폰을 들여다보고 있었다. 해환은 혹시 아는 작가라면 인사를 해야겠다고 생각했지만 얼마 지나지 않아 마음을 바꿨다. 요즘 같은 시기에 아는 척을 하는 것도 민폐일 것 같았다. 그보다 거리 계산이 우선이었다.

Q 남자 손님과 사장석에서 꼭짓점을 이루는 가장 먼 자리는 어디인가.

정답은 간단했다. 창고 앞자리.

해환은 창고 앞에 있는 테이블에 앉자마자 바로 소독에 들어갔다. 물티슈를 꺼내 손 소독제를 묻혀 테이블을 싹 닦은 후에도 선글라스와 모자, 마스크는 벗지 않았다. 사장이 주문한 아이스라테가 담긴 유리잔을 가져다 테이블에 놓은 후에도 마찬가지였다. 음료를 마실 때를 제외하고는 살짝이라도 마스크를 내리지 않았다. 그런 해환이 창밖의 은행나무를 멍청히 쳐다보다가 고개를 돌렸을 때 사장이 자신의 앞에 서 있는 모습을 보고 놀라 비명을 지른 것은 해환의 기준에서는 자연스러운 반응이었다.

사장은 A4 용지 몇 장을 든 채 해환의 앞에 서 있었다.

"이 괴문서 또 왔어요."

사장이 손에 든 괴문서는 팬데믹 사태가 벌어지기 전, 해환의 머릿속 고민이라고는 '어떻게 하면 제때 마감을 할 수 있을 것인가' 밖에 없었던 때에 가장 큰 카페 홈즈의 미스터리였다.

언젠가부터 카페 홈즈의 프린터로 괴문서가 출력되기 시작했다. 처음에는 테이블마다 노트북을 들여다보는 손님 중 누군가가 실수로 출력 버튼을 누른 게 아닌가 싶었으나 카페에 손님이 없을 때도 종종 프린터가 괴문서를 출력하면서 '사건'은 점점 오리무중에 빠졌다. 무엇보다 괴문서의 내용이 이상했다. 카페 홈즈란 이름에 걸맞게 괴문서엔 늘 추리소설의 한 부분이 아닐까 싶은 내용이 적혀 있었다. 그 괴문서가 지금 막, 해환이 자리에 앉고 얼마 지나지 않아 출력된 것이었다.

예전 같았으면 해환은 격한 반응을 보였으리라. 미스터리 작가의 본능을 발휘해 가당찮은 추리를 여러 가지 펼쳤겠으나 이번에는 달랐다. 얼굴을 가리고 양손은 겨드랑이에 끼운 채 말할 뿐이었다.

"그럴 수도 있죠, 뭐. 아마 근처 카페에 있는 누가 실수로 와이파이를 클릭해 출력한 걸 겁니다."

지금 이 순간, 해환에게 무엇보다 중요한 건 자기 방역이었다. 이렇게 반응을 보이면 사장도 흥이 식을 줄 알았지만, 아니었다. 사장은 해환의 눈앞에 문서를 갖다 대며 말했다.

"내용을 자세히 보세요. 가볍게 생각할 일이 아니에요."

해환은 갑작스레 가까워진 사장의 거리에 깜짝 놀라 벌떡 일어났다.

"사장님, 저 홍콩 갔다 왔다니깐요!"

"그게 언젠데요?"

"1월입니다."

"지금이 4월이니까 한참 전이네요. 검사는 하신 거죠?"

"증상은 없었지만 혹시 몰라 시간 텀을 두고 세 번 했습니다. 세 번 다 음성 나왔고요."

"그런데 왜 그러세요?"

"아니, 그래도, 만에 하나, 혹시라는 게 있지 않습니까."

"알겠습니다. 그러면 여기 둘 테니 저 가고 나서 훑어보세요."

사장이 테이블에 괴문서를 두고 물러나며 추리소설의 단초를 뿌리는 듯한 말투로 은근하게 덧붙여 말했다.

"이번 괴문서의 배경은 유럽이에요."

유럽이라니, 무슨 코로나 이야기라도 적혀 있는 건가?

안 그래도 40년 전 발간되었던 딘 쿤츠의 소설 〈어둠의 눈〉이 최근 재출간되면서 전 세계적으로 큰 반향을 일으킨 참이었다. 해환 역시 현 상황을 예견했다는 문제의 책을 사서 읽었다. 예상했던 내용은 아니었으나 고등학생 시절 접하고 거의 이십여 년 만에 재회한 딘 쿤츠는 반갑기 짝이 없었다. 이런 상황에서 문제의 괴문서에 코로나 이야기가 적혀 있다면 흥미가 일 수밖에 없었다.

해환은 사장이 2미터 밖으로 멀어진 후 자리로 돌아와 앉았다. 다시 한 번 손 소독제로 손을 닦은 후 문제의 괴문서를 손에 들었다.

**

나는 고개를 돌려 카페 홈즈의 출입문을 바라보고 있었다. 5분 정도 문을 뚫어져라 쳐다보았지만 그사이 일어난 일은 손에 든 커피가 조금 식었다는 사실 정도였다. 이제 나는 창밖으로 시선을 돌렸다. 풍성한 푸른 잎사귀가 바람에 가볍게 흔들리고 있었다. 창밖의 은행나무는 봄에서 여름으로 넘어가는 중이었다. 이 풍경은 난생처음 떠났던 유럽 여행 중 들렀던 카페 밖의 풍경과 꼭 닮은 꼴이었다.

카페의 내부 역시 그랬다. 어디에 앉아도 고개만 돌리면 출입문을 볼 수 있는 구조, 적당한 거리를 두고 놓인 테이블, 마음을 어지럽히지 않는 재즈 선율까지 프랑크푸르트의 카페와 똑같았다.

식은 커피를 한 모금 마시며 생각했다.

운명이라는 단어를 믿기까지 얼마나 오랜 시간이 걸린 걸까.

프랑크푸르트에 가지 않았더라면, 아침 시간에 여유가 생겨 괴테하우스를 갈 마음이 동하지 않았더라면, 예상보다 일찍 도착하는 바람에 오픈까지 시간이 남아 근처 카페에 들어가지 않았더라면, 그리고 이곳 카페 홈즈에서 그와 재회하지 않았더라면, 나는 여전히 운명을 믿지 않았으리라.

서른 살이 넘은 후 친구들과 만나는 스타일이 달라졌다. 예전에는 이유 없이 아침부터 만나 밤늦게 헤어지면서도 아쉬웠다. 하지만 삼십 대에 들어선 후 만난다고 하면 대부분 점심 약속이었다. 끽해야 세 시간 함께 시간을 보내곤 헤어졌다. 다들 제짝이 생긴 탓이다. 진지한 연애를 하고 결혼을 하더니만 저녁 약속을 따로 잡는 게 당연한 일이 되었다. 나도 그럴 줄 알았다. 적당한 연애를 하고 결혼을 하는 궤도에 오른 나날들. 하지만 내겐 운이 따르지 않았다. 3년 전 크리스마스, 약속이 없어 원룸에서 혼자 아이스크림을 먹으며 밤을 보냈을 때, 나는 이런 자신에게 뭔가 큰 문제가 있는 것은 아닐까 하고 한참 객관적으로 따져보았다.

나는 출판사에 다닌다. 남들이 들으면 혀를 차는 수준의 연봉이지만 생활을 영위하기에 나쁜 수준은 아니다. 사는 곳은 망원동, 출판사는 합정동이라 교통비가 들지 않는다는 점이 컸다. 주말이면 도서관이나 영화관에 간다. 물론, 혼자. 이런 내 일상을 생각하자면, 아무리 생각해도 마음에 걸리는 부분은 혼자 지내는 시간이 많다는 점이었다. 그래서 근처 동네 서점에서 진행하는 독서 모임에도 가입해 봤지만, 모든 멤버가 짝이 생기도록 나만 아무 일도 일어나지 않았다. 이 정도가 되면 외모에 문제가 있는 건가 심각하게 고민하게 된다. 하지만 길에서 우연히 스쳐 지나가는 사람들과 내 외모를 비교할 때 크게 다른 것은 없었다. 163센티미터의 키에 52킬로그램의 몸무게. 적당히 둥근 얼굴과 검은 생머리. 비슷한 외모의 여자가 열에 다섯이었다. 그래서 나는 또 생각했다. 어쩌면 너무 흔한 얼굴이라 문제일지도 모른다고. 그러던 중, 마지막으로 솔로였던 고등학교 동창이 결혼 소식을 알려왔다. 이제 너밖에 없다며 부케를 받으라는 친구의 말에, 나는 진지하게 물었다.

"나, 뭔가 문제 있어?"

친구는 내 질문에 정말 의아해했다. 나는 그간 마음에 담아왔던 고민을 있는 그대로 털어놓다가 결국 목 놓아 울어버렸다. 친구는 한참 나를 달래다가 해결책을 제안했다. 결혼식 당일 신랑 친구 중 아무나 마음에 드는 사람을 찍으면 연결해주겠다는 이야기였다. 친구의 말대로 했다. 결혼식 당일 신랑 친구 중 눈여겨본 상대 세 명을 넌지시 알려줬지만 친구는 신혼여행을 다녀오고 한 달이 지나도록 소개팅 소식은 감감무소식이었다. 잊힌 건가, 저쪽에서 거절했나, 포기할 무렵 친구에게 연락이 왔다. 친구가 집들이에 초대한 것이다.

부부 찻잔 세트를 사서 신혼집을 찾은 나는 그곳에 나타난 세 명의 남자를 보고 '이번에야말로!'를 외쳤다. 일전 결혼식장에서 눈독 들인 신랑 친구들이 한자리에 모여 있었다. 친구는 날 잊지 않았다. 오히려 나를 위해 가장 좋은 자리를 준비하고 있었다. 한 가지 마음에 걸리는 점이 있다면 이상하게 친구가 시선을 자꾸 피한다는 것뿐이었다.

친구가 자꾸 시선을 피하는 이유는 집들이가 시작되고 한 시간쯤 지난 후 자연스레 알게 되었다. 내가 찍은 신랑 친구 중 한 명은 유부남이었고, 한 명은 이혼남이었으며, 다른 한 명은 싱글이긴 했으나 스위스로 유학을 갈 예정이었다. 이쯤 되자 나는 마음을 내려놓았다. 안 되는 건 안 되나 보다 하고 술자리를 즐겼건만 일주일 후 세 명의 남자 중 스위스로 갈 예정인 세 번째 남자에게 연락이 오면서 상황이 다소 바뀌었다.

집들이 자리에서 스위스남은 과묵하기 짝이 없었다. 거의 말이 없어서 평소 말수가 적은 사람인가 싶었는데 따로 만난 스위스남은 장난기가 많은 성격에 말도 많았다. 나는 스위스남이 무슨 말만 하면 까르륵 웃음을 터뜨렸고, 그러면 스위스남은 신이 나서 더 많은 개그를 선보이며 "태어나서 이렇게 편한 사람은 처음"이라고 말해 나의 가슴을 뛰게 만들었다. 설레는 기분의 결정타는 헤어질 무렵에 스위스남이 버릇처럼 덧붙이던 말이었다.

"꼭 스위스에 놀러 와요. 언제든 숙소를 제공할게요."

이런 스위스남을 보자면 나는 이것이 한동안 인연이 없었던 썸인가 싶었다. 그리고 유학을 가기 직전까지 스위스남이 토요일마다 꼬박꼬박 나를 불러내자 이 생각은 아주 쉽게 확신으로 바뀌었다. 딱 하나 이 상황에서 마음에 걸리는 것은 그렇게 붙어 다니는 내내 스위스남이 전혀 스킨십을 하지 않는다는 점 정도였다. 하지만 상관없었다. 스위스남을 만날 때마다 설렜다. 그러니 이것은 아무리 생각해도 썸이었다.

유학을 간 후에도 스위스남은 변함없었다. 거의 매일 SNS로 말을 걸어왔다. 서울에서 그랬듯 재미있는 이야기를 잔뜩 들려주는 탓에 언젠가 회사에서 일을 하다가 큰소리로 웃기도 했다.

스위스남은 한참 수다를 떨다가 꼭 마지막엔 덧붙였다.

언제 놀러 올 거야?

곧.

그렇게 대답하면서도 한참을 망설였다. 남들은 배낭여행이다, 우정 여행이다며 해외여행을 잘도 다녔지만 나는 달랐다. 서른셋이 되도록 동남아나 일본, 심지어는 제주도도 한 번 가본 적이 없었다. 하지만 스위스남의 적극적인 공세를 보자면 이건 가야 하는 게 분명했다. 그래서 나는 난생처음 해외여행을 계획했다. 지난 2월, 설 연휴를 이용한 열흘간의 유럽행은 그렇게 갑작스럽게 결정되었다.

국내 항공사가 아닌 해외 항공사를 선택한 건 잘한 일이었다. 비행기가 스위스 취리히에 도착할 때까지 핸드폰이 꺼져 있었다. 열두 시간이 넘는 비행시간 내내 모국의 언어를 전혀 들을 수 없었다. 내가 먼저 승무원에게 말을 시키지 않는 한 승무원이 말을 걸어오는 일은 없었다. 덕분에 태어나서 처음 혼자 있다는 감각을 만끽할 수 있었다. 내내 책을 읽다가, 조금 지치면 잤다가, 때가 되면 주는 음식을 먹는 식으로 시간을 대충 보냈다. 그렇게 반나절이 넘는 시간을 보낸 후 목적지인 취리히에 도착해 비행기에서 내리려고 준비할 때, 나는 오랜 시간 꼼짝도 하지 않으면 무릎이 저절로 꺾인다는 사실을, 그러다 주저앉을 수도 있다는 사실을 깨달았다.

"괜찮으세요?"

통로에 주저앉은 나를 일으켜 세운 사람은 한국어를 하는 동양인 남자였다. 나는 어디에 이런 남자가 앉아 있었던 건가 의아해하면서도 말이 통한다는 사실에 감사했다. 이후로도 비행기남은 친절했다. 취리히로 여행을 왔다며 내게 어디까지 가느냐고 물었다. 알고 보니 비행기남 역시 취리히 공과대학 근처의 숙소를 찾아갈 예정이었다. 이게 인연이 되어 비행기남과 동행했다. 비행기남은 자신의 숙소는 바로 스위스남의 집 아래 골목이라며, 취리히에 있는 동안 커피라도 한잔하자고 말했고 나는 흔쾌하게 응하면서 이런 경험이 얼마 만이던가, 아무래도 나는 유럽 체질인 것 같다고 생각하기에 이르렀다.

스위스남의 집 대문을 두드리고 얼마 지나지 않아 안에서 인기척이 났다. 나는 영화 속에서 본 여러 여자주인공의 활짝 웃는 표정을 떠올리며 방긋 웃었다가 문이 열리자마자 당황하고 말았다.

문을 열고 나온 것은 동양인 여자였다.

여자는 당황한 표정으로 나를 바라보았고, 당황스러운 건 나 역시 마찬가지였다. 무엇을 어떻게 말해야 할까 고민하는데 여자가 먼저 내게 한국말로 스위스남의 이름을 말하며 그를 찾으러 왔냐고 묻고 나서야 나는 "아아, 맞아요"라고 대답할 수 있었다.

그러는 사이에도 속으로 계속 생각했다. 이 여자는 누구일까. 친척 동생? 아니면 직장 동료? 물론, 이런 나의 안이한 생각은 연이은 여자의 말, "아, 당신이 바로? 그이가 자주 말했어요!"를 통해 바로 깨졌다.

이 여자는 스위스남의 '동거녀'였다. 여자는 스위스남이 현지에 오자마자 직장에서 눈이 맞아 동거하게 되었다는 사연을 아무렇지 않게 들려주며 커피를 대접하였고, 나는 유달리 쓴 유럽의 커피 맛을 느끼며 적당히 웃었다. 그러다 얼마 지나지 않아 스위스남이 나타났을 때 그의 표정이 서울에서와 변함없이 너무나 담담한 것을 보고 나서야 입버릇처럼 자주 말했던 "이렇게 편한 상대는 태어나서 처음"의 뜻을 제대로 이해할 수 있었다. 스위스남에게 나는 진짜 친구였던 거다. 성별을 뛰어넘은 우정.

밤이 되자 스위스남은 동거녀와 안방에 들어가며 내겐 게스트룸을 쓰라고 말했다. 나는 게스트룸에 들어간 후로도 한참 잠을 못 이뤘다. 시차 적응에 멋지게 실패한 탓이 아니라 조금 전 일을 따져보느라 그랬다. 하늘을 날고 바다마저 가른 이 '멍청한' 짓을 곱씹으며 자신이 그렇게 착각을 쉽게 하는 타입이었던가, 아니면 스위스남이 자신을 속인 것인가로 한참을 끙끙 앓다가 속이 타는 듯한 갈증을 느껴 방을 나섰다. 게스트룸의 복도 맞은편은 서재였다. 나는 서재를 흘깃 보고 지나쳤다. 바로 나온 화장실과 거실을 거쳐 주방으로 가려다가 안방에서 남녀의 웃음소리와 함께 흘러나온 대화를 듣고 말았다.

"내가 말했잖아. 백 퍼센트 온다고."

훔쳐 들을 생각은 아니었다. 하지만 듣다 보니 들을 수밖에 없는 이유가 생겼다.

처음부터 갖고 논 거였다.

스위스남은 자신을 '짝사랑하는 게 분명한' 내가 스위스에 오느냐 마느냐를 두고 동거녀와 내기를 했고, 내가 오는 바람에 동거녀가 내기에 졌다는 이야기였다.

상식적인 수준에서 생각해보려고 했다. 아무리 사람이 제정신이 아니더라도 한 사람을 이렇게까지 심하게 놀리는 일이 가능할까. 비행깃값이 얼만데, 자신을 짝사랑해서 오느냐 마느냐를 두고 이런 장난을 친단 말인가.

이 순간, 나는 난생처음 강렬한 살의를 느꼈다.

그녀는 게스트룸으로 돌아갔다. 끈적거리는 손을 씻은 후 마찬가지로 엉망이 된 옷을 갈아입었다. 더러워진 옷은 비닐봉지에 넣어 캐리어에 담은 후 도망치듯 집에서 나왔다.

그녀의 발이 향한 곳은 아래 골목이었다. 저녁 여섯 시. 실례가 아닌 시각이었다. 비행기남은 시간이 나면 커피나 한잔하자고 말했다. 지금 그 커피를 마시면 좋을 것 같았다.

그녀는 핸드폰을 켰다. 구글 맵에 비행기남이 알려준 주소를 입력한 후, 지도가 안내하는 대로 걸었다. 그렇게 캐리어를 끌고 언덕길을 내려가 서점이 있는 골목 근처를 두리번거리다가 한 2층

건물에 눈이 박혔다.

서울에서 못 본 풍경이 길거리에 있었다. 네글리제만 입은 여자, 발가벗은 여자들이 발코니에 나와 무료한 표정으로 담배를 피우고 있었다.

그녀는 당황했다. 조금 전까지 이 거리는 음식점이며 옷가게, 서점이 있었다. 그런데 그 바로 옆에 저런 곳이 있다니.

그녀는 황급히 고개를 돌렸다. 시선을 피하며 다른 곳으로 가려다가 한 번 더 당황하고 말았다.

비행기남이 준 주소. 그 주소는 저 이층집을 가리키고 있었다.

그녀는 당황해서 구글 맵의 주소를 다시 입력했다. 하지만 화살표는 여전히 눈앞의 집을 가리키고 있었다.

그녀는 머뭇거리다가 문제의 이층집으로 다가갔다.

출입문은 열려 있었다. 망사로 된 옷을 입은 벌거벗은 여자가 문 앞에 서서 담배를 피우고 있다가 그녀가 다가가자 말없이 쳐다보았다.

그녀는 아는 영어를 총동원해 비행기남의 이름과 주소를 가리키며 이곳에 그 남자가 사느냐고 물었다.

망사녀는 그녀의 말을 알아듣고는 어이없다는 표정으로 피식 웃는가 싶더니 영어로 뭐라고 말했고, 그녀는 망사녀의 말뜻을 바로 알아들었다.

너, 골탕 먹었네.

어제까지만 해도 그녀는 서울 망원동과 합정동만 오가며 평범한 삶을 살고 있었다. 누구도 쓸데없이 그녀를 골탕 먹이거나 괴롭힐 생각을 하지 않았다. 그런데 이곳, 스위스 취리히에 도착한 이후 연이어 이상한 일이 생기고 있었다.

스위스남은 동거녀가 있었다. 단지 그녀를 놀려먹기 위해 스위스에 오라고 한 것이었다. 비행기남은 친절하게 그녀를 바래다주고는 가짜 주소를 알려주었다.

그녀는 이해할 수 없었다. 왜 자신에게 이런 일이 생긴 건지, 두 남자는 무슨 억하심정으로 자신을 괴롭히는 건지 누군가 속 시원하게 알려줬으면 했다.

핸드폰이 있어 다행이었다. 근처 호텔의 빈방을 구할 수 있었다. 그곳에서 하룻밤 기절한 듯 자고 일어나 핸드폰부터 확인했다. 갑자기 사라졌으니 스위스남이 메시지를 보내지 않았을까 기대해 보았지만 연락은 없었다.

그녀는 핸드폰을 바라보며 뭔가 먼저 메시지를 보내려다 말았다. 그런 소리를 한 남자에게 다정하게 대해줄 필요 따위 없다.

그녀는 잠시 자신의 상황에 골몰했다. 티켓은 이미 왕복으로 끊었다. 돌아갈 날까지는 앞으로 일주일, 스위스나 인근 지역을 관광할 생각이었다. 동거녀가 있든 없든 이 계획은 그대로 진행할 셈이었다. 하지만 스위스남의 의도를 알아버렸으니 이젠 싫었다. 다음으로 생각했던 비행기남과의 데이트도 완전히 기회가 사라진 것이나 마찬가지였다.

여기 계속 있을까?

그건, 싫었다.

자신을 골탕 먹인 이 도시를 당장 떠나고 싶었다.

그녀는 핸드폰을 들고 주변 도시를 검색했다. 스위스에서 가까운 도시 중 어떤 곳이 있나 보다가 프랑크푸르트가 생각보다 가깝다는 사실을 알았다.

그녀가 일하는 출판사의 대표 작가가 프랑크푸르트 국제도서전에 몇 번인가 초청받아 간 적이 있었다. 그녀도 언젠가는 그곳에 가고 싶다고 생각했지만, 비행깃값도 없고 초청받을 일도 더더욱 없어 여전히 가지 못하고 있었다. 지금은 국제도서전 기간이 아니지만 프랑크푸르트를 구경하는 것만으로 어느 정도 소원 풀이는 할 수 있을 것 같았다.

캐리어의 짐을 꾸려 나왔다. 체크아웃을 하며 프랑크푸르트에 가는 방법을 찾았다. 열차를 타고 가면 어떻게든 될 것 같았다. 가는 길에 마트도 발견했다.

근처 마트에 들러 신기하게 생긴 음료수며 먹을 것을 적당히 골라 계산하고 나오는데, 귀에 익은 소리를 들었다.

사이렌 소리.

경찰차인가. 아니면 앰뷸런스인가.

그녀는 한참 사이렌 소리에 귀를 기울이며 생각했다. 경찰차면 좋겠다고. 지금, 경찰차가 가는 곳이 스위스남의 집이었으면 좋겠다고, 그곳에서 누가 스위스남을 죽이기라도 한 것이라면 참 기쁘겠다고.

***

괴문서를 모두 읽은 해환의 첫 감상은, 대체 이 글 어디에 코로나 바이러스의 이야기가 적혀 있는지 궁금하다는 것이었으며, 두 번째 감상은 이 글이 만약 사실이라면 문제의 여자가 유럽에서 다녀온 후 자가격리를 잘했는가였다.

정신 차려. 어이, 그게 아니잖아.

아무래도 해환의 머릿속은 코로나에 완벽하게 점령당한 것 같았다. 해환은 마음을 다잡았다. 빨대로 아이스라테를 한 모금 빤 후 추리소설가로서 괴문서를 분석했다.

지망생 신분이었을 때, 해환은 대체 어떤 식으로 당선작이 정해지는지 궁금했었다. 자신이 연달아 공모전에 떨어지는 데다 본선도 오르지 못할 땐 모종의 음모가 있는 게 분명하다고 으르렁대기도 했었으나 추리소설가 생활 십 년 만에 공모전 심사를 맡는 입장이 되자 어떤 식으로 낭락이 성해지는지 이해할 수 있었다.

첫눈에 반하는 사랑이 있듯이, 첫눈에 반하는 소설도 있었다. 읽는 순간 남다르게 끌리는 소설, 그런 소설은 대부분 예심에서 살아남았다. 본심에서도 좋은 평가를 받고는 했다. 그런 기준으로 이 괴문서를 살핀다면 예심에서 살아남기에 충분한 소설이었다. 예를 들어, 이런 부분이 좋았다.

이 순간, 나는 난생처음 강렬한 살의를 느꼈다.

그녀는 게스트룸으로 돌아갔다.

작가는 이 부분에서 텀을 만들었다. 게다가 이 텀 이후 그녀는 손이 더러워져 끈적거렸고 엉망이 된 옷과 도구를 비닐봉지에 담아 캐리어에 숨겼다. 이 부분을 본 해환은 본능적으로 직감했다.

살인, 이것은 살인의 묘사다.

아마도 그녀는 자신을 골탕 먹인 스위스남과 동거녀를 살해했을 것이다. 그 탓에 손이 더러워져 끈적거렸고 도주하기 위해 엉망이 된 옷과 도구를 비닐봉지에 담아 캐리어를 끌고 달아날 수밖에 없었으리라. 해환이 추리소설을 쓴다면, 이것은 그런 묘사의 가장 그럴듯한 일례였다.

그래, 소설이라면 분명 좋은 묘사이리라.

문제는 소설이 아닌 경우였다.

처음에는 1인칭으로 진행되던 이야기가 갑자기 3인칭으로 변화했다. 하필이면, 살인을 저지른 후의 부분인 듯한 시점에서.

만약 소설이 아니라면, 화자는 왜 이런 서술방식을 취했을까.

흐음.

해환은 선글라스와 모자를 벗었다. 갈퀴손으로 머리를 벅벅 긁으며 자가격리 중 왓챠로 본 영화 한 편을 떠올렸다.

〈몰리스 게임〉, 아론 소킨의 감독 데뷔작이라는 사실만으로 보기 시작한 영화.

프리스타일 스키 올림픽 국가대표를 꿈꾸던 몰리 블룸은 꿈의 무대에 오르기 위한 예선 무대에서 사고로 크게 다친다. 이후 스키를 그만두고 할리우드로 떠났다가 우연히 사설 도박장에서 일하게 되고, 연이어 사설 도박장을 운영하기 시작하면서 억 단위의 판돈을 만지기에 이른다.

아론 소킨이 각본을 쓴 〈머니볼〉과 〈소셜 네트워크〉는 실제로 있었던 사실을 영화로 만든 것이다. 이것 역시 그런 듯했다.

확인하고 싶다.

갑작스러운 궁금증이 일자 더는 영화를 볼 수 없었다. 잠시 재생을 중지시킨 후 핸드폰을 손에 들고 영화 정보를 검색했다. 예상대로 문제의 영화 〈몰리스 게임〉은 실제로 억대 규모의 사설도박장을 운영한 실제 인물 몰리 블룸의 일대기(일대기라고 해봐야 아직 삼십 대지만)를 기반으로 하고 있었다. 영화는 그런 몰리의 삶을 생생하게 재현시켰다.

해환은 멈췄던 〈몰리스 게임〉을 다시 재생하며 스스로에게 물었다.

픽션의 리얼리티란 무엇인가.

결국 디테일이다. 푹 빠져드는 이야기, 어딘지 모르게 기이하게 끌리는 구석이 있는 생생한 이야기에는 지나치다 싶을 정도의 리얼리티가 있기 마련이다.

이 괴문서에서도 그런 리얼리티가 있다.

만약 이게 실화를 바탕으로 한, 아니 에세이라면 어떻게 되는 거지?

해환은 흐음, 하고 한 번 더 한숨을 쉬다가 〈몰리스 게임〉을 볼 때 그러했듯이 핸드폰을 손에 들었다. 스위스 취리히 살인을 입력하여 검색을 실행하였다.

검색 결과 가장 먼저 뜨는 것은 2015년에 발생한 총기 살인사건 기사였다. 그 외에는 여행 정보가 쭉 이어지다가 중간에 오랑우탄 살인사건이라는 신경이 쓰이는 기사를 발견할 수 있었다. 취리히 공대 연구팀이 2003년 발생한 오랑우탄 암컷 간의 충격적인 살인 사건을 연구했다는 이야기였다. 해환은 잠시 자신이 왜 검색을 시작했는지를 잊고 이 기사를 읽을 뻔했다가 가까스로 참았다. 이후 성추행 사건을 일으킨 폴란스키 감독 기사에 이어 취리히에서 1년 동안 일어난 살인사건 통계에 대한 게시물을 연달아 훑은 후에야 핸드폰 화면에서 눈을 뗄 수 있었다. 마음에 걸리는 게시물은 없었다. 물론 현지에서 사건이 보도됐을 가능성은 남았다. 코로나바이러스로 인해 전 세계가 뒤숭숭하다 보니 국내에서는 기사화되지 않은 게 아닐까.

아니, 그럴 수 없다. 이게 실제로 벌어진 사건이라면 무조건 대서특필이다. 해외에 거주 중인 한국인이 피살된 사건이다. 코로나바이러스가 크게 유행하기 전이었으니 기사화되었어야 옳다.

역시 소설일까.

이렇게 리얼한 감각을 소설에서 느끼게 하다니, 그렇다면 이 괴문서를 쓴 건 일반인이 아니라는 뜻? 내가 아는 작가 중 한 명인가?

해환은 핸드폰의 카카오톡을 실행해 추리소설가 단톡방에 접속했다.

작년, 해환은 카페 홈즈를 비롯해 여러 곳에서 북토크를 진행하며 추리소설가들의 단톡방을 개설했다. 처음에는 다섯 명밖에 없는 단톡방이었지만 소문이 나면서 현재는 장르를 망라하고 백 명이 넘는 숫자의 작가들이 등록되었다. 단톡방이 있다고 해도 서로 대화를 나누는 일은 거의 없었다. 이 단톡방은 어디까지나 업무용, 앤솔러지에 참가할 작가를 모집하거나 서점에서 북토크를 섭외하는 경우 등에만 글이 올라왔다.

해환은 이 단톡방에 문의 글을 띄웠다.

혹시 스위스 취리히 배경 살인사건 쓰시는 분 있음?

대화를 걸자마자 빠르게 읽은 사람이 늘어갔다. 대부분 읽고 대꾸가 없었지만 신경 쓰지 않았다. 그건 곧 관심이 없다, 쓰지 않는다는 뜻일 테니까. 정말 누군가 쓰고 있다면 따로 대화가 걸려오게 되어 있었다.

하지만 아이스라테를 모두 마시도록 아무 메시지도 오지 않았다. 결국 해환은 집필은커녕 노트북도 켜지 못한 채 핸드폰만 붙잡고 있다가 카페 홈즈를 나섰다. 집으로 돌아가는 시간 내내 조금이라도 안면이 있는 작가라면 일일이 카카오톡으로 말을 걸어 '혹시 스위스를 배경으로 하는 소설을 쓰느냐, 누가 쓰는지 아느냐'고 물었으나 여전히 수확은 없었다.

집에 돌아와서도 해환은 괴문서에 집착했다. 몇 번이나 반복해 읽으며 자신이 놓친 정보가 없는지 꼼꼼히 분석했다. 해환으로서는 흔치 않은 일이었다. 딘 쿤츠의 소설조차 한 번 통독 후 바로 책장에 꽂았건만 이게 대체 무슨 일이란 말인가. 어쩌면 너무 오랜만에 바깥에 나간 탓일 수도 있었다. 외부의 자극이 너무 강했던 탓에 이상한 데 집착하고 있는 것일 수도.

사실 이유야 상관없었다. 해환은 그저 알고 싶었다. 이 괴문서를 보낸 게 누군지, 이 뒤는 어떻게 되는지, 아니 그보다 정말 이게 실제로 일어난 사건이라면 이 괴문서를 쓴 살인자는 어디서 무엇을 하고 있는지 궁금했다. 이렇게 신경이 쓰이는 것은 괴문서를 몇 번이고 거듭해 읽다가 발견한 숨은 단서 탓일 수도 있었다.

처음에는 단순한 시점의 변화라고 생각한 '나'에서 '그녀'로의 화자 변화. 다시 읽어보니 그것뿐이 아니었다. 시점의 변화 안에는 서술트릭이 숨어 있었다.

'나'는 처음 유럽으로 떠날 때 열흘로 여행을 계획했다. 그런데 '그녀'로 시점이 변한 후로는 남은 기간이 일주일이라고 말한다. '나'는 게스트룸에 들어가 잠을 청한다. 그런데 다음 부분에서 '그녀'가 캐리어를 끌고 스위스남의 집을 나온 시각은 저녁 여섯 시다. 더불어, '그녀'가 아래 골목으로 비행기남을 만나러 갔을 때 비행기남은 그곳에 없었다. 그녀는 비행기남이 거짓말을 했다고 불쾌해하지만 관점을 바꾸면 상황이 달라진다.

이야기 속에서 시간이 흘렀다면 어떨까. 비행기남의 스위스 일정은 이박 삼일이었다. 그녀가 스위스남의 집을 나오기 전, 숙소를 떠났으리라는 가설을 세울 수 있었다.

더불어 생기는 의문.

서술되지 않은 사흘 사이, 그녀에겐 무슨 일이 일어났을까. 정말 그녀는 살인, 혹은 살인에 가까운 사건을 저지른 것일까? 아니면, 전혀 다른 어떤 이유가 있어 몸이 더러워지고, 스위스남의 집을 떠났을까?

살인이 아니라고 한다면 한 가지, 떠오른 아이디어가 있었다.

해환은 컴퓨터를 켜고 검색엔진에 접속했다. 2월, 스위스 취리히에서 축제가 있지는 않았는지, 축제에서 몸이 더러워질 만한 일은 없었는지 알아보기 위해서였다.

국내에서도 머드축제가 열릴 때면 사람들의 온몸이 더러워진다. 그럴 경우 씻을 필요가 생긴다. 해외에서도 포도나 토마토 등의 수확을 축하하기 위한 페스티벌이 열린다. 취리히에서도 그런 일이 있을 수 있다. 독일이 가까우니까 맥주 축제가 열렸을 가능성도 있다. 혹은 취리히 공과대학이 코앞이니 대학에서 행사가 있지 않았을까.

해환의 예상은 어긋났다. 올해 초, 스위스 취리히에서는 해환이 원하는 형태의 축제는 열리지 않았다.

해환은 좀 더 심각해진 표정으로 괴문서를 손에 들었다. 검색하는 사이 또 한 가지 떠오른 가정 탓이었다.

그녀는 홍리연일지도 모른다.

지난 1월, 해환이 자가격리에 들어간 후 여러 곳에서 안부 전화가 걸려 왔었다. 그중에는 합정동의 한 출판사에서 근무 중인 홍리연도 있었다.

해환과 홍리연은 우연히 몇 번인가 카페 홈즈에서 마주치며 가볍게 안면을 튼 사이였다. 홍리연은 망원동에 살았다. 정확한 나이까지는 모르지만 삼십 대 초반이며 160센티미터 초반에 평범한 체격이었다. 작년, 친구가 결혼한 것과 유럽에 다녀온 사실까지는 확인할 수 없었으나 전체적인 특징이 괴문서의 '그녀'와 비슷했다.

이 괴문서를 쓴 건 그 홍리연일까.

가능성은 충분하다. 첫 부분의 묘사에서 '나'는 카페 홈즈에 자주 들르는 것처럼 묘사됐다. 해환이 아는 편집자 중 홍리연만큼 카페 홈즈에 자주 들르는 편집자는 없었다. 그런 홍리연이 가페 홈즈에서 실수로 이 원고를 출력했다면 어떨까.

아니, 그건 아니다. 괴문서가 출력된 순간, 카페 홈즈에 있었던 건 해환과 사장, 그리고 남자 한 명뿐이었다.

물론 괴문서는 아무도 없을 때도 출력되긴 한다. 그 가정은 잊으면 안 되겠지. 하지만 일단, 보다 먼저 젖힐 수 있는 가정부터 따져

보자.

Q 그 남자는 이 괴문서와 정말 상관이 없는가?

남자는 요 네스뵈 자리에 앉아 핸드폰을 보고 있었다. 해환이나 사장이 아는 사람은 아니었다. 아는 사람이었다면, 사장이 먼저 알려주었으리라. 남자는 작가였을까? 그럴 가능성은 낮다. 일단, 남자는 책을 읽거나 노트북을 펼치지 않았다. 오직 핸드폰만 집중했다. 또, 사장이 전혀 말을 걸지 않았다. 아는 사이였다면 사장이 먼저 괴문서에 대해 문의했으리라.

이 남자가 괴문서를 출력했을 가능성은 어떤가.

하지만 남자는 핸드폰만 손에 들고 있었는데?

설마, 요즘엔 핸드폰으로도 출력이 가능한가?

해환은 처음에는 말도 안 된다고 생각했다가 최근 자신도 핸드폰으로 팩스를 보낸 적이 있었다는 사실을 떠올리고 관련 내용을 또 한 번 검색해보기로 마음먹었다. 그랬더니 바로 가능하다는 답을 얻을 수 있었다.

뭐야, 그런 거야?

괴문서의 해프닝은 아주 쉽게 해결이 된 것 같았다. 그간, 카페 홈즈 근처를 지나가던 누군가가 실수로 핸드폰으로 출력을 했거나, 의도적으로 출력을 한 것이리라.

후자의 경우가 가능성이 클 것 같았다. 카페 홈즈 사장이나 이곳을 찾는 다양한 숫자의 작가가 우연이라도 자신의 소설을 읽어주길 바라는 지망생의 작은 소망이 괴문서 사건을 연출한 것은 아니었을까. 그리고 홍리연도 그중 한 명이었다면 어떨까.

해환은 상상했다. 홍리연이 길을 가다가 카페 홈즈 앞에 서서 문제의 문서를 출력하는 모습을.

바로 이 상상은 제외했다.

홍리연이 그런 쓸데없는 짓을 할 이유가 없었다. 홍리연은 일반 편집자가 아니라 무려 팀장이다. 추리소설로 보이는 원고의 일부를 외부에 유출하는 실수를 할 리 없었다. 무엇보다 홍리연이 추리소설가 지망생이라면 그런 번거로운 일을 할 필요 없이, 출판사 내부에서 검토를 요청하면 된다. 혹은 아는 추리소설가들에게 부탁하리라.

역시, 문제의 남자가 괴문서를 출력했을 가능성이 높다.

남자가 추리소설가 지망생이었을 가능성은 충분하다. 아예 핸드폰으로 추리소설을 썼을 가능성도 있다. 문화류씨라는 소설가가 핸드폰으로 쓴 소설이 출간되면서 큰 반향을 불러일으켰다. 이 남자도 그런 경우일 수 있었다.

남자는 핸드폰으로 소설을 쓰다가 해환이 들어오는 모습을 봤다. 해환이 카페 홈즈의 단골이며, 추리소설가라는 사실을 SNS를 통해 익히 알고 있었기에 괴문서를 읽었으면 하는 생각으로 출력을 걸었다. 남자의 예상대로 카페 홈즈 사장은 해환에게 문제의 괴문서를 보였다. 이후 해환은 괴문서에 골몰했다.

실제로 예전에 딱 한 번, 괴문서의 정체가 밝혀진 적이 있었다. 문제의 괴문서가 출력되고 해환과 사장이 내용의 일부를 읽으며 그 정체를 추리하던 중, 한쪽 자리에 앉아 노트북을 바라보던 여자가 다가왔다. "왠지 제가 지금 번역하는 소설을 이야기하시는 것 같아서"라고 말하며 출력물을 받더니 쑥스럽게 웃으며 덧붙였다. "이게 왜 출력이 됐는지 모르겠네요."

남자는 그러지 않았다. 번역가처럼 자신의 것이라고 밝히지 않았다.

그렇다면 왜?

이유를 따지자면 간단하다. 해환은 남자에게서 너무 멀리 떨어진 위치에 앉아 있었다. 그 탓에 남자의 귀에 해환과 사장의 대화가 들리지 않은 것은 아니었을까. 그래서 아는 척을 하지 않았다.

아니다.

그렇지 않다.

이건 가설에 위배된다.

처음에 정한 대전제는 '남자가 해환과 사장에게 괴문서를 보여주고 싶어서 출력을 했다'였다. 그렇다면 남자가 먼저 아는 체를 했어야 옳다.

해환은 다시 처음으로 돌아왔다. 애당초 왜 그토록 자신이 이 괴문서에 신경을 쓰기 시작한 것인지 생각했다. 그것은 이 괴문서가 에세이일 가능성, 진짜 살인이 일어났을 가능성 탓이었다. 만약 남자가 이 에세이를 출력했다면 역시 실수였나. 그렇다면 이 괴문서에서 남자의 역할은 무엇일까.

아니, 그보다.

나는 대체 언제까지 이걸 고민할 셈이지?

다음 날 오전 일곱 시 반, 해환은 집을 나서고 있었다.

결국 밤을 꼬박 새우고 말았다. 평소 잡글이나 아이디어를 적는 노트에 열 페이지가 넘게 괴문서에 대한 메모를 채웠는데도 괴문서 생각에서 벗어나지 못했다.

그 결과, 가장 타당해 보이는 두 개의 가설이 남았다.

남자는 작가 지망생이다. 문제의 문서를 실수로 카페 홈즈에서 출력했다.

이게 가장 무난한 추리였다. 하지만 해환은 다른 가설이 자꾸 신경이 쓰였다.

홍리연과 남자는 아는 사이다. 홍리연은 남자에게 자신이 저지른 짓에 대해 고백을 했고, 남자는 그에 대한 조언을 하기 위해 문제의 문서를 읽다가 실수로 카페 홈즈에서 문서를 출력했다.

홍리연 외에 많은 편집자가 망원동에 살 것이다. 홍리연과 비슷한 외모의 편집자도 많으리라. 무엇보다 홍리연이 최근 유럽에 다녀왔는지 여부조차 확실치 않다. 그 모든 사실에도 불구하고 해환은 이 가설을 버릴 수 없었다.

코로나바이러스가 이렇게까지 전 세계에 퍼질 거라고는 아무도 예상하지 못했다. 이런 상황에서 홍리연이 실제로 유럽 여행을 떠났다가 살인을 저질렀을 가능성은 왜 배제한단 말인가? 그래서 해환은 아침 일찍 서울로 향하고 있었다.

홍리연과 대면해 괴문서 이야기를 물어볼 셈으로.

단순한 상상에 불과하다면 해프닝으로 끝날 일이다. 아마 홍리연은 크게 웃을 것이고, 밥이나 먹자고 할 거다. 혹은 소문이 좀 나겠지. 윤해환이 코로나바이러스로 자가격리를 오래 하더니 좀 맛이 갔다더라, 하고.

그래도 상관없었다. 잠도 못 자게 만든 이 호기심만 풀 수 있다면 그 정도 오명은 각오할 수 있었다.

해환은 어렸을 때부터 이랬다. 궁금한 것이 생기면 어떻게든 나름 납득할 수 있는 해답을 구해야 직성이 풀렸다. 남들은 모두 잊어도 일주일이고 한 달이고 일 년이고 잊지 않았다. 그러다 정답을 알아내면 뛸 듯이 기뻤다. 다들 잊은 이야기를 꺼내 몇 달이고 반복하며 좋아했다. 그런 집요함이 지금의 추리소설가 윤해환을 만든 것일지도 몰랐다.

기세 좋게 서울까지 올라와서 생각해 보니 홍리연의 출판사를 찾는 건 거의 반년만이었다. 그간 감감무소식이다가 갑자기 나타난다면 출판사 직원들이 당황할 것 같았다. 그래서 나름의 '완전범

죄'를 피하기 위해 해환은 근처 마트에 들렀다. 보이는 대로 봉지에 과일을 담았다. 일전 한 작가가 출판사에 갈 때마다 과일을 사 간다는 이야기를 떠올리고 그대로 따라 했다.

"오랜만입니다!"

예상대로 해환이 갑자기 출판사에 나타나자 다들 놀란 눈치였다. 하지만 가장 크게 놀란 이유는 해환이 너무 오랜만에 와서가 아니었다. 복장 탓이었다. 낯이 익은 편집자 한 명이 "저, 누구신지"라고 묻고 나서야 해환은 자신이 모자와 선글라스, 마스크 차림이란 것을 깨닫고 재빨리 벗으며 정체를 밝혔다.

"윤해환입니다. 근처에 온 김에 인사나 드리고 갈까 하고요."

이 말에 편집자들의 표정이 누그러졌다. 해환에게 다가와 가볍게 안부를 물으며 과일을 받았다. 해환은 그들을 재빠르게 눈으로 훑으며 홍리연을 찾았다. 그런데 홍리연이 자리에 없었다.

아니, 아직도 출근을 안 했단 말이야?

해환은 이야기를 주고받다가 홍리연의 근황을 은근슬쩍 물었다. 그랬더니 편집자들은 살짝 굳은 표정을 짓다가 대답했다.

"리연 씨, 출근 못 한지 꽤 됐어요."

그렇게 편집자를 통해 들은 홍리연의 사연은 해환의 상상을 완전히 뛰어넘는 것이었다.

****

일주일 후 카페 홈즈, 해환은 A4 용지 열다섯 장 정도의 원고를 한참 들여다보고 있었다. 아무도 의뢰하지 않은 원고를 쓰고 말았다. 전화를 통해 들은 홍리연의 사연이 창작 의욕을 불러일으켰다.

일단, 해환의 추리는 '어느 정도' 맞았다. 이 괴문서를 적은 건 홍리연이 옳았다.

하지만 자세한 건 거의 모두 틀렸다.

해환이 가장 크게 착각한 것은, 첫째, 그건 리연이 유럽에 간 '시기'였다. 리연은 1년 전 2월, 코로나가 아무 상관이 없었던 시기에 유럽에 다녀왔다.

작년 2월에 스위스 취리히를 찾은 리연, 그녀는 스위스남의 행태를 참고 넘어가려고 했다. 하지만 사흘간 스위스남과 지내면서 슬슬 신경을 돋우는 것을 결국 넘기지 못했다.

계기가 된 것은 마침 열린 취리히 맥주 축제였다. 이곳에서(해환의 예상대로) 스위스남이 폭언을 일삼자 그 자리에서 맥주를 얼굴에 부어버리고 싸웠다. 이후 비행기남을 만나려고 해봤지만 실패, 프랑크푸르트 괴테하우스에 갔다가 그곳에서 비행기남을 재회했다.

비행기남은 스위스 숙소를 체크아웃했기에(리연이 찾은 곳은 보기에는 충격적인 분위기였지만 안은 평범한 숙소였다) 엇갈린 것이었고, 이후 프랑크푸르트로 넘어왔다가 리연과 우연히 재회한 것이었다.

둘은 괴테하우스 앞 카페에서 이야기를 나누며 서로에게 호감을 느꼈으나 큰 기대는 하지 않았다. 여행 중에 순간적으로 감정이 끌린 것이라 여겼던 것.

그런 순간적인 감정의 끌림이 인연으로 바뀐 것은 망원동 카페 홈즈에서였다(에세이의 첫 부분이 카페 홈즈에서 시작하는 건 까닭이 있었다).

프랑크푸르트의 카페와 꼭 닮은 카페 홈즈.

리연은 그곳이 마음에 들었다. 혹시라도 다시 우연히 그를 만난다면 이번에야말로 그와 잘해보겠다고 생각했다.

그런데 정말 비행기남이 나타나면서 리연은 운명을 믿게 되었다.

이때까지만 해도 해피엔딩만 기다릴 듯한 리연의 앞날에 먹구름이 낄 것은 예상하지 못했다.

해환은 자신의 틀린 추리에 부끄러워하며 다시 괴문서를 살폈다. 사연을 알고 보니 떡하니 단서가 있었다. '나'는 2월 설 연휴에 유럽을 다녀왔다고 말했다. 올해 설 연휴는 1월, 2월은 작년이었다.

이런 중요한 사실을 확인하지 않았다니.

해환이 자신의 능력 부족에 혀를 찰 즈음, 전화 반대편에서 홍리연이 뜻밖의 질문을 해왔다.

—그런데 작가님, 어떻게 그 글을 손에 넣으신 거예요?

이것이야말로 해환이 묻고 싶은 것이었다.

"리연씨가 괴문서를 출력한 거 아니에요?"

—저 아니에요. 제 사정 지금껏 들으셨으면서.

아, 그렇지! 리연의 사연 자체에 골몰하느라 잠시 현재 상황을 잊었다.

리연은 몇 달째 '대구'에 있다.

그렇다면 역시 그 남자인가.

그 남자가 이 글을 출력한 것인가?

그 남자가 비행기남인가?

해환은 이 의문을 풀기 위해 홍리연에게 부탁해 비행기남과 약속을 잡았다.

그날이 오늘이었다.

딸랑.

카페 홈즈의 문이 열리며 문제의 남자가 나타났다. 이번에도 남자는 모자에 선글라스, 마스크 차림이었다. 계산대에서 음료를 주문한 후 일주일 전과 마찬가지로 요 네스뵈 자리에 가서 앉았다.

해환은 그가 음료를 받는 것을 기다렸다가 다가갔다. 맞은편에 앉으며 말했다.

"전화로 연락받으셨죠? 윤해환입니다."

남자는 해환의 말에 바로 대꾸하지 않았다. 정확히 말하자면 해환은 남자의 반응을 알 수 없었다. 남자는 여전히 모자와 선글라스, 마스크 차림이었다.

일주일 전, 남자를 봤을 때 해환은 그런 옷차림이 어디까지나 코로나바이러스 탓이리라고, 방역을 열심히 하느라 그런 것이리라 여겼다. 하지만 홍리연의 사정을 알고 나니 전혀 다르게 보였다.

남자는 엉망이 된 얼굴을 가리려는 것이 아니었을까.

해환의 추리에 대한 해답을 들려주기라도 하려는 듯, 남자가 모자와 선글라스를 벗었다.

역시, 해환의 예상이 옳았다.

남자의 두 눈은 하도 울어 퉁퉁 부어 있었다. 그리고 남자가 두 눈이 붓도록 운 이유는 에세이를 쓴 리연의 사정과 일맥상통하리라.

남자는 창밖으로 고개를 돌렸다. 리연의 괴문서 첫 부분에 적은 것처럼 한참 창밖의 은행나무를 바라보더니 말했다.

"결혼식에는 작가님도 초대할 생각이었는데 말이죠. 설마 리연이가 '양성'일 줄이야."

리연은 지난 2월 결혼 이야기를 하기 위해 대구 고향집을 찾았다. 그런데 이곳에서 리연을 비롯한 가족 모두가 코로나바이러스에 감염되고 말았다. 위험한 상황은 아니었다. 하지만 대규모 지역 감염에 리연은 겁에 질려 있었다. 병원에 입원하기 전, 리연은 비행기남에게 자신이 쓰다 만 에세이를 카카오톡으로 보냈다. 그러면서 덧붙였다.

퇴원할 즈음에는, 이 에세이가 완성되어 있기를. :)

남자도, 리연도 금방 퇴원할 것이라고 여겼다. 결혼식 전까지는 별 무리 없이 퇴원하고 행복한 미래가 찾아올 줄 알았건만 두 달이 지나도록, 다른 가족은 모두 퇴원하도록, 리연의 퇴원은 요원했다.

병원 생활에 적응한 리연은 담담해진 반면, 오히려 비행기남이 불안해졌다. 자신이 에세이를 완성하지 못한 탓일지도 모른다는 자책감이 커져만 갔다. 그 탓이라도 어떻게든 이 에세이를 완성하고 싶었지만 쉽지 않았다.

비행기남의 직업은 컴퓨터 프로그래머다. 평소 쓰는 언어는 글쓰기와 전혀 상관없는 프로그램 명령어뿐이다. 이런 비행기남이 고민 끝에 시도한 것은 에세이 속 무대를 찾는 일이었다.

이후 비행기남은 시간이 나는 대로 종종 카페 홈즈로 향했다. 유럽은 갈 수 없다. 하지만 카페 홈즈라면 얼마든지 갈 수 있다.

카페 홈즈에 갈 때마다 비행기남은 에세이의 첫 장면처럼 멍정히 창밖을 바라보았다. 은행나무에 잎이 펴고 푸른빛을 띠는 모습을 보며 글을 쓰려고 노력했다.

하지만 써지는 일은 없었다. 리연의 퇴원 소식 역시 없었다. 그러다 보니 비행기남은 더 깊이, 같은 생각에 골몰할 수밖에 없었다.

리연이 퇴원을 못 하는 건 내 탓일지도 몰라.

내가 이 에세이를 완성하지 못해서, 퇴원할 수 없는 거야.

말도 안 되는 생각이란 건 알았다. 하지만 마음이 쏠리는 것까지 막을 수는 없었다. 모든 게 자기 탓인 것만 같아서 리연이 준 원고를 보는 일이 점점 괴로워졌다. 그래도 쓰는 건 포기할 수 없었다. 쓰는 걸 포기한다는 건 리연을 포기하는 일이 될 것만 같아서.

일주일 전, 해환이 카페 홈즈를 찾은 날도 그런 날이었다. 아무것도 쓸 수 없던 날, 여전히 리연의 퇴원 소식은 들려오지 않던 날. 이날, 비행기남은 빈손으로 카페 홈즈를 찾았다. 주변에 업무가 있어 잠깐 들른 것이라 글을 쓸 도구는 없었다. 핸드폰으로 에세이를 들여다보며 무언가 쓸 수 있기를 바라던 중, 해환과 사장의 대화를 들었다. 해환이 작가라는 말에 아이디어를 떠올렸다.

이 글을 저 사람에게 보이면 어떨까. 흥미가 돋으면 뒷부분을 완성해주지 않을까.

즉흥적인 생각이었다. 하지만 생각하면 할수록 괜찮은 아이디어인 것 같았기에 핸드폰으로 문서를 출력했다.

"직접 말씀을 하시면 좋았을 텐데요. 그런 사정이 있으면 당연히 도와드렸을 텐데."

"용기가 나지 않았습니다. 초면의 작가한테 그런 부탁을 하는 건, 아니 그보다 리연이의 사정을 본인 허락 없이 이야기해도 될지 알 수 없어서."

"파울로 코엘료가 말했다죠. 간절히 원하면 우주가 그 소원을 들어준다고."

해환이 가방에서 A4 문서를 꺼냈다. 비행기남에게 건네며 말했다.

"저는 그 말을 믿지 않아요. 우주는 그렇게까지 한가하지 않을 것 같거든요. 하지만 인간은 다릅니다. 인간에겐 집요함이 있습니다. 적어도 저라는 인간은 그렇습니다. 어렸을 때부터 궁금한 게 생기면 참지 못했습니다. 어떤 식으로든 해답을 얻으려고 아등바등했죠. 어쩌면 운명이란 이런 인간에게 찾아드는 걸지도 모르겠습니다. 제가 정말 에세이의 뒷부분을 적고 말았거든요. 한 남자가 카페 홈즈를 찾아 괴문서를 출력하고, 그 괴문서의 정체를 파악하려고 아등바등하는 윤해환이라는 작가의 이야기를 말입니다. 하지만 완성을 못 하고 있었어요. 리연 씨와 통화를 해서 많은 사실을 알아냈는데도 결정적인 의문, 왜 이 괴문서가 내 손에 쥐어졌는가, 납득할 수 있는 까닭을 알 수 없었거든요. 그런데 이렇게 이야기를 나누니 이제 알겠네요. 어때요. 집필을 도와주시겠습니까?"

비행기남은 대답이 없었다.

그의 눈은 이미 해환이 건넨 원고에 집중하느라 바빴다. 해환은 그런 비행기남을 가만히 바라보다가 핸드폰을 손에 들었다. 비행기남과의 대화 결과를 기다릴 리연에게 짤막한 메시지를 보냈다.

다 잘 될 거예요. :)

마지막 사랑

김탁환

*

손오공이 오승은을 찾아온다거나 아르센 뤼팽이 모리스 르블랑에게 말을 거는 이야기를 쓴 적이 있다. 탈고한 다음 날이었다. 더 이상 이 주인공과는 만날 일이 없는 소설가의 작업실에서 생긴 일이다. 주인공들은 국적과 나이와 직업과 성별을 불문하고 마찬가지 태도를 취했다. 위협도 하고 애원도 하며, 딱 한 편만 더 같이 가자고 청한 것이다. 현명한 소설가라면, 술은 한두 잔 대작하더라도 단편이든 장편이든 더 쓰진 않는다. 어리석은 소설가 중엔 주인공의 감언이설에 넘어가서 딱 한 편을 더 쓰다가 세상을 떠나거나 미쳐버린 이도 있었다. 대가다운 죽음이라고 덧칠을 해대지만 주인공에게 당한 것이다. 그게 전부다.

언제 이 시리즈를 마칠 줄은 몰랐지만, 시리즈 완간 인터뷰를 할 곳은 30년 전에 이미 정해뒀다. 〈카페 홈즈〉가 망하지 않은 것은 내가 〈책탑파 시리즈〉를 지금까지 끌고 온 것만큼이나 기적에 가깝다. 시리즈에서 다루는 사건들이 바뀌듯이, 카페도 더 싸고 한적한 곳으로 옮겨 다녔다. 1층 2층 3층은 물론이고 지하층과 지하 2층까지 내려가기도 했고, 시장 입구 초등학교 앞 아파트 뒤 공장과 공장 사이에 자리를 잡기도 했다. 장소가 바뀌어도 변하지 않은 것은 두 가지였다. 하나는 추리소설로 사방 벽을 가득 채운 카페의 분위기이고, 또 하나는 주인이었다.

완벽한 불변은 아니다. 책은 늘어났고 주인은 늙었으니까.

'〈책탑파 시리즈〉의 탐정과 함께 늙어가겠다'고 호기롭게 말한 적이 있었다. 내 착각이었다. 나는 주인보다 더 늙었지만, 이 시리즈의 탐정 김미(金美)는 여전히 이십 대다. 가장 어렸을 때가 스무 살이고 나이를 제일 많이 먹었을 때가 서른 살이다. 서른 살에 맞닥뜨린 사건이 박진감도 넘치고 추리 기법도 좋았지만, 판매량이 가장 저조했다. '우리는 김미의 삼십 대가 궁금하지 않다'라는 항의 문자와 메일이 출판사로 날아들었다. 그해에 하필 나는 전염병에 걸려 한 달이나 사경을 헤맸다. 죽다가 살았다는 문장을 체험한 셈이었다. 그 후론 서른 살 이후의 김미를 상상하지 않았다. 내 죽음 이후를 상상하기 싫은 것과 같은 이유였다.

약속 시간보다 15분 먼저 도착했다.

나는 평생 '15분 전 태도'를 지켰다. 소설가가 등장인물이나 등장 동물에게 영향을 받는다는 주장은 진실이다. 장편소설 한 편을 쓰려면 최소한 3년이 걸리는데, 그 3년 동안 최소한 매일 한 번은 내 소설에 등장하는 존재들과 만날 수밖에 없는 것이다. 특히 주인공(主人公)이나 주동공(主動公)이나 주식공(主植公)과는 깊은 교감을 나눈다. 가령 〈밀림유정(密林有情)〉에 등장하는 호랑이의 마음을 헤아리다 보니, 그 녀석을 따라 하고 싶어졌다. 호랑이처럼 혼자 쓰고, 호랑이처럼 평생 돌아다니고, 호랑이처럼 집요하게 글감을 추격하고, 호랑이처럼 단 한 줄로 독자들을 내 이야기 속에 쓰러뜨리고자 애썼다. 늘 실패했지만 흉내를 멈추진 않았다. 실패한 기록의 제왕이 소설이란 생각도 했다.

'15분 전 태도'가 해군으로 복무한 경험에서 비롯된 것은 맞다. 그러나 〈속천의 이별〉이란 연애소설을 쓰지 않았다면 이 태도를 고수하진 못했을 것이다. 해군인 남자 주인공은 수요일 외출이나 토요일 외박을 나와 진해 속천의 카페에서 여자 주인공과 시간을 보냈다. 귀대 시간이 임박해지면, 그는 습관처럼 똑같은 우스갯소리를 했다.

"육군이었다면 15분 더 당신을 사랑할 텐데……."

15분이면 한 번 어쩌면 두 번 더 처음으로 돌아가 서로의 틈을 없애고도 남을 긴 시간이라고 적긴 했었다. 스물여섯 살의 연인에겐 15분이 150분만큼이나 소중했던 것이다.

'15분 전 태도'는 다양하게 변주되었다. 약속 시간엔 항상 15분 전에 도착했고, 15일 먼저 편집자에게 원고를 건넸으며, 15년 먼저 앞으로 집필할 장편들의 목록을 짜보았다. 3년에 하나씩이면 다섯 작품 남짓이었다. 그때 정한 순서대로 쓰진 않았지만, 그 순서가 없었다면 다섯 작품을 마치기가 훨씬 힘들었을 것이다.

〈카페 홈즈〉 주인은 해군에 복무하진 않았지만 미리미리 준비하는 사람이었다. 그런 면 때문에 나는 처음부터 〈카페 홈즈〉가 편했다. 내가 드러내놓고 '15분 전 태도'를 지키는 쪽이라면, 그는 그딴 태도를 강조하는 것 자체가 난센스라는 듯 조용히 움직였다.

오늘도 그렇다. 인터뷰 자리로 잡아놓은 의자 뒤 책장엔 〈책탑파 시리즈〉 스무 권이 가지런히 꽂혔다. 어제까지 저 자리엔 새로 편집한 〈홈즈 걸작선〉이 차지했었다. 〈책탑파 시리즈〉뿐만 아니라, 내가 좋아하는 국내외 작품들을 그 주변에 배치했다. 내 소설을, 특히 〈책탑파 시리즈〉를 30년 동안 따라 읽어온 독자라면, 책장을 일별하는 것만으로도 나처럼 감회에 젖을 것이다. 지난밤 나를 위해 책장을 다시 정돈한 주인의, 이제는 쭈글쭈글한 손이 정겹기까지 했다.

기자는 내가 〈카페 홈즈〉에 도착한 것보다 15분 먼저 왔다고 했다.

내가 15분 전에 올 것을 알고, 나처럼 해본 것이다.

인터뷰를 원한 매체가 몇 군데 더 있긴 했다. 나는 은퇴 경기를 마친 권투선수처럼 고집 아닌 고집을 부렸다. 이 시리즈에 관해선 지금부터 영원히 인터뷰를 한 번만 하겠다고 선언했다. 그리고 나와 인터뷰를 하려면 스무 권을 완독한 후 질문지를 미리 보내 달라고 했던 것이다. 출판사의 안내문은 친절하고 정중했지만, 내 고집을 바꾸진 못했다.

흑선(黑船)?

본명이냐고 묻진 않았다. 검은 블라우스에 삼각돛을 떠올리게 하는 노란 브로치를 가슴에 달긴 했다.

첨부파일을 열어 질문지를 검토하기 전, 메일 제일 아래에 적힌 이름을 보는 순간, 마음이 기울긴 했다. 시리즈의 두 번째 작품을 출간한 후 지독한 슬럼프가 왔었다. 12시간을 책상 앞에 앉아 있어도 두 문장이 나오지 않던 가을이었다. 별의별 짓을 했지만 마른 우물처럼 이야기가 메말랐다. 지인의 참나무 숲으로 들어갔다. 아름드리 참나무 쪽에 나무판을 깔고 집필실로 삼았다. 21세기의 시작과 함께 굴뚝이든 옥상이든 첨탑이든 높은 곳으로 올라가서 목숨을 걸고 버텼던 이들과 다르지 않았다. 여섯 달을 꼬박 참나무 위에서 장편 초고를 마치곤 내려왔다. 그곳을 '검은 돛배'라고 칭한 적은 없다. 이 노래는 훨씬 전 내가 포르투갈 여행을 갔을 때 들었고, 단편에 흘려 적고 지나갔었다. 그 소품에선 천문학도 문학이라 우기며 나무판에 별자리를 옮겨 새기는 사람이 나왔다. 내 마음이 어디서부터 비롯되었는지, 내가 이 시리즈를 얼마나 아끼는지, 흑선은 아는 것이다.

흑선은 손을 다소곳이 무릎 위에 모은 채 기다렸다. 허리를 세우고 내 눈을 피하지 않았다. 이마는 넓고 콧날은 오뚝하며 입술은 얇았다. 눈귀와 입귀가 동시에 미소를 머금은 듯 떨리다가 멈췄다. 질문지를 미리 건넸다고 해도, 반갑게 인사부터 하면서 질문을 던지는 것이 보통이었다. 나는 호감을 표시하되 먼저 다가서지 않는 여자에 대해 쓴 적도 있었다. 해군이 사랑한 여자였다.

"누군가 다른 여자가 당신을 정말 사랑한다면, 나는 그 자리를 피할 것 같아요."

그럴수록 더 다가와서 자리를 지켜 달라던 대화가 떠올랐다. 누구를 사랑하느냐에 따라 사랑법도 바뀐다고. 나오라고, 언제나 앞자리에 머물러 달라고.

내가 하는 말을 충분히 듣겠다는 자세이면서 내가 말을 하지 않더라도 몰아세우진 않겠다는 자세였다. 그렇다고 내가 먼저 이야기를 시작하고 싶진 않았다. 간절한 쪽이 먼저 말을 건네는 법이라는 문장을 쓴 적이 있었다. 시리즈에 속한 소설 같기도 했고 아닌 것 같기도 했다.

"낯이 익지 않나요?"

운을 뗀 것은 주인이었다. 핸드 드립 두 잔이 나왔다. 나는 언제나처럼 '홈즈와 런던 산책'이고, 흑선은 '미스 마플의 정원'이었다. 나는 맞장구를 쳤다.

"나도 그 생각을 하던 참이었거든."

주인이 한 걸음 더 들어갔다.

"여기 오신 적이 있던가?"

기자가 답했다.

"처음이에요. 소문은 정말 많이 들었지만."

"그럼, 동네 책방이나 도서관에서……."

"순례 강연에 꼭 참여하고 싶긴 했는데, 기회가 없었습니다."

초면에 이렇듯 편안하기도 어려운 법이다. 카페도 소설가도 처음이라고 하니 더 추궁할 구석이 없었다.

"흑선으로 올라가시지 그러세요?"

단숨에 핵심을 찌르는 스타일이었던가. 잔잔하던 바다가 순식간에 태풍에 휩싸인 꼴이었다.

"슬럼프가 아닙니다. 갓 서른에 이 시리즈를 시작했죠. 그때보다 지금이 훨씬 낫습니다. 물론 집필량이 줄긴 했습니다. 밤을 새우지도 못하죠. 이제 꼭 쓰고 싶은 것만 딱 알맞게 쓰려 합니다. 예전엔 손 가는 대로 우선 썼다가 나중에 지우거나 바꿨죠. 문득 그런 생각이 들더라고요. 지금까지 내가 탄생시켰다가 죽인 문장이 어마어마하다고. 계속 쓰긴 하겠으니 앞으로도 죄를 짓겠지만, 예전처럼 소설가의 권리입네 마구마구 쏟아내진 말자고. 승려들이 잔반 없이 발우공양을 하듯이!"

"일곱 번이나 퇴고를 하신다면서요? 이제 퇴고 없이 초고가 완고가 되길 바라시는 건가요?"

흑선이 먼저 웃었으므로 따라 미소를 짓긴 했다. 이번에도 날카롭긴 마찬가지였다. 퇴고를 아예 하지 않을 수는 없다. 하지만 퇴고를 하면서 버리는 문장의 양을 줄이고 싶긴 했다. 완벽한 문장을 향한 욕심과 버려지는 문장에 대한 연민의 균형추를 찾는 것은 평생 나를 괴롭혀온 문제였다. 내 옅은 미소를 답으로 간주한 듯, 흑선은 첫 질문으로 돌아갔다.

"반년도 안 걸리겠네요. 문장을 신중하게 골라 적어나가시면, 백 일이면 흑선에서 내려오시지 않겠어요?"

이번에도 대답의 첫 문장은 같되, 샛길로 빠지지 않으려 신경을 썼다.

"슬럼프가 아닙니다. 완결한 거예요. 다시 이 시리즈를 잇는 일은 없을 겁니다."

"'내가 만든 탐정과 함께 늙어가고 싶다'는 어리석은 말씀과 대비되는 참으로 현명한 말씀을 같은 날 하셨잖아요?"

그랬던가, 내가?

처음 그 문장을 뱉은 날이 떠오르지 않으니 함께 꺼낸 다른 문장이 기억날 리 없었다. 짧은 침묵이 지난 후 흑선이 대신 답했다.

"내가 죽는 날 이 시리즈는 끝난다."

시리즈 작가들이 흔히 하는 고백이었다. 진심이긴 했지만, 죽는 날까지 시리즈를 충실히 이어간 소설가는 손에 꼽을 정도다. 대부분은 자의 반 타의 반 시리즈를 마친다. 판매량이 현저하게 떨어져 출판이 어려운 경우가 타의라면, 소설가가 어떤 이유에서든 흥미를 잃어 시리즈를 마치기로 결심한 경우가 자의다.

"시리즈를 쓸 때 가장 어려운 게 뭔지 압니까?"

반격에 익숙하지 않은 듯 즉답이 없었다. 짧은 침묵이 흐른 뒤, 나는 다시 질문의 형식을 빌려 반격을 이어갔다.

"열아홉 권을 발간한 뒤 시리즈 마지막 편을 준비할 때 내가 가장 먼저 한 일이 뭔지 압니까?"

이번에도 흑선은 답을 주지 않았다. 내가 두 질문을 합쳐 답했다.

"열아홉 권을 모두 읽는 겁니다. 그냥 읽는 게 아니라 읽으며 외우는 것이죠. 세세한 부분까지 정리하며 외우고 나서야, 그걸 발판으로 삼아 새 작품을 시작할 수 있습니다. 일만구천 매를 외우는 게 얼마나 힘이 드는지 아십니까? 의지만 있다고 할 수 있는 일이 아닙니다. 늙어 죽을 때까지 시리즈를 계속 쓰겠다고 말해왔습니다. 사실입니다. 그때 저는 겨우 서른 살 이쪽저쪽이었을 테고, 이토록 많은 것을 외워야 하는지도 몰랐습니다. 살아봤더니, 쓰면서 여기까지 와서 보니, 시리즈를 계속하다간 형편없는 작품을 낼 거란 결론에 도달했습니다. 그래서 그만두려 합니다. 마음이 바뀌었습니다. 맞습니다. 마음이 좀 바뀌면 안 됩니까? 인생이란 그런 겁니다. 살아보기 전엔 이러저러할 거라고 예상했는데, 살아봤더니 그게 아닌 것. 그때 흑선 씨는 어찌하시렵니까? 그게 아닌데도 30년 전에 한 말을 지키기 위해 고집을 부릴 건가요? 소설가에겐 스스로 만족하는 작품에 도달할 때까지 계속 집필할 권리도 있지만, 졸작을 쓰지 않기 위해 절필할 권리도 있습니다. 나는 바로 그 권리를 행사하는 겁니다. 시리즈를 30년이나 이끌어온 소설가의 결정은 존중되어야……."

흑선이 갑자기 웃음을 터뜨리는 바람에 이야기가 끊겼다. 그녀도 질문으로 반격을 시작했다. 프런트에 서 있는 주인에게 들릴 만큼 목소리를 높였다.

"셜록 홈즈 기념관은 세상 곳곳에 매우 많지만 코난 도일 기념관은 거의 없는 이유가 뭐라고 생각하시나요?"

그랬던가? 처음 듣는 질문이었다. 흑선의 시선이 내 어깨를 타고 프런트로 향했다. 나는 고개를 돌렸다. 주인이 천천히 고개를 끄덕였다. 흑선이 용기를 얻은 듯 질문을 이어갔다.

"김미 팬클럽은 회원이 백만 명인데, 김 작가님은 팬클럽 자체가 없는 까닭이 뭐라고 생각하시나요?"

나는 스무 권까지 이어진 이야기를 〈책탑파 시리즈〉라고 불렀지만, 〈김미 시리즈〉라고 부르는 이도 적지 않았다. 영화에 이어 드라마로 선을 보인 뒤부터 생긴 이름이었다. 시즌제로 제작되어 5년 동안 가을마다 공개되었는데, 드라마 제작사는 '책탑파' 대신 주인공인 '김미'를 드라마 전체 제목으로 삼았다. 드라마가 인기를 끌면서 김미 팬클럽이 생겼다. 소설을 읽지 않고 드라마만 본 이들도 적지 않았다.

"시리즈 종결을 소설가 혼자 결정해선 안 됩니다. 스무 권이나 소설을 사서 읽은 독자에겐 아무런 권리도 없단 건가요? 작가님이 30년 동안 이 시리즈를 계속 쓸 수 있게 지지하고 응원한 사람이 누구라고 생각하시나요? 독자들의 전폭적인 지지 없이 작가님 혼자만의 재능으로 여기까지 왔다고 여기시는 건 설마 아니시겠죠?"

흑선의 의도가 명확해졌다. 그녀는 시리즈 종결의 의미를 부여하는 인터뷰 기사를 쓰기 위해서가 아니라, 내 결정을 비판하려고 맞은편에 앉아 있는 것이다. 불쾌감이 밀려들었다.

"나더러 어떻게 하란 거요?"

"종결 선언을 취소하셔야죠. 그리고 새 작품을 쓰시는 겁니다. 약속을 지키십시오."

"그리할 수 없다면?"

"싫고 좋고의 문제가 아닙니다."

"이미 6년 뒤까지 계약을 끝마쳤소. 두 작품을 더 계약했단 뜻이오. 책탑파와는 전혀 다른 장편이지."

말끝이 짧아졌다. 상호 존대의 틀에서 벗어나고 싶었던 것이다. 말을 섞을 가치도 없었다.

"후회하실 겁니다."

"소설가에게 이딴 식으로 협박하는 걸 귀사의 편집인은 알고 있소?"

"편집인이 작가님과 호형호제하는 사이란 건 압니다."

형이나 동생이라고 불러보진 않았지만, 30년 전 신입 기자와 신예 소설가로 만나 지금까지 목청 높여 다툰 적은 없었다. 줄 건 섭섭하지 않게 주고, 받을 건 확실하게 받는 사이였던 것이다.

"내가 곧 편집인에게 전화를 걸 거란 사실도 알겠군."

"이 시리즈가 종결되는 것보다 더 두려운 게 있을까요?"

흑선의 얼굴을 다시 쳐다보았다. 목소리의 질감이 너무 어둡고 탁했던 것이다. 소설을 읽고 자살을 택한 독자들이 있긴 했다. 베르테르를 따라 죽은 젊은이들! 그러나 시리즈 소설이 더 나오지 않는다고, 소설을 읽을 수 없다고 극단적인 선택을 한 독자가 있었던가. 어쩌면 흑선이 그 첫 번째 독자가 될지도 모르겠다는 생각까지 들었다.

다음 날 아침 편집인의 사과 전화를 받았다. 인터뷰 기사로 나가

긴 어렵겠다는 것이다. 일주일 뒤 서평을 문화면 톱으로 싣는 선에서 타협을 봤다. 전화를 끊기 전 내가 물었다.

"혹선, 그 기자는?"

편집인이 반문했다.

"대체 무슨 소릴 한 거야? 자넬 가만두지 않겠다고 했대. 어제 인터뷰를 마치고 돌아오자마자 사직서를 냈고, 오늘은 출근 안 했어."

"녹취를 들어보면 알 거 아냐?"

"그게…… 아직 제출하질 않았다네. 걱정 말게. 꼭 받아둘 테니. 혹시 켕기는 게 있으면 미리 귀띔을 해주게나."

30년 우정을 쌓았지만, 그는 기자고 나는 소설가였다. 기자의 글과 소설가의 글이 다르듯, 기자의 질문과 소설가의 질문은 달랐다. 그는 언제든 나를 찌를 자세가 되어 있었고, 나는 이제 그 누구도 찌르고 싶지 않았다. 이것이야말로 소설가의 자세란 걸 너무 늦게 깨달았다. 그가 이미 흑선과 내가 나눈 대화를 들었을지도 모른다는 생각까지 들었다. 시리즈의 종결을 알리는 독점 인터뷰보다는, 종결하고 싶으나 종결을 못 하게 된 늙은 소설가의 당혹한 미래가 더 뉴스 가치가 있다고 볼 수도 있는 것이다. 몇 가지 의심을 검증할 방법이 지금은 없었다. 나는 진검으로 대나무를 베듯 사실만 확인해주었다.

"없네. 그런 거."

**

〈카페 홈즈〉에 꽂혀 있는 책은 전부 꺼내 읽어도 된다. 단 한 권만 제외하곤.

그 책은 아서 코난 도일이 1894년에 발표한 단편집 〈셜록 홈즈의 회상록〉이다. 〈카페 홈즈〉에는 같은 제목의 책이 판본을 달리하여 열 권이나 있었다. 영어본 세 권, 일본어본 한 권, 스페인어본 한 권, 중국어본 한 권에 한국어본 네 권이었다. 그중 아홉 권은 자유롭게 열람이 가능했지만, 영어본 한 권은 따로 유리함에 넣어 손이 닿지 않는 책장 위에 두었다. 2미터 30센티미터인 거구가 와서 손을 뻗더라도 닿지 않는 높이였다. 초판 1쇄본일 것이라는 성급한 추측은 거두는 편이 좋겠다. 초판 1쇄본 두 권은 장갑을 끼고 조심조심 본다는 조건으로 열람이 허용되었지만, 유리함에 담긴 책은 초판 1쇄본이 아니었다.

주인은 가게를 열고 지금까지 딱 한 번 단골들—이 카페에 죽치고 앉아 시간을 죽이는 동화 작가와 소설가와 시나리오 작가들, 번역가들, 편집자들, 그 작가와 번역가와 편집자의 감언이설에 속아 책을 내는 출판사 대표들—에게 유리함을 열고 책을 꺼내 보여줬다. 벌써 15년이나 지난 어느 겨울이었다.

쇳소리가 밤낮으로 들리는 공장지대 뒷골목 지하 2층까지 밀려 내려갔던 가게를 백화점이 늘어선 번화가 지상 2층으로 옮기기로 결정한 날이었다. 재주라곤 커피 한 잔에 기대어 아침 10시부터 저녁 9시까지 오래 앉아 있는 것밖에 없어 보이던 단골들의 도움으로 가게를 구한 것이다. 동화 작가와 소설가가 힘을 합쳐 쓴 소설을 시나리오 작가 겸 감독이 영화로 만들었고, 번역가들이 자막을 달아 출품한 해외 영화제에서 덜컥 상을 받아버린 것이다. 그렇다고 초대박이 나진 않았지만, 꾸준히 손님은 늘었다. 그들은 카페에서 시간을 죽이던 단골들을, 옆 탁자나 뒤 탁자에 음료를 시키곤 앉아 흥미롭게 지켜보았다.

단골이라고 해도 만질 수는 없었고, 그가 펼치는 부분을 눈으로 읽는 것이 전부였다. 1894년의 초판 1쇄본이 아니었고, 2쇄본도 아니었고, 3쇄본도 아니었다. 초판본이 아닐뿐더러, 초판 1쇄본으로부터 36년이나 지난 1930년에 출간한 책이었다. 그렇다고 인쇄 사고 덕분에 주목할 만한 오자나 탈자가 생긴 것도 아니다. 책이 출판된 연도와 책의 상태만 놓고 보자면 주인이 그토록 아낄 이유가 없었다.

"별 게 아니잖습니까?"

누가 던진 질문인가는 중요하지 않다. 주인을 제외한 단골 모두 같은 물음을 품었으니까. 주인은 책갈피를 미리 꽂아둔 페이지를 폈다. 〈마지막 사건〉이라는 제목 아래 필기체로 갈겨쓴 서명이 있었다. 주인이 책을 들어 그 서명을 단골들에게 보인 뒤 물었다.

"다들 잘 보셨죠?"

"'Sherlock Holmes'라는 서명 말인가요?"

내가 되물었다. 'Conan Doyle'이 아니라 'Sherlock Holmes'였다. 주인이 답했다.

"맞아요. 코난 도일이 죽던 여름에 쇄를 바꿔 나온 〈셜록 홈즈의 회상록〉 중 단 한 권만 〈마지막 사건〉 아래 바로 이 자리에 서명이 들어 있습니다. 정말 어렵게 구했지요. 돈으로 따진다면 제가 가질 수 없었을 겁니다. 오랫동안 추리 전문 북카페를 해온 공을 인정하신다며 익명의 후원자가 선물로 주신 겁니다. 자부심을 가지고 죽는 날까지 〈카페 홈즈〉를 지켜나가라고요."

주인의 젖은 눈과 떨리는 목소리 때문에 단골들은 이의를 달지 않으려 했다. 지하 2층에서 지상 2층으로 옮겨 가기로 결정이 난 좋은 날이었으니, 찬물을 끼얹을 분위기가 아니었던 것이다. 그러나 나는 따져 묻지 않을 수 없었다.

"그토록 귀하고 값비싼 책이면, 지하 2층으로 내려가기 전에 융통을 했어야 하지 않습니까?"

침묵이 부담스러워, 나는 한 걸음 더 나아갔다.

"솔직히 소설 쓰는 사람 입장에선 받아들이기 힘든 얘기로군요. 자고로 서명은 당사자가 하는 법입니다. 그 책에 담긴 서명이 가치를 지니려면 주인공인 셜록 홈즈가 만년필을 들고 서명을 해야 합니다. 하지만 그런 일은 불가능하다는 걸 아시잖습니까? 코난 도일이 죽기 직전에 평생 시리즈에 담은 셜록 홈즈를 기리며 〈마지막 사건〉 아래에 그 이름을 끼적인 거라면, 그 정도는 인정을 하겠습니다만, 소설가가 주인공 이름을 적어두는 거야 흔한 일 아닌가요? 장편소설 한 편을 완성하는 동안 소설가는 주인공 이름을 수백 번은 더 적을 겁니다. 그 이름을 자판으로 치는 것과 펜으로 쓴 것의 차이가 이다지도 클까요?"

대답이 곧바로 돌아오진 않았다.

주인은 'Sherlock Holmes'라는 서명이 담긴 이 책을 그 후로도 유리함에 넣어 보관했다. 그가 늘 머무르는 프런트 정면의 책장과 천장 사이에 유리함은 놓여 있었다. 그 책이 기껏해야 'Sherlock Holmes'라는 서명이 들어 있는 정도라는 소문이 돌았다. 단골 중에 누군가가 퍼뜨린 것이다. 그 후론 유리함 속 책을 궁금하게 여기는 이들이 현격하게 줄어들었다.

주인은 내 질문을 듣고도 믿음을 바꾸지 않았던가 보다.

흑선과의 인터뷰를 마지막으로 나는 〈책탑파 시리즈〉를 떠났다. 새 작품을 쓰기 위해 반년 정도 국내외를 돌아다녔다. 사랑에 빠진 남녀 주인공에게 어울리는 장소를 찾기 위해서였다. 반년 만에 〈카페 홈즈〉에 들렀더니, 주인이 보이지 않았다. 임시로 가게를 대신 보는, 바리스타 자격증까지 있는 번역가가 그의 근황을 전했다. 이틀 전 탈진하여 입원 중이라는 것이다. 병문안을 갔더니, 내 손을 꼭 쥐고 열흘이나 식음을 전폐한 까닭을 털어놓았다.

"도둑맞았어요. 〈셜록 홈즈의 회상록〉을 바꿔치기해갔다고요. 유리함에다가 같은 해에 나온 책을 넣어두곤 진짜는 가져가 버린 거예요."

'Sherlock Holmes'라는 서명이 있으면 진짜이고 없으면 가짜

일까. 납득하기 힘든 기준이었다.

"그가 왔었어요."

아주 늦은 답이었다. 단골들에게 책을 보여준 날, 내가 질문을 하자, 주인은 유리함에 책을 서둘러 넣는 것으로 답을 대신했었다.

"김 작가님은 소설을, 그것도 30년 만에 시리즈를 마치셨으니 더 잘 아실 것 아닙니까? 장대비가 내리던 늦여름 밤이었죠. 저도 그때까진 그 책을 받긴 했지만, 믿지 않았어요. 주인공이 소설 밖으로 걸어 나와 자신의 이야기가 담긴 책에 서명을 한다는 건 농담이라 여길 수밖에 없었으니까요. 제가 깜빡 졸았었나 봐요. 마지막 손님까지 나간 후 설거지와 청소를 간단히 해야 했는데…… 전날 마음을 끈 장편이 있어서, 그게 김 작가님 신작이었어요, 밤을 새우고 말았거든요. 의자에 앉은 채로 졸고 있는데 문소리가 나는 거예요. 영업이 끝났다는 말부터 자동인형처럼 튀어나왔죠. 그리고 손님을 봤는데, 비에 흠뻑 젖었더라고요. 닫을 때 닫더라도 더운 차라도 한 잔 건네야겠다고 생각했죠. 한데 그가 내 팔목을 잡고 영국식 악센트를 실어 영어로 묻더군요. '책을 보여주십시오.' 무슨 책이냐고 물었더니, 내 손바닥을 펼치게 하곤 검지로 빠르게 이름 하나를 썼어요."

"'Sherlock Holmes'라고 썼단 건가요?"

"맞아요."

내가 던질 반박은 밤하늘의 별보다 더 많았다. 주인이 내 마음을 읽기라도 한 듯 내 팔을 끌어 손바닥에 빠르게 썼다.

"그 이름이긴 한데, 이랬어요."

그리고 다시 한 번 더 썼다. 내가 여전히 알아차리지 못하자, 그가 내 손바닥에 알파벳을 쓰면서 설명했다.

"마지막 소문자 'S'가 첫 대문자 'S'보다 컸어요. '셜록 홈즈'라는 이름을 누구도 그렇게 쓰진 않죠. 서명을 만든 당사자를 제외하곤. 유리함에서 책을 꺼내줬죠. 등을 보인 채 두 시간 남짓 책을 읽더군요. 얼굴을 보진 않았지만 그가 울고 있다는 걸 알았죠. 내내 머리와 어깨와 등이 떨렸거든요."

"경찰에 신고는 했나요?"

주인이 고개를 저었다.

"다 부질없단 생각이 들어요. 내가 지키고 싶은 건 두 가지밖에 없었거든요. 〈카페 홈즈〉와 그 책. 하나를 잃었으니 다른 하나도 곧 잃을 것만 같아요. 한쪽 날개로만 날기엔 너무 늙은 새이기도 하고."

***

주인은 결국 한 달 동안 카페를 단골들에게 맡기고 낙향했다. 앞에서 밝히진 않았지만, 주인과 나는 고향이 같았다. 고향에서 그를 만난 적은 한 번도 없었다. 명절에 단골들이 모두 참여한 채팅창에 그가 올린 사진에서 내가 아는 전봇대와 벚나무를 발견했을 뿐이다. 주인이 가게를 이대로 접을지도 모른다는 이야기를 나도 듣긴 했다. 그러나 30년을 이어온 가게를 닫는 것은 그 기간 동안 써온 시리즈를 종결하는 것만큼이나 쉽지 않다. 그만큼 그의 건강이 나빠진 것이다.

나도 고향에 한 달쯤 다녀오긴 했다. 그러나 주인을 만나러 간 것은 아니고, 우연히 길에서 마주치지도 않았다. 나를 고향으로 이끈 사람은 흑선이었다. 철새처럼 날아온 첫 문자메시지는 다섯 글자가 전부였다.

—마지막 사건.

이어서 숫자들이 떴다. 일방적으로 정한 약속 시간이었다. 오든지 말든지 상관하지 않겠다는, 그렇지만 올 수밖에 없으리란 뜻이었다.

뒤이어 발신인과 약속 장소가 동시엔 담긴 사진 한 장이 날아들었다. 부두에 묶인 검은 돛배였다.

문자메시지에 적힌 숫자보다 15분 먼저 부두에 닿았다. 흑선은 이미 와서 벤치에 앉아 캔커피를 홀짝이며 바다를 향해 앉아 있었다. 검은 돛배는 없었다. 내가 습작이 되지 않을 때마다 와서 새벽까지 술을 마셨던 자리였다. 그때는 흙바닥이었는데, 지금은 보도블록이 깔리고, 그 위에 벤치까지 놓였다. 항구에 드문드문, 아주 오래전부터 풍경의 일부였을 것 같은 벤치는 모두 스무 개였다. 항구를 정비하면서 시민들의 후원으로 공사비의 일부를 모았다.

돈의 많고 적음보다도 사람들의 관심을 끌기 위해서였다. 후원에 참여한 이들에겐 벤치가 하나씩 증정되었다. 자기가 원하는 자리에 원하는 문장을 넣어주겠다고 했다. 나는 마감 직전에야 소식을 접했고, 다행히 내가 늘 찾던 그 자리가 마지막으로 남아 있었다. 벤치 등받이에 오래전 끼적인 창작일기의 한 구절을 옮겨 적었다.

—소설가는 쓰고 싶었던 문장과 쓴 문장의 낙차 사이에서 산다. 절망이라면 절망이겠고 사랑이라면 사랑이겠다.

그녀가 내민 캔커피를 따서 한 모금 마시며 나란히 앉았다. 해가 지려면 30분 정도가 남았다. 나는 흑선과 함께 밤을 맞긴 싫었기 때문에 본론으로 바로 들어갔다.

"장난이 심했어."

"장난으로 보여?"

내가 하대하자 그녀도 하대했다. 상호 존대보다는 이게 나았다.

"돌려줘. 제일 아끼는 둘 중 하나가 바로 그 책이란 걸 알잖아?"

"제일 아끼는 건 하나지 둘은 아니지 않나? 그쪽이 제일 아끼는 것 둘을 생각해봤지. 하나는 곧바로 답이 나오더군. 소설. 시리즈는 접겠다고 했지만, 지독하게 소설을 써오긴 했으니까. 또 하나도 어렵지 않았어. 주인과 아끼는 게 같더군. 〈카페 홈즈〉! 30년 단골집이 흔하진 않지. 더구나 당신은 30년 동안 늘 그 가게에서 최종퇴고를 해왔잖아? 〈카페 홈즈〉가 사라지면 탈고를 못 할지도 모른다고, 불안증을 솔직하게 고백한 인터뷰를 예전에 읽기도 했었고. 〈카페 홈즈〉를 잃지 않으려면, 주인이 건강을 되찾아야겠지. 주인이 건강을 되찾으려면 유리함에 넣어 보관해온 〈셜록 홈즈의 회상록〉이 필요하겠군. 그 책 내가 가지고 있어. 돌려줄게. 코난 도일의 작품들을 좋아하긴 하지만, 내겐 제일 아끼는 둘 중 어디에도 속하지 않으니까. 한데 그냥 돌려줄 순 없지. 당신도 주인도 소중한 것 둘을 갖는데, 나도 둘 중 하나쯤은 가져야 공평하지 않겠어?"

"원하는 게 뭐야?"

"……."

즉답 대신 고개를 돌려 내 눈을 뚫어지게 쳐다봤다. 붉은 기운이 그녀의 얼굴을 불쾌하게 만들었다. 팩소주라도 마신 사람처럼. 흑선과의 유일무이한 인터뷰 장면이 사진처럼 탁탁 끊겨 지나갔다. 말은 많았지만 결국 똑같은, 단 하나의 갈망이 도드라졌다. 흑선이 내가 떠올린 것을 꼬집었다.

"당신이 생각하는 그거! 맞아."

"무슨 생각?"

버틸 수 있다고 믿은 것은 아니다.

"한 편만 더 써. 장편이 힘들면 중편, 아니 단편도 괜찮아. 원고를 넘겨주면 〈카페 홈즈〉가 예전처럼 돌아가도록 선물을 줄게."

장물은 선물이 되기 어렵다.

"어떻게 믿어?"

"애석하군. 난 당신이 내 제안을 받아들여 스물한 번째 시리즈를 완성하리라 믿는데……. 이번 소설은 연필로 백지에 써서 가져와. 당신의 원고와 내 선물을 주고받자고. 물물교환인 게지."

"거절한다면?"

"〈카페 홈즈〉는 문을 닫겠지. 당신은 최종 퇴고를 할 카페를 잃을 것이고, 또 가끔은 모여 서로의 주름을 확인하는 단골들과의 술자리를 잃는 정도일 거야. 주인은 낙향할까? 이미 고향에 내려왔으니 그대로 눌러앉을지도 모르지. 자살하거나 자살하지 않고 대충 살거나……. 어느 쪽이든 이미 죽은 거지. '그곳에서 그 일을 하지 않으면, 살아도 죽은 목숨이다'라는 문장도 당신이 쓴 거야."

그 문장은 기억이 났다. 시리즈 마지막에 소설이 끝나도 탐정 김미가 추리를 통해 사건을 해결하는 나날이 계속된다는 식으로 여운을 줬던 것이다. 그 여운의 마지막에 붙인 문장이었다.

"네가 그 책을 갖고 있단 걸 어떻게 믿지?"

"믿기 때문에 나온 것 아냐?"

흑선은 증거 사진을 보여주는 따위의 낡은 방식을 쓰진 않았다. 대신 내 마음을 찌르는 질문을 표창처럼 연이어 던졌다.

"〈셜록 홈즈의 회상록〉이 아니라 〈마지막 사건〉이라고 적은 건 그 책의 다른 단편들은 언급하지 않겠다는 의지가 담겼다고 봐야겠지?"

맞는 지적이었다.

"'마지막 사건'이란 제목 아래에 서명이 있는 걸 암시했다고 여겼을 테고?"

정확했다. 흑선은 등대에 들어온 빛을 쳐다보며 일어섰다.

"넉넉하게 반년! 여기 참 좋네! 당신이 종종 밤에 또 드물게 낮에 여기서 취해갔던 이율 알겠어. 캔커피만 마시며 앉았어도 하늘에 취하고 바다에 취하겠네."

그리고 나를 버려둔 채, 발밑에 깔리는 어둠을 걷어차며 빛을 향해 걸어 들어갔다.

****

반년이 흘렀고, 나는 원항(遠航)을 떠난 배가 돌아오듯 그 자리에 도착했다. 약속 시간 15분 전이었는데 흑선의 모습은 보이지 않았다. 그녀가 앉았던 자리를 차지하곤 캔커피를 홀짝거렸다.

검은 돛배에 올라가진 않았다. 〈책탑파 시리즈〉의 스물한 번째 이야기를 고민하지 않은 것은 아니다.

주인의 은거는 한 달에서 반년으로 늘었다. 단골들이 성심껏 〈카페 홈즈〉를 운영했지만 손님은 대폭 줄었다. 커피 맛은 비슷하게 내더라도, 책장에 더 이상 새 책이 꽂히지 않는 것이 문제였다. 주인은 꾸준히 국내외 인터넷 서점을 돌아다니며 신간을 주문했고, 카페가 쉬는 격주 월요일엔 헌책방 골목을 누비며 구간을 발견하여 사들였던 것이다. 비혼주의자인 그는 먹고 자는 데 드는 비용 빼곤 대부분을 추리소설 구입비로 썼다. 책들이 도착하면 주인은 눈에 띄지 않게, 가장 어울리는 자리에 그것들을 꽂았다. 책들이 돌지 않자, 손님이 제법 든 날에도 분위기가 가라앉았다. 주인만이 가능하고 단골은 어쩔 수 없는 영역도 있는 것이다.

쓰지 않은 것이 아니라 쓸 수 없었다.

물론 시리즈에 넣을까 싶어 챙겨뒀던 소재는 열 개쯤 더 있었다. 그러나 그것들은 어디까지나 사서(史書)에서 발견한 일화들이다. 일화를 장편 추리소설로 바꾸는 것은 전혀 다른 차원의 문제다. 게다가 김미를 비롯한 열 명이 넘는 등장인물은 30년이 넘도록, 나이를 먹지 않은 채, 스무 권의 책에 등장해왔다. 이 시리즈는 십여 권이 넘는 대하소설들이 흔히 취하는 방법인 시간 순서대로 창작되지 않았다. 스무 살에서 서른 살 사이, 김미의 활약상을 그리면 되는 것이다. 가령 스물다섯 살 때의 사건을 그린다면, 이미 스물다섯 살 이후 김미의 행적과 다른 등장인물들과의 관계를 담은 시리즈 소설이 열 권 넘게 출간되었다. 그 책에 담긴 김미와 등장인물들의 언행을 충분히 고려하여 소설을 써야 했다.

둘 중 하나를 고민했다. 첫째는 스무 권 중에서 가장 이른 시기, 그러니까 열아홉 살 12월 31일에서 1월 1일로 넘어가는 단 하루를 소설에 담는 것이다. 그런데 이미 시리즈를 소설이나 영화나 드라마로 접한 이들은 이 하루 동안 김미에게 일어난 일이 나머지 이야기들과 어떻게 연결이 될 것인지 따져보며 신작을 읽을 가능성이 컸다. 김미는 미래를 모르지만 독자는 최소한 그 후로 10년 동안 그녀에게 닥칠 어려움을 안다. 그럴 바에야 둘째, 스무 권 중에서 가장 늦은 시기를 잡을까도 싶었다. 그러나 이때는 김미와 독자 모두 스무 권에 담긴 삶을 살아버렸기 때문에, 기억할 만한 사건이나 인물들을 신작에서 끊임없이 떠올리며 나아가야 했다. 둘 다 어려운 일이었다. 내가 도저히 감당하기 힘든 기억의 무게였다.

앞으로도 오랫동안 소설을 쓸 것이다. 쓰고 싶다. 그러나 그 형식은 대폭 바꿀 작정이었다. 노인이라면 누구나 두려워하는 심각한 질병에 걸리진 않았다. 정기적으로 약을 먹지도 않는다. 하지만 기억력만은 눈에 띄게 감퇴하였다. 장편 특히 시리즈 소설이란 998개를 생생하게 기억하더라도 망각의 강에 빠뜨린 한두 가지 항목 때문에 작품을 망치게 된다. 내가 나를 믿지 못하게 되었다는 말은 내가 내 삶 전체를 기억하지 못한다는 뜻이 아니다. 천 개 중에 한두 개, 혹은 만 개 중에 한두 개란 뜻이다. 평범한 노인들에겐 전혀 문제가 되지 않는다. 998개나 기억하다니, 기억력이 대단하다는 칭찬을 받을 수도 있다. 그러나 시리즈를 쓰는 소설가는 다르다. 넘지 못할 벽에 맞닥뜨린 것이다.

소재를 택하고 집필을 시작했으나 10페이지를 넘지 못했다. 확인할 단어 하나 때문에 스무 권의 책을 미로처럼 헤매다가 새벽을 맞았던 것이다. 검색 기능을 활용해서 기억을 보강하면 되지 않느냐고 알은체를 하는 이도 있으리라. 그러나 내가 기억하는 것은 사람과 때와 곳이 아니다. 존재가 아니라 존재와 존재 사이다. 사람과 사람 사이, 때와 때 사이, 곳과 곳 사이. 이 사이의 폭과 높이와 깊이를 기억하는 것이 소설가의 업이다. 검색해도 나오지 않는 이 사이들이 인생을 결정하는 경우가 얼마나 많은가.

쓰긴 했다.

소설가는 자신이 쓸 수 있는 것을 쓸 뿐이다. 쓰지 못할 것을 갈망하면, 갈망의 추한 흔적만 글에 남는다. 갈망의 흔적을 남길 만큼 나는 어리석지 않다. 처음엔 어리석었으되, 소설과 함께 특히 시리즈와 함께 30년을 지나오면서, 쓸 것과 쓰지 않을 것을 깨달았다. 시리즈를 종결한 것도 이제 김미의 이야기가 쓰지 않아야 하는 영역에 들었다는 것을 알아차렸기 때문이다.

쓰긴 했다.

김미가 등장하긴 해도, 시리즈에 넣을 수 없는 이야기였다.

그리고 내가 쓴 대로 살아보기로 했다. 절도범과 대적하려면 이 정도 준비는 해야 한다고 스스로를 설득했다.

"늦어서 미안해."

아직 5분 전이었다. 그녀의 오른손에 들린 서류봉투가 두툼했다. 책을 두세 권은 넣고도 남았다. 옆에 앉은 그녀도 내 손에 들린 서류봉투를 보며 비슷한 생각을 했을 것이다.

"줘, 이제!"

흑선이 먼저 서류봉투를 내밀었다. 그러나 나는 그 봉투를 받고 내 봉투를 건네는 대신, 바짝 다가앉으며 그녀의 옆구리에 총구를 들이댔다. 흑선이 두려움 탓인지 총구의 차가운 감촉 탓인지, 어깨가 흔들릴 만큼 상체를 떨었다가 멈췄다. 침착하게 따졌다.

"약속이 틀리잖아?"

"너랑 약속한 적 없어. 열어!"

흑선이 자기가 가져온 봉투의 끝을 엄지와 검지로 뜯어냈다.

"꺼내!"

흑선이 손을 봉투 속에 넣었다. 책 한 권이 딸려 나왔다. 〈셜록 홈즈의 회상록〉이었다.

"233면."

〈마지막 인사〉가 시작되는 페이지였다. 흑선이 천천히 그 페이지를 펼쳐 내게 들어 보였다. 서명은 없었다. 티 한 점 없이, 인쇄된 글자들과 여백 그대로였다. 방아쇠를 당기고 싶을 정도로 분노가 치밀었다. 그 분노가 폭발하기 직전, 흑선이 담담하게 말했다.

"책은 줬어."

"주다니?"

"주인에게. 다락방 앉은뱅이 탁자에 놓고 왔지. 못 믿겠으면, 연락해봐. 아예 전화를 꺼두고 산다는 얘긴 나도 듣긴 했어. 문자라도 띄워두든가."

자신만만했다. 당돌하겐 굴어도 거짓말을 하진 않았다. 질문들이 독버섯처럼 자라났다.

"돌려줄 거면……?"

"왜 이딴 일을 벌였냐고?"

그녀의 핸드폰에서 알람이 울렸다. 약속한 시간인 것이다.

"확인하고 싶었어."

"확인?"

"당신이 정말 이 시리즈를 계속 쓸 능력을 잃었는가를. 아름다운

마무리만 강조했으니까. '소설가의 말을 믿는 것보다 한심한 건 없다.' 이것도 당신 문장이지? 평생 거짓말을 지어내며 살아왔으니, 이건 참말이다는 것도 거짓말이 아니라고 어찌 보장하겠냐고. 하지만 당신은 그 문장에 뒤이어 이런 감동적인 문장도 남겼지. '그러니 독자들이여! 소설가의 글을 믿으시길.' 그래서 당신의 글을 보고 판단하기로 했어."

"근데 읽어보지도 않고, 책을 주인에게 보냈다고?"

건너뛴 부분을 짚으며 첫 질문으로 돌아왔다.

"읽어보나 마나 마찬가지니까. 당신이 시리즈의 21번째 이야기를 훌륭하게 써왔다면, 당연히 그 책은 주인에게 돌려줘야겠지? 당신이 시리즈의 새 이야기를 쓰지 못했다면, 그 책을 내가 가지고 있다고 무슨 소용이 있겠어? 그 책은 당신에게 글을 쓰게 하기 위한 미끼에 불과했으니까. 미끼의 역할이 끝났으니 주인에게 돌려주는 게 당연하지."

건너뛴 것이 아니라, 설명할 필요를 느끼지 못했던 것이다. 추리소설을 쓰는 소설가라면 충분히 그 정도는 알아차려야 하지 않느냐는 눈빛이었다. 나는 벤치를 떠나고 싶었다. 등받이에 적힌 내 이름도 지우고, 할 수만 있다면 벤치도 없애버렸으면.

"안타깝군."

내가 엉덩이를 드는 것보다 흑선이 미간을 찡그린 것이 더 빨랐다. 나는 내가 가져온 봉투를 들고 시위하듯 흔들었다.

"읽지도 않고, 안타깝다고?"

"이미 읽은 셈이지."

"읽은 셈?"

흑선이 포옹이라도 할 것처럼 가까이 붙었다. 내 총구가 그녀의 두꺼운 겨울 스웨터 속 살갗에 둥근 자국을 낼 정도였다.

"스물한 번째 이야길 완성했으면 당신에게 전혀 어울리지 않는 이딴 총을 준비했을까? 못 쓴 게지. 쓸 수 없었던 거야. 봉투엔 뭔가 들긴 들었겠지. 하지만 내가 원하는 글은 아냐. 읽을 이유가 없지. 확인을 했으니, 이제 나도 살길을 찾아야겠어."

"살길이라니? 내가 시리즈를 잇지 않는다고, 흑선, 당신 살길이 왜 막혀? 난 소설가야. 난 그냥 소설을 쓸 뿐이라고. 독자들 앞을 막는 짓은 안 해."

그 순간 흑선이 큰 소리로 웃기 시작했다. 뒤통수를 후려치는 도끼 같은 웃음이 있다면 바로 이것이었다. 나는 그녀의 얼굴을 뚫어지라 노려보았다. 그리고 비로소 그녀의 본명을 기억해냈다.

김미였다.

*****

단숨에 원고를 읽었다. 〈김미 시리즈〉의 스물한 번째 작품을 쓸 소설가를 구한다는 공모를 봤을 때는 설마 내가 선정이 될까 싶었다. 2년 동안 집필실을 제공하고 매달 4백만 원의 창작지원금을 2년 동안 주는 것도 파격이었고, 초고가 완성되면 초판 2만 부의 선인세를 지급한다는 조항도 아직 장편을 발표하지 않은 신인 소설가로선 놓치기 아까운 기회였다. 공식 발표는 없었지만 경쟁률이 천 대 일이 넘는다는 소문이 돌았다.

소설가의 삶에서 오직 한 번뿐인 첫 장편소설을 30년 동안 이어진 시리즈의 신작으로 삼는 것이 아쉽지 않느냐는 질문을 받기도 했다. 시리즈를 지금까지 이끈 김 작가가 살아 있다면 응모하지 않았을지도 모른다. 아무리 법적으로 문제가 없더라도, 김 작가가 시리즈 종결을 선언했다고 해도, 언제든 돌아와서 이야기를 이어갈 수도 있었다. 그때는 내 첫 장편이 서자 취급을 받으며 찬밥 신세가 될 것이다. 그러나 김 작가는 고향 등대에서 실족하여 죽었다. 유언장도 없었고 타살의 물증도 발견되지 않았다. 새벽까지 빛을 밝히던 등대가 꺼질 즈음, 등대 밑에 등을 기댄 채 서 있는 사내를, 포구로 들어오는 고깃배의 선장이 봤다고 했다.

선성되었다는 문자메시지와 함께 주소가 날아들었다. 2년 동안 무상으로 제공될 집필실 주소였다. 김 작가의 고향은 아니었다.

바다가 내려다보이는 2층 집필실에 간단히 짐을 풀고 1층 카페로 내려갔다. 건물주일 뿐만 아니라 카페도 직접 운영하며, 이번 공모의 주최자라고 자신을 소개한 여인의 이름은 흑선이었다.

흑선은 계약서와 함께 비밀보장서약서를 내밀었다.

“제가 반드시 알아야 할 비밀인가요?”

"더 훌륭한 소설을 쓰도록 돕고 싶어서요."

서약서에 서명을 하고 받은 것은 서류봉투였다. 그 속에 담긴 원고를 꺼냈다. 제목은 〈마지막 사랑〉이었다.

흑선은 '열하의 여름'이란 핸드드립 커피를 직접 내주곤 프런트로 물러나 기다렸다. 나는 단숨에 원고를 읽었다. 내가 '김미였다'는 마지막 문장까지 읽자, 흑선이 맞은편 의자로 걸어와선 앉았다.

"김 작가님이 끝까지 쓴 건 아니겠죠? 봉투 속 단편은 김미를 만나기 전에 마쳤으니까요."

흑선이 웃으며 말했다.

"제가 원고를 만지기라도 했을까 봐요? 아니에요. 김 작가님께 도움을 드리긴 했죠."

"도움이라고요?"

"정확히 말씀드리자면, 제게 허락을 구하더군요."

"총구를 든 자가 허락을 구했다?"

"원고를 꼭 읽어달라더군요. 그런데 그 전에 고칠 부분이 있으니, 시간을 달라고 했습니다. 즉답을 하지 않았더니, 벤치에서 미끄러져 보도블록에 털썩 무릎을 꿇는가 싶다가 쓰러져 버렸어요. 미끼를 물고 뭍으로 내팽개쳐진 넙치처럼 가쁜 숨을 할딱였습니다. 제가 허락하지 않으면 당장 목숨이 끊길 것만 같았어요. 그래서……."

"그래서?"

"항구에 하나뿐인 호텔로 갔죠. 김 작가님은 땀을 너무 많이 흘린 데다 덜덜덜 너무 심하게 떨었답니다. 옷을 모두 벗긴 후 가운을 입혔습니다. 욕조에 더운물을 받곤 들어가도록 했죠. 그리고 우린 마지막 사랑을 나눴습니다."

"마지막으로 사랑하는 부분은 빠졌습니다."

흑선은 내 지적을 무시하고 설명을 이어갔다.

"김 작가님의 러닝셔츠와 팬티를 벗기며 가볍게 입을 맞추긴 했는데, 욕조에 함께 들어가 앉으면서 자연스럽게 딥 키스로 이어졌습니다. 입술과 입술이 닿고 혀와 혀가 엉키고 숨과 숨이 섞이자, 비로소 김 작가님의 경직된 목과 어깨와 등이 풀리더군요. 데칼코마니처럼, 저는 김 작가님의 몸에 제 몸을 하나하나 붙여 틈을 없앴습니다. 가슴에 가슴을, 배에 배를, 엉덩이에 엉덩이를, 무릎에 무릎을 댄 후 성기에 성기를 꽉 끼웠지요. 그리고 김 작가님의 몸이 바뀔 때마다 제 몸도 따라서 변했답니다. 김 작가님이 밀물이면 저는 썰물이고, 김 작가님이 해면 저는 달이고, 김 작가님이 소설의 주인공이면 저는 소설가였어요. 사랑을 나누기에 이보다 더 좋은 시이가 있을까 싶더군요. 돌이켜보면, 김 작가님과 30년을 지냈지만, 그 밤처럼 일체감을 느낀 적은 없었습니다."

"사랑할 힘이 남았던가요?"

나는 믿기 힘든 마음을 질문에 얹었다. 흑선이 내 손등을 가볍게 검지로 긁듯 갖다 대었다가 뗐다.

"이 작가님은 아직 사랑을 제대로 안 해보셨구나. 사랑할 힘은, 언제나 남아 있답니다. 굶어 죽든, 아파 죽든, 맞아 죽든, 곧 죽더라도, 사랑할 마음이 들면 몸은 가지와 뿌리를 뻗지요. 괜히 사랑을 기적이라고 하겠어요?"

"기적이 일어났습니까, 그 밤에도?"

"사랑을 마친 후 우린 떨어졌죠. 저는 침대에 쓰러져 잠들었어요. 김 작가님이 스탠드 등을 켜고 봉투에서 원고를 꺼내는 걸 보긴 했죠. 얼마나 시간이 흘렀는지는 정확하지 않아요. 저는 잤고 그는 원고를 고쳤겠죠. 그가 저를 흔들어 깨우더군요. 원고를 완성했다고."

"읽으셨습니까?"

"아뇨. 방금 이 작가님이 처음으로 읽으신 겁니다. 그래야 선물다운 선물이 되죠. 이 작가님이 스물한 번째 이야길 완성할 때까지, 저는 김 작가님이 그 밤에 고친 원고를 읽지 않으려고요. 김 작가님의 마지막 기운이 고스란히 이 작가님에게 갔으면 싶거든요. 제가 그 밤에 김 작가님께 부탁을 하나 하긴 했죠. 저로서도 30년 만에 데칼코마니처럼 나눈 사랑을 기념할 권리는 있다 싶어서……. '마지막 사랑'이라는 작품 제목 아래 서명을 함께 쓰자고 했어요. 김 작가님이 먼저 이름 석 자를 흘려 적더군요. 곧이어 저도 그 아래에 '金美' 이렇게 두 자를 적었죠."

나는 방금 읽은 원고를 처음으로 돌려 위아래로 적힌 서명을 확인했다.

"어떤가요, 〈마지막 사랑〉은?"

"독특하군요. 주인공이 소설가를 찾아온다는 설정부터 눈길을 끌고요. 허구인데도 정말 사실 같습니다."

"그래요? 김 작가님께 새벽까지 시간을 드리길 잘했네요. 다행입니다."

흑선은 프런트로 가서 유리함을 가져왔다. 내게 읽힌 원고를 챙겨 유리함에 넣고는 자물쇠를 잠그고, 프런트 정면에 놓인 장식장에 넣곤 또 자물쇠로 잠갔다. 허리를 숙이거나 쪼그려 앉으면, 누구나 제목 아래에 적힌 김 작가와 김미의 서명을 확인할 수 있었다. 나는 〈마지막〉 사랑을 읽는 내내 떠올랐던 질문을 덧붙였다.

"〈카페 홈즈〉 주인은 'Sherlock Holmes'란 서명이 적힌 책을 왜 그리 애지중지한 건가요?"

흑선이 방금 장식장에 넣은 유리함을 보며 답했다.

"일종의 유머죠. 가게 이름으로 가게 주인이 누구란 걸 밝혀 두긴 했지만."

"그 말은 〈카페 홈즈〉의 주인이 진짜 셜록 홈즈란 뜻입니까? 그 책에 서명한 이도 그 주인이고요? 하지만 주인의 설명은 전혀 다르지 않습니까? 셜록 홈즈가 직접 와서 책을 보고 갔다고도 하고……."

"그 설명을 믿으세요? 탐정이라고 전부 사실만 말하진 않아요. 때론 소설가처럼 이것저것 지어내기도 한답니다. 추리를 풀어 사건을 해결할 수만 있다면! 자, 오늘은 첫날이니 이 정도 할까요? 커피가 필요하시면 언제든 내려오세요. 이미 출간된 시리즈 스무권에 대한 토론은 언제든 환영합니다."

시리즈의 주인공으로 자신의 이름을 바꾼 애독자를 만났으니 도움받을 구석이 많을 것 같았다. 카페 메뉴와 액세서리를 〈김미 시리즈〉에 등장하는 캐릭터와 소품으로 채울 정도였다.

"그런데 손님이 한 명도 없네요? 제가 온 지 세 시간이 넘었는데요."

"개업일은 내일이에요. 조용히 읽으시라고 자리를 마련해드린 거랍니다."

카페를 나와 계단에 올라서려는데, 트럭이 와서 건물 앞 주차장에 섰다. 건장한 사내 둘이 가게 간판을 내려 카페로 가져왔다. 나는 계단 중간쯤 서서 간판에 적힌 카페 이름을 눈으로만 읽었다.

〈카페 김미〉.

카페 홈즈의 마지막 사랑

1판 1쇄 발행 2020년 8월 20일

지은이 김탁환 신원섭 정명섭 정해연 조영주 차무진

발행인 박광운
편집인 박재은

발행처 손안의책
출판등록 2002년 10월 7일 (제307-2015-69호)
주소 서울 성북구 화랑로 214, 102동 601호
전화 02-325-2375 팩스 02-6499-2375
카페 http://cafe.naver.com/bookinhand
이메일 bookinhand@hanmail.net

ISBN 979-11-86572-56-6 03810

정가는 뒤표지에 있습니다.
파본이나 잘못된 책은 구입하신 곳에서 교환해 드립니다.

이 도서의 국립중앙도서관 출판예정도서목록(CIP)은 서지정보유통지원시스템 홈페이지(http://seoji.nl.go.kr)와
국가자료종합목록 구축시스템(http://kolis-net.nl.go.kr)에서 이용하실 수 있습니다.
CIP제어번호: CIP2020027670